文春文庫

僕が死んだあの森

ピエール・ルメートル
橘 明美訳

文藝春秋

パスカリーヌに
カミーユ・トリュメールに
友情を込めて

目次

一九九九年　9
二〇一一年　201
二〇一五年　289
謝辞　311
解説　三橋曉　313

単行本　二〇二一年五月　文藝春秋刊

DTP制作　言語社

僕が死んだあの森

主な登場人物

アントワーヌ・クルタン……………十二歳の少年
ブランシュ・クルタン……………アントワーヌの母
レミ・デスメット……………アントワーヌの隣家の少年　六歳
ロジェ……………レミの父
ベルナデット……………レミの母
ヴァランティーヌ……………レミの姉　十五歳
エミリー・ムショット……………アントワーヌの隣家に住む少女
ワイザー……………ボーヴァル村の村長　ワイザー社社長
テオ……………アントワーヌの友人　村長の息子
コワルスキー……………アントワーヌの母が働く精肉店の店主
ヴァルネール……………村の公証人
〝マドモアゼル〟……………ヴァルネールの娘　車椅子生活を送る
デュラフォア……………村の診療所の医師

一九九九年

1

ボーヴァル村が一連の思いもよらぬ悲劇に見舞われたのは、一九九九年十二月末のことだった。なかでも注目を浴びたのが、例のレミ・デスメット失踪事件である。森林に覆《おお》われ、時の歩みの遅いこの地方では、それまで事件らしい事件など起きたためしがなかっただけに、六歳の子供が突然姿を消したことに住民は衝撃を受け、大惨事の前触れに違いないと怯《おび》える人も少なくなかった。

だが事件の渦中にいたアントワーヌからすれば、すべては犬の死から始まったのだ。オデュッセウスという名の、やせこけて足の長い、白と茶のぶち犬である。こんな雑種犬にギリシャの英雄の名をつけるとは、飼い主のデスメット氏はいったいどういうつもりだったのか。いや、考えるだけ無駄だ。まともな答えなどあるはずもない。

デスメット家はアントワーヌが母と暮らす家のすぐ隣だった。十二歳のアントワーヌは母からペットを飼うことを禁じられていて、それだけに隣家の犬が愛おしかった。猫はだめ、犬もだめ、ハムスターもだめ、動物はどれもだめ、家が汚れるでしょ、というのが母の言い分だ。

オデュッセウスはアントワーヌがフェンス越しに呼ぶとうれしそうに寄ってくるし、学校の遊び仲間と近くの森や池に行くときも呼べばついてくる。アントワーヌのほうも一人で森に行くときは必ずオデュッセウスを連れ出すことにしていて、そういうときはこの犬こそが相棒だという気になり、思わず話しかけてしまう。するとオデュッセウスは小首をかしげ、さも熱心に聴くそぶりを見せるが、少しすると打ち明け話はもういいよとそっぽを向き、どこかへ行ってしまうのだった。

その年の夏の終わりを、アントワーヌは小屋作りに夢中になって過ごした。サントゥスタッシュの高台にある森に、仲間のみんなで秘密基地を作ろうという話になったのだ。もとはアントワーヌの思いつきだったが、いつものようにテオが横取りし、わが物顔でみんなに指図した。そんなことが許されるのは、テオが学年でいちばん背が高く、しかも村長の息子だからだ。ボーヴァルのような村ではこうしたことがまかり通る（選挙のたびに仕方なく投票する相手を村人たちは嫌うものだが、それでも村長は〝王〟、その息子は〝王太子〟の扱いを受ける。もとは商人が作り上げたこうした社会的序列は、地域内のあらゆる組織に浸透し、ついにはある種の毛細管現象によって学校にもたどり着く）。テオ・ワイザーは学年一の劣等生でもあったが、それさえも同級生にとってはある種の〝人格の証拠〟としか思えない。父親から体罰を食らったとしても――始終食らっていたが――テオの場合はそれが自慢の種になるわけで、優《すぐ》れた人間が世間一般の順応主義に払う敬意かなにかのように、青あざを見せびらかして憚《はばか》らなかった。またテオは、女子生徒に対してもそれなりの影響力をもっているがゆえに、男子生徒から恐れられ、崇《あが》められていた。ただし、言うまでもないだろうが、決して好かれてはいなかった。いっぽうアントワーヌはというと、彼はなにも求めないし嫉妬《しっと》もしない。だからみんなと小屋を建てられるだけでうれしくて、リーダーになりたいなどとは思いもしなかった。

だがその楽しい小屋作りも、ケヴィンが誕生日にプレイステーションを買ってもらったことで頓挫《とんざ》した。仲間は皆ケヴィンの家に集まって遊ぶようになり、サントゥスタッシュの森には誰も行かなくなったのだ。ケヴィンの母親の狙いはまさにそこにあったようで、森や池は危険だからこのほうがいいじゃないのと言っていた。ところがアントワーヌの母親は意見が異なり、子供がソファーでだらだらするのはよろしくないし、あんなものに夢中になっていたら馬鹿になると言い、とうとう息子にケヴィン家でのゲーム遊びを禁じてしまった。アントワーヌはこの決定に抗議したが、それはゲームがやりたいからというより、友達と一緒にいたかったからだ。それでも母親が許さないので、みんながケヴィンの家に集まるとき一人だけ仲間外れになり、寂しい思いをするようになった。

例外はムショット家のエミリーくらいだろうか。エミリーは同い年の、淡いブロンドの巻き毛にきらめく瞳の生意気娘だが、アントワーヌは家が隣（デスメット家とは反対側）なので顔を合わせる機会が多かった。誰にもノーと言わせないお姫様タイプで、テオでさえ彼女にのぼせていたが、相手がエミリーとなると勝手が違い、さすがの王太子も思うようにはいかない。

さて、仲間とのゲームを禁じられたアントワーヌがどうしたかというと、サントゥスタッシュの森に戻り、一人で別の小屋作りに取りかかった。今度のはツリーハウスで、ブナの大木の高さ三メートルあたりの枝のあいだに作る。だがそのことは誰にも言わなかった。みんなそのうちゲームに飽きて森に戻ってきて、これを見て驚くだろうから、そのとき大いに自慢してやろうと思っていた。

ツリーハウス作りにはずいぶん時間がかかった。開口部の雨除《あめよ》けに使う防水シートだの、屋根の防水用のタール紙だの、見映えをよくするための布類だのを製材工場の片隅から拾ってこなければならなかったし、宝物を並べる棚が欲しいから壁にくぼみを作るなど、次々とやることが出てきた。しかも全体の設計図がないまま作業を始めたので、何度もやり直しを強《し》いられた。そうやって何週間ものあいだ森に通い、頭もツリーハウスのことでいっぱいだったので、次第に秘密にしておくのが難しくなり、とうとうあるとき、じつはみんなが驚くような秘密があってさと口を滑らせたが、アントワーヌの期待に反して誰も興味を示さなかった。ちょうどそのころ『トゥームレイダー』の新作の予定が発表され、みんなその話題に夢中になっていて、それ以外のことには見向きもしなかったのだ。

結局、ツリーハウス作りにつき合ってくれたのは犬だけだった。数週間に及ぶ作業のあいだ、オデュッセウスはずっと一緒にいてくれた。なんの手伝いもしないけれど、とにかくそばにいてくれた。アントワーヌが犬用の簡単なエレベーターのことを思いついたのもオデュッセウスがいたからで、ツリーハウスで一緒に過ごせるようにするためだ。さっそく製材工場に舞い戻り、滑車をいくつかと、ロープを数メートル分と、台にする板を見繕《みつくろ》ってくすねてきた。これらを組み上げて動くようにすれば〝ミニエレベーター付き〟の立派な小屋になり、みんな舌を巻くだろう。だがこの最後の工程もひと筋縄ではいかなかった。オデュッセウスは最初に台に乗せたときから上昇する動きに怯え、おとなしくしていなかったので、犬を追い回すのにずいぶん時間を取られた。しかも台が不安定ですぐに傾くので、手頃な枝を拾ってきて左端に重りとしてぶら下げ、バランスをとらなければならなかった。でもまあそうやって、見事な出来とは言いがたいものの、エレベーターはどうにか完成し、オデュッセウスをツリーハウスまで上げることができるようになった。もちろん犬にとっては恐怖でしかなく、上昇中はずっと哀れな鳴き声を上げ、アントワーヌがあとからはしごを登っていくと震えながら身を寄せてくる。アントワーヌはこれ幸いと犬のにおいを嗅《か》ぎ、思う存分なでてやり、その感触にうっとりして目を閉じる。いっぽう地上に戻るときは楽なもので、オデュッセウスはさっさとエレベーターに乗り、地面に着くのも待たずに飛び下りる。

アントワーヌは小屋暮らしに必要なものを屋根裏部屋でかき集め、ツリーハウスに運び込んだ。懐中電灯、毛布、本、筆記用具、そのほか自給自足ないしそれに近い暮らしに必要なすべてのものを。

そんなことをしていたからといって、アントワーヌに孤独癖《こどくへき》があったことにはならない。このときはたまたま、母親のゲーム嫌いのせいで、そうならざるをえなかっただけだ。彼の日常は母親が口にするお決まりの、だが一風変わった法と規則で埋め尽くされていた。母親のクルタン夫人はもともと思い込みの強い性格で、離婚してからは（フランスでも、離婚後元夫の姓を名乗りつづけることがある）、一人で子供を育てる親にありがちなことかもしれないが、主義にもこだわるようになっていた。

アントワーヌの父親のクリスティアン・クルタンは六年前に勤務地を変え、その機会に妻も変えた。会社にはドイツへの配置転換を、妻には離婚を求めたのだ。妻のブランシュ・クルタンにとっては降ってわいたような悲劇だったが、もともと夫婦仲がよかったことなど一度もなく、アントワーヌが生まれてからはベッドを共にすることもまれになっていただけに、いまさらなんなのかという意味での驚きだった。とにかくクリステイアンは家を出ていき、以来一度もこの村に足を踏み入れていない。息子の誕生日とクリスマスには欠かさずプレゼントを送ってくるが、アントワーヌが欲しいものが届いたことはない。八歳のときに十六歳向けのものを、十一歳のときに六歳向けのものを送ってくるというふうで、いつもピントがずれている。アントワーヌは一度だけシュトゥットガルトへ会いにいったが、父と息子は黙ってにらみ合うことしかできず、三日間の滞在があまりにも長く感じられた。だからどちらも二度と会うまいと思っていて、その点では意見が一致している。ブランシュが夫を持て余したように、クリスティアンも息子を持て余したのである。

この惨《みじ》めなドイツ滞在を機に、アントワーヌは以前より母に寄り添うようになった。ドイツから戻ったとき、それまで重苦しいとか、どんくさいとばかり思っていた母の日常も、じつは寂しさや悲しみの表れなのではないかと感じ、母を新たな目で、それもどちらかというと同情の目で見るようになったからだ。そして、この年頃の少年なら当然のことかもしれないが、自分が母を支えるしかないと思った。母がどれほど口うるさくて不愉快な存在でも（時にはアントワーヌの神経が切れそうになるほどでも）、そこにはなにかしら理由があるのだと、すべて致し方ないのだと考えるようになった。母の冴えない日常も、数々の欠点も、わずらわしい性格も、自分たちが置かれた状況も、すべて致し方ないと……。つまりアントワーヌは、母は不幸な人だから、これ以上不幸にしてはいけないと思った。そしてそれは確信となり、以後その確信が揺らぐことはなかった。

こうしたもろもろの事情が、生来のやや内向的な性格と相まって、アントワーヌをいささか暗い少年にしていたことは否定できない。そしてその傾向をさらに強める要因となったのが、ケヴィン家のプレイステーションだった。このときのアントワーヌの精神構造を、〈父の不在〉〈口うるさい母〉〈仲間からの孤立〉の三つを頂点とする三角形にたとえるなら、その三角形の中心にいて彼の心を支えていたのがオデュッセウスだったことになる。

だからオデュッセウスの死は、そしてその死にざまは、アントワーヌにとって耐えがたいほどの衝撃だった。

オデュッセウスの飼い主のデスメット氏は無口で短気な男だった。体格がよく、もじゃもじゃ眉の怒れるサムライのような顔をしている。常に自分が正しいと信じて疑わず、容易に妥協しない男で、そのうえ喧嘩っ早い。若いころからずっと地元のワイザー社で職工として働いてきたが、人事記録にも口論だの取っ組み合いだのが書き連ねられている。二年前にも職工長のムショット氏を大勢の前で平手打ちして停職処分になった。ワイザー社というのは創業一九二一年の木製玩具メーカーで、この村最大の雇用主だ。デスメット氏には、サンティレールで美容師見習いをしている十五歳の娘ヴァランティーヌと、六歳の息子レミがいる。このレミがアントワーヌを慕《した》っていて、機会あるごとに彼につきまとっていた。

つきまとうといっても決してお荷物にはならない。まだ小さいとはいえ、いずれ材木を扱うことになるだろうと思わせる父親似の体形で、サントゥスタッシュの高台だろうが、池だろうが、平気でついてくる。母親のベルナデット、つまりデスメット夫人もアントワーヌを分別のある少年だと思っていたから（実際そうだった）、安心してレミを一緒に行かせていたし、そもそも普段からかなり自由にさせていた。ボーヴァルは小さい村で、近隣の村まで含めて多くの人が互いに顔見知りだ。だから子供たちが製材工場の近くで遊ぼうが、森へ行こうが、近くのマルモン村やフュズリエール村まで出かけていって少々羽目《はめ》を外そうが、そこで働く人や通りがかりの人など、誰かしら大人の目が届くと考えていい。

アントワーヌはツリーハウスのことを誰かに話したくてたまらなかったので、ある日レミを連れていって見せた。レミはすごいすごいと目を丸くし、大喜びでエレベーターに乗って何度も昇り降りした。アントワーヌははしゃぐレミを落ち着かせ、まじめな顔で言い聞かせた。よく聞けよ、この小屋のことは内緒だ、誰にも知られちゃいけない、完全に仕上がるまでは秘密なんだ、わかった？　きみを信用していいね？　レミは力強く頷《うなず》き、神にかけて、命にかけて誓いますと言った。そしてその後、アントワーヌが知る限り、本当にその約束を守った。レミにとって、アントワーヌと秘密を分かち合うことは大人の仲間入りをすること、つまり大人になることだ。だから自分は信頼に値する男だと証明してみせたかったのだろう。

その後、クリスマスが近づくにつれ、アントワーヌはいっそう寂しさを募《つの》らせた。もちろん年末の行事は楽しみだったが（父親が今度こそ手紙をちゃんと読んで、希望どおりプレイステーションをプレゼントしてくれるものと期待していた）、相変わらず友達とは距離ができていたし、今年も母と二人だけのクリスマスだと思うとやはり寂しくなる。

そんな鬱屈《うっくつ》を晴らそうと、アントワーヌはとうとう思いきった行動に出た。ムショット家のエミリーにツリーハウスのことを話して森に誘い出したのだ。

アントワーヌはその一年ほど前にマスターベーションを覚え、日に何度もしていた。森のなかで木の幹に片手をついてジーンズを下ろし、エミリーを思い浮かべて……というのを何度繰り返したことか。それを考えれば、ツリーハウスも結局はエミリーのためだとわかる。彼女を連れていく場所が欲しかったからで、アントワーヌ自身、そのことにもう気づいていた。

エミリーはアントワーヌの誘いに乗って森までついてきたが、ツリーハウスを見るなり眉をひそめ、どうしてあんなところに上がらなきゃいけないのという顔をした。じつはエミリーのほうもアントワーヌと恋のまねごとがしたくて来たのだが、ツリーハウスだの手作りの小屋だのにはなんの興味もなかったし、地上三メートルのところでいちゃつくなんて考えられもしなかったのだ。彼女はしばらく人差し指で髪をいじったり、しなを作ったりしていたが、アントワーヌが苛立《いらだ》ちを見せると、これじゃ恋のまねごともうまくいきそうにないと思ったのか、ぷいと背を向けて帰ってしまった。

アントワーヌはばつが悪い思いをした。きっとエミリーが学校で言いふらし、自分は物笑いの種になるだろうと思った。

森から戻ったアントワーヌは、クリスマス間近の村の様子を眺めたり、プレゼントのことを考えたりして森での失敗を忘れようとしたが、うまくいかず、むしろ時間が経《た》つにつれて屈辱感が増してきた。

もっともこの年末、鬱々としていたのはアントワーヌだけではなかった。ボーヴァルでは人々のあいだに不安が広がっていて、クリスマスに向けて盛り上がっていたとはとても言えない。例年のようにイルミネーションの準備や、クリスマスツリーの広場への設置、村の合唱団の練習など、年末の催しのための準備は進められていたものの、皆で憂いなく祝おうという雰囲気ではなかった。ワイザー社の業績が芳《かんば》しくなく、村の人々の暮らしに影を落としていたからだ。木製玩具の需要が落ち込んでいるのはかなり前から周知の事実だった。工場は操《あやつ》り人形、独楽《こま》、汽車のおもちゃなどを支えに踏ん張っていたが、そこで働く工員でさえ自分の子供にはゲーム機を買ってやっているわけで、なにかがうまくいっていない、先が見えないと誰もが感じていた。生産縮小の噂が流れるのもたびたびのことで、工員はすでに七十人から六十五人に減り、次いで六十人になり、いまでは五十二人になっている。職工長だったムショット氏も二年前に解雇され、いまだに次の定職にありついていない。古株の一人であるデスメット氏も、今度こそリストラの対象になるのではないかと怯えている。年明け早々にも解雇リストが発表されるらしいと言う人もいて、誰もが不安を隠せずにいた。

さて、アントワーヌが森でしくじってから数日経ち、十二月二十二日になった。寒さが和《やわ》らぎ、気温が例年より数度高くなったこの日、午後六時少し前に、オデュッセウスが村の目抜き通りの薬局の前で道を渡ろうとして車にはねられた。車はそのまま走り去った。

オデュッセウスはデスメット家に運ばれ、知らせはすぐに広まった。アントワーヌが駆けつけると、オデュッセウスは庭に横たわり、息も絶え絶えだったが、それでもフェンスの前で呆然と立ち尽くすアントワーヌのほうを振り向いた。脚が一本と、おそらくは肋骨《ろっこつ》も折れていて、獣医でなければ手当てができない。デスメット氏は両手をポケットに突っ込んでしばらく犬を見ていたが、やがて家に入り、と思ったら銃を手にして出てきて、至近距離から犬に一発撃ち込んだ。そして死体を廃材用の頑丈なゴミ袋に押し込んで庭の一隅に置いた。いっちょあがりとばかりに。

あっという間の出来事で、アントワーヌは口を開けたもののなにも言えなかった。というより、言うべき相手がすでにいなかった。デスメット氏はさっさと家に入り、ドアを閉めてしまった。その前の週に、デスメット氏はウサギ小屋を建て替えようと古いのを壊したのだが、そのときに出た漆喰《しっくい》だのセメントだのの破片が、灰色のゴミ袋に詰め込まれた状態で、ウサギ小屋があった庭の隅に積んであった。オデュッセウスの死体が入った袋もその一つに加えられ、ゴミの一部と化したわけだ。

アントワーヌは言葉にならないショックを受け、ふらふらと家に戻った。

母は犬がはねられたことさえ知らないだろうと思ったが、教える気にもなれなかった。喉が締めつけられ、胸もつぶれそうに苦しい。頭のなかではたったいま見た光景がぐるぐる回っている。銃が、こちらを向いたオデュッセウスが、訴《うった》えかける目が、デスメット氏のいかつい体軀《たいく》が繰り返し浮かんだ。こんな気持ちをどう説明したらいいかわからないし、食欲も失せてしまったので、アントワーヌはちょっと調子が悪いからと言って自分の部屋に上がり、泣き崩れた。だから母が下から「アントワーヌ、だいじょうぶなの？」と声をかけたとき、しっかりした声で「だいじょぶだよ！」と返せたことには自分でも驚いたし、それで母が安心して放っておいてくれたことに感謝した。だがいくら泣いてもすっきりせず、ようやく眠りに落ちたのは明け方近くになってからで、しかも夢のなかにまで死んだ犬と銃が追いかけてきたので、翌朝目覚めたときには疲れきっていた。

二十三日は木曜日だった。毎週木曜日はクルタン夫人がマルモンの市場で仕事をする日で、早朝に家を出る。彼女は一年中あちこちの小さい仕事を拾い集めてせっせと働いているが、そのなかで唯一、本当に嫌でたまらないと嘆くのがこの市場での仕事だった。コワルスキーさんのせいなのよ、と彼女は言う。とんでもないしみったれで、最低賃金しか払わないし、その払いも遅れるし、廃棄にするような古い肉を従業員に半額で売りつけてくるんだから、と彼女はこぼす。こんな薄給のために早起きしなきゃならないなんて！と言いながら、かれこれもう十五年もその仕事を続けている。義務感のなせる業《わざ》らしいが、そのことで水曜の夜から不機嫌になって文句を言うのは毎週のことだった。コワルスキーさんというのは背が高く、やせ型で、骨ばった顔にこけた頰《ほお》、薄い唇に熱っぽい目をした猫のように神経質そうな男で、およそ肉屋の主人らしくない。アントワーヌもたまにすれ違うが、そのたびにぞっとする顔だと思っていた。コワルスキー氏はマルモンの精肉店を買ってこの地方に引っ越してきたが、二年後に妻を亡くし、それ以来二人の店員と店を切り盛りしている。「頑として人を増やそうとしないのよ」とクルタン夫人は不平を洩《も》らす。「手は足りてるって言い張って」。彼はマルモンの市場に店を構えているが、移動販売もしている。毎週木曜日に近隣の村を回っていて、その最後がいつもボーヴァルなので、この村でも顔を知られている。やせこけた細長い顔は子供たちの冷やかしの種になっていて、フランケンシュタインというあだ名までついていた。

二十三日の朝、クルタン夫人はマルモン行きの始発バスに間に合うように家を出た。アントワーヌはもう目が覚めていて、ドアがそっと閉まる音を聞くと起き上がり、部屋の窓から隣家の庭を眺めた。ゴミ袋が置かれた一隅は死角になっていて見えないが、そこにあることはわかっている。そしてそのうちの一つには……。

また涙がこみ上げてきた。アントワーヌがそこまで泣けてしまうのは、単にオデュッセウスが死んだからではない。その死が、アントワーヌのこの数か月の孤独や数々の失望の総体と呼応して、負の感情を増幅させるからだ。

マルモンに出かける日は午後遅くまで戻れないので、クルタン夫人は留守のあいだに息子に頼みたい用事をキッチンの壁に掛けた石板に書き出しておく。アントワーヌがやるべきことはいつでも、いくらでもあった。これを取りにいってきてとか、食料品店であれを買っておいてとか。細かい注意書きに至っては際限がなく、自分の部屋を片づけなさい、冷蔵庫にハムがあります、せめてヨーグルトとフルーツくらいは食べなさい云々《うんぬん》と続く。

クルタン夫人はなにごとも事前に準備しておかないと気がすまない質《たち》で、息子にやらせることもいつもちゃっかり考えてあった。じつはアントワーヌは一週間以上前に、父親からのクリスマスプレゼントがクローゼットに隠してあるのを見つけていて、それがちょうどプレイステーションの大きさの包みだったので大いに気になっていた。だがこの日はオデュッセウスの哀れな死にざまが頭から離れず、包みをこっそりのぞいてみようという気分ではなかったし、家にいたくもなかった。だから用事が決められていてかえって助かった。彼は黙々と仕事に取りかかり、誰とも口をきかずに買い物をし、パン屋でも頷くだけですませた。口を開いたところで声が出なかっただろう。

昼ごろ用事がすんだが、その後も家にいたいとは思わず、サントゥスタッシュに逃げ出すことしか頭になかった。

途中どこかで捨てようと思い、食べなさいと書かれていたのに食べなかったものをすべてかき集めて家を出た。デスメット家の庭を見たくないので、下を向いて通り過ぎようとしたが、鼓動は勝手に速くなり、昨日の衝撃がよみがえるのを止められなかった。アントワーヌは拳《こぶし》をぎゅっと握りしめて走りだすと、そのままどんどん走りつづけ、ツリーハウスの下に着くまで一度も足を止めなかった。そして息を整えてから目を上げた。すると彼の目に映ったのは、あれほど労力をかけたことが信じられないくらい汚らしい小屋だった。防水シートもタール紙も布類も、美しい仕上げというより貧民窟《ひんみんくつ》の様相を呈《てい》している。数日前のエミリーの反応を思い出した。この小屋を見て眉をひそめたあの顔……。ちくしょう！　アントワーヌは突然大きな怒りにとらわれ、がむしゃらに木に登ると、手当たり次第に小屋を壊しはじめた。大きな板も小さな木片も片っ端から放り投げ、なにもかもばらばらにした。すべてを破壊してようやく下におりたときには息が切れていて、幹に背を預けなければ立ってもいられない。そのままずるずると腰を落とし、両膝を抱えてどうしたものかと考え込んだ。人生はこれからのはずなのに、もうなんの興味もわいてこない。

せめてオデュッセウスがいてくれたらなんとかなったのに……。

そこへレミがやってきた。

アントワーヌは目の端で遠くから小さい姿が近づいてくるのをとらえていた。レミは足元を見ながら、キノコを踏みつぶしたら大変だとでもいうように、慎重な足取りでやってきた。そして顔を半ば膝に埋《うず》めていたアントワーヌの前まで来ると、両手をぶら下げたまま立ち尽くした。アントワーヌが泣いているのがわかったので、レミはどう声をかけたらいいかわからず、しばらく黙っていた。それから顔を上げ、ツリーハウスがなくなっているのに気づいてなにか言おうとした。だがアントワーヌのほうが早かった。

「おまえの父さん、なんであんなことしたんだ！」アントワーヌは大声でわめいた。

「え？　なんでだよ！」

怒りが突き上げるのと同時に立ち上がっていた。レミのほうはわけがわからず、目を丸くしてアントワーヌを見つめた。父親からはオデュッセウスがまたいつものように逃げ出したとしか聞かされていなかったので、犬が死んだことさえ知らなかった。

アントワーヌは得体の知れない強い感情に揺さぶられ、われを忘れた。オデュッセウスの死とともに堰《せき》を切って流れ出したさまざまな苦しみが、憤怒の激流となって下ってきた。その流れにのみ込まれたアントワーヌは、怒りの赴《おもむ》くまま、重りとして使われていたあの枝を拾い上げ、レミに向かって振り上げた。レミが犬で、自分がその飼い主であるかのように。

レミはいつもとまったく違うアントワーヌに恐れをなし、背を向けて逃げようとした。その瞬間、アントワーヌは両手でつかんだ枝を振り下ろした。枝は右のこめかみに当たり、レミは崩れ落ちた。アントワーヌははっとしてレミのほうにかがみ込み、手を伸ばして肩を揺すった。

「レミ？」

気を失ってしまったようだ。

アントワーヌは頬をたたけば目を覚ますと思い、レミを仰向《あおむ》けにしたが、目が見開かれているのを見て飛び上がった。

ガラス玉のような動かぬ目。

死んでいる、と頭のどこかで声がした。

2

枝はいつの間にか手から落ちていた。アントワーヌは足元にいるレミをじっと見た。仰向けに寝転んでいるがどことなく不自然で、でもどう不自然なのかわからず、ただ捨てられたみたいな感じとしか……。ぼくはなにをしたんだ？　で、どうすればいい？　助けを呼びにいく？　でもレミをここに置いていくなんてできない。それはだめだ。運ばなくちゃ。それも大急ぎでボーヴァルまで。デュラフォア先生のところまで。

「だいじょうぶだよ」とアントワーヌは声をかけた。「お医者さんのところに連れていくからな」

でもその声はとても小さくて、話しかけるというより独り言のようだった。

彼は身をかがめ、両腕を差し入れてレミを抱き上げ、立ち上がった。感覚が麻痺して、自分の力のほどを見極めることもできない。だがその先の道のりを思えば、かえってそれでよかったということだろう。

彼は走りだすが、その途端に腕のなかのレミがあまりにも重いと感じ、すぐに足を止める。いや、重いのではなくやわらかいのだ。首が完全に反《そ》り返り、両腕はだらりと垂れ、両脚もマリオネットのようにぶらぶらしている。穀物かなにかを詰めた袋を運んでいるような感触。

不意に心が萎《な》えてしまい、膝をついてレミを地面に下ろさざるをえない。

もしかして本当に……死んでしまった？

だが彼の脳は回答を拒否し、そのまま機能麻痺に陥《おちい》って、もはやなにも考えられない。レミの顔をよく見なければと思ったが、自分の顔を近づけるのが恐ろしくて思うように体が動かない。それでもようやく身をかがめ、レミの顔を間近で観察した。肌の色、少し開いた口、唇の色……。手を伸ばしてみたものの、触れる勇気が出ない。二人のあいだに見えない壁があり、手はその壁に当たるだけで、レミには届かない。

脳の一部は現実を認識しようとしている。

彼はふたたび立ち上がり、嗚咽《おえつ》にむせびながら行ったり来たりしはじめる。もはやレミのほうに目を向けることもできない。両手を握りしめ、全身の筋肉をこわばらせ、頭が燃えるように熱いのを感じながら、彼は行ったり来たりする。どうしたらいいんだろう。涙があふれすぎてよく見えないので、袖口《そでぐち》で涙をぬぐう。

そのとき視界にレミが入り、不意に希望がわく。レミが動いた！

彼は森を証人に引っ張り出す。動いただろ？　見たよな？　な？　そしてまたしゃがみ込む。

いや、動いてなどいない。かすかな震えさえ見られない。微動だにしない。

唯一動いているもの、いや変化しているもの、それは色だ。枝が当たったところが赤黒くなり、大きなあざになって頰を覆いはじめている。ナプキンにこぼれたワインの染《し》みが広がっていくように。

はっきりさせなければ。レミが息をしているかどうか確かめなければ。そういえばテレビで見たことがある。鼻の下に鏡を置いて、曇るかどうかで確認していた。といってもここじゃ無理だ。鏡なんかないんだから。

となれば方法は一つ。彼は覚悟を決めて精神を集中し、レミのほうに顔を近づけ、耳を口元に寄せる。だが森のざわめきと自分の心臓の音でなにも聞こえない。

ほかに方法は？　なにか考えろ！　目を剝《む》き、息を止め、指を大きく開いてレミの胸のほうに、〈フルーツオブザルーム〉のTシャツのほうに手を伸ばす。指が布に触れた瞬間、胸をなでおろす。温かい！　レミは生きてる！　そこで勇気を出し、思いきって手を胴の真ん中あたりに置く。心臓はどこ？　まず自分の心臓の位置を確かめようとも う片方の手で探る。もっと上？　もっと左？　ん？　思っていた場所と違う……。彼は探るのに夢中になり、しばし恐怖を忘れる。あ、あった、ここだ！　いまや左手は自分の心臓の上に、右手はレミの体の同じところに置かれている。左手の下では心臓が激しく打っているが、右手の下ではなにも動いていない。右手を動かし、周囲を探るが、どこも同じだ。とうとう両手を広げ、レミにぴたりと押しあてるが、鼓動は感じられない。心臓は死んでいる。

アントワーヌは思わずレミを平手打ちする。それも力いっぱい。なんで死んでるんだ、え？　どうして死んだんだ！

打つたびにレミの頭が揺れるのを見て、はっとして手を止める。なにやってんだ。レミを殴るなんて……もう死んでるのに！

呆然とし、よろよろと立ち上がる。

どうしよう、どうしようと問いつづけるが、脳が反応しない。

また両手を握ったりねじったりしながらレミの前を行ったり来たりしはじめるが、そのあいだも涙がとめどなくあふれてくる。

行くんだ、警察に。でもなんて言う？　レミと一緒に遊んでいて、棒で殴って殺しました？

そもそも誰に言う？　憲兵隊（フランスの警察組織の一つ）がいるのはマルモンで、ボーヴァルから八キロある……。それに、憲兵から母さんに連絡がいくことになる。母さんは死んでしまうだろう。人殺しの母親なんて、一瞬も耐えられないだろう。父さんはどうするだろうか。きっとまたなにか送ってくるだけだろう……。

刑務所にいる自分の姿が目に浮かんだ。狭い部屋に、年上の乱暴者三人と一緒に押し込められている。三人ともテレビドラマの『OZ《オズ》』に出てきそうなタイプ。アントワーヌは何話かこっそり見たことがあるのだが、ヴァーノン・シリンガーという恐ろしいやつは少年が好みだった。自分も刑務所に入ったら、そういうやつに出くわすことになるだろう。まず間違いなく。

誰が面会に来てくれるだろうか。いろんな顔が次々と目に浮かぶ。学校の仲間、エミリー、テオ、ケヴィン、校長先生……。いきなりデスメット氏の姿が浮かんだ。あのごつい体、作業用の青いつなぎ、四角い顔、そして灰色の目！

そうだ、刑務所に行くことにはならない。それまで生きていられない。このことを知ったら間違いなくデスメット氏が殺しにくるだろうから。オデュッセウスと同じように腹に一発食らうことになる。

アントワーヌは腕時計を見る。午後二時三十分。まだ日が高い。気温は低いが彼は汗まみれだ。

さあ、決めなくちゃ。でももう決まってるじゃないかと声がする。そう、家に帰る。なにも言わない。部屋に上がり、昼過ぎから一歩も出なかったことにする。誰にもわかるはずがない。そもそも誰が疑うだろうか。レミがいないことに誰かが気づくのはもっとあとのことだし……。彼は頭で計算しようとするが、こんがらがってしまう。そこで指で数えることにする。でも数えるってなにを？　そうだ、レミが見つかるまでどれくらい時間がかかるかだった。数時間？　数日？　でもいずれ、レミはいつもアントワーヌやその友達と一緒だったじゃないかということになり、みんな憲兵に質問される。そしたら、みんなケヴィンの家でゲームをしていたとわかり、そこにいなかったのはアントワーヌだけだとわかり、全員の目が彼に注がれることになる。

違う、時間の問題じゃない。肝心なのはレミが決して見つからないようにすることだ。犬の死体を入れたゴミ袋が頭に浮かんだ。

どこかに片づけてしまうこと。

レミは行方不明で、どこに行ったのか誰にもわからない。それだ、それで解決。大人たちはレミを探すだろうが、死体が見つからない限り、誰も思いもしないだろう。まさかこんなこととは……。

アントワーヌは行ったり来たりを続けるが、レミのほうにはもう目を向けない。そんなことはできない。思っただけでぞっとして、なにも考えられなくなる。

でも、でももし、レミが母親に言っていたとしたら？　サントゥスタッシュに行ってアントワーヌと遊んでくるとかなんとか。

もしかしたら誰かがもう探しているかもしれない、もうすぐ声が聞こえるかもしれない。「レミ！　アントワーヌ！　どこにいるの？」

袋小路に追い込まれたような気になり、また涙があふれてくる。もうおしまいだ。

死体を隠すしかないけれど、でもいったいどこに？　どうやって？　ツリーハウスを壊していなければ、エレベーターであそこに上げられただろう。あの上なら誰も探さず、そのうちカラスが始末してくれたかもしれない。

彼は事の重大さに打ちのめされる。自分の人生はたった数秒で狂ってしまった。いまや自分は殺人者。

十二歳と殺人者、この二つは本来結びつくはずがないものだ。

絶望感が洪水のように押し寄せる。

時は刻々と過ぎていくのに、アントワーヌは相変わらずどうしたらいいのかわからない。ボーヴァルではもう誰かがレミのことを心配しているに違いない。

そうだ、池にしよう！　みんなレミは溺れたと思うだろう！

いや、だめだ。死体は浮くんだった。沈めるためのものなど持っていない。それに死体が引き上げられたら、頭に一撃を受けたのがわかってしまう。レミが自分で落ちて、頭をぶつけたとでも思ってくれるだろうか。まさか。

どうしよう。これで行き詰まり？

あ、大きなブナ！　と思いついたとき、アントワーヌにはその巨木が目の前にあるようにはっきり見えた。

彼が思い出したのは何年も前に倒れた巨大なブナの木のことだ。その木はある日、なんの前触れもなく、老人の突然死のように倒れた。倒れた勢いで根も丸ごと抜けてしまい、土のついた円盤のようになって露出していて、その高さは人の背丈ほどもある。樹冠はというと、周囲の木も巻き添えにして倒れたので、枝々が絡《から》み合った巨大なジャングルジムと化している。アントワーヌたちも一時そこに潜り込んだりして遊んだが、だいぶ前のことで、みんな飽きてしまって行かなくなった。そしてもう一つ、あの巨木が倒れたのは、洞窟めいた大きな穴の上だった。以前からあった穴だが、誰も下りてみようとはしなかったから、どこに通じているかも、どれくらい深いのかもわからない。だがいまのアントワーヌにとっては、その穴こそが唯一の解決策だ。

彼は覚悟を決め、振り返る。

レミの顔はまた変化していた。全体が灰色になり、あざはさらに広がってどす黒くなっている。そして口が前より開いている。見ただけで気持ちが悪くなってくる。これじゃブナの木のところまで行くなんて無理だ。サントゥスタッシュの森の逆の端で、一人でも十五分くらいかかるのに、レミを連れていくなんて……。

まさかまだ涙が残っているとは思わなかった。ところがいったんこぼれだしたら止まらない。彼はぼろぼろ泣きながら、手で洟《はな》をかみ、その手を葉っぱで拭き、レミに近づき、かがみ込み、死体の手首をつかんだ。細くて、生暖かくて、やわらかい、眠る小動物のような手首。

　顔を背《そむ》け、彼はレミを引きずりはじめる。

　だが六メートルも行かないうちに根だの枝だの灌木《かんぼく》だのに引っかかる。サントゥスタッシュの森ははるか昔から誰の管理の手も届いておらず、厚い茂み、密生する大木（しかも互いに倒れかかっていたりする）、茨《いばら》、低木などが伸び放題に繁茂していて、死体を引きずっていくのは到底無理だ。つまり担《かつ》ぐしかない。

　彼はまたひるむ。

　周囲で森が古い船のようにきしんでいる。彼は踏ん切りがつかない。どうしよう、どうしよう。どうしたら力が出るんだろう。

　その力がどこからわいたのか知らないが、彼はいきなり身をかがめ、レミをつかんで一気に肩に担ぐ。そして猛然と歩きはじめる。絡み合う根を跨《また》ぎ、それが無理なら迂回《うかい》しながらずんずんと。

　だが途中、たった一歩踏み外しただけで、根に足を取られて転んだ。するとタコのようにぶよぶよした重いものがべたりと覆いかぶさってきて、彼は思わず悲鳴を上げ、それを押しやるなり飛びのいて木にしがみつき、息を継ごうとした。死体は硬いものだと彼は信じていた。死んだ人たちが板みたいになっている写真を見たことがあった。ところがこの死体はぐにゃぐにゃだ。骨がないみたいに。

さあ、もう一度。とにかく隠してしまうこと。見えなくするんだ。そうすればなんとかなる。彼は近づき、目を閉じ、レミの腕をつかみ、腰を落とし、よいこらしょと肩に担ぎ、また歩きはじめる。さっきより慎重に。こんなふうに人を背負うなんて、火のなかから人を助け出す消防士みたいだ。あるいはメリー・ジェーンを助けるときのピーター・パーカー（スパイダーマン）。

森のなかはかなり寒いが、彼は汗だくになっている。そして体力を失いつつある。脚が重くて思うようにならないし、肩もすぐに下がって死体がずり落ちそうになる。それでも彼は足を速める。ボーヴァルではもう誰かが心配しているだろう。

母さんもそろそろ帰ってくる。

そしたらデスメットの小母《おば》さんが訪ねてきて、レミがどこにいるか知らないかと訊くだろう。

ぼくが家に戻ったら、ぼくにも同じ質問をするだろう。そしてぼくは答える。レミ？いえ、見てません。ぼくは……。

どこにいたことにする？

枯れ枝を踏み越え、密集した茂みを迂回し、若木だの、地面を這うように伸びた根だのにぶつかり、死んだ子供の重みによろめきながら、彼は考える。ここ以外のどこにしようか。どこにいたことにできるだろうか。だが一つもいい場所を思いつかない。
「少々想像力に欠けるようですね」と先生は言った。去年、中学一年（日本の小学校六年）に上がる直前のことだ。サンチェス先生は一度もアントワーヌを褒《ほ》めたことがなく、いつも、最初からずっと、アドリアンだけがお気に入りだった。先生はアドリアンのお母さんと……といった噂が流れたことも何度かあった。アドリアンの母親はいつも香水をつけていて――アントワーヌの母親とはまるで違うタイプ――下校時には校門に迎えに来ている彼女のほうに誰もが目をやった。というのも通りでたばこを吹かしていて、しかもその服装たるや……。

　そこで彼はまたしてもつまずいて前のめりに倒れ、頭を幹に打ちつける。死体は前に投げ出され、彼が悲鳴を上げるのと同時に地面にどさりと落ちる。そのとき彼は無意識に手を差し伸べていた。その一瞬、レミが死んだことを忘れ、だいじょうぶか、けがしなかったかと叫ぼうとした。

　そして手を伸ばしたままレミの背中を、小さい脚を、小さい手を見て、胸が引き裂かれそうになる。

　アントワーヌは力尽きた。起き上がることもできず、落ち葉のなかに伸びたまま土のにおいを嗅いだ。そういえばオデュッセウスのにおいも嗅いだっけ……。もう体に力が入らないし、このまま眠りたかった。地面に沈んでいけたらいいのにと思った。自分も死ねたらいいのに。

　あきらめよう。もう力が出ない。

　そのとき彼の視線が腕時計に落ちる。そして母さんがもう帰っている時間だと気づく。簡単に説明がつくことではないが、アントワーヌが立ち上がれるとしたら、それは母親のためだ。母さんがこんな目に遭ういわれはないと思うからだ。このことを知ったら母さんは死ぬだろう。つまりこのことが知れたら、自分は母さんも殺すことになる……。

　彼はどうにかこうにか立ち上がる。そしてレミが腕も脚も擦《す》りむいているのを見て、さぞ痛いだろうと思ってしまう。馬鹿げているが、この期《ご》に及んでもまだ頭に入ってこない。レミが死んだということが。だめだ、それを認めることはできない。自分がふたたび背負い、この森を運んでいくのは、死体ではない。自分がよく知る少年、オデュッセウスと一緒にエレベーターに乗せてやった少年、あのとき「すごいすごい！」と叫んだ少年だ。レミはあの仕掛けに大喜びだった。

　アントワーヌは幻覚を見はじめていた。

　大股で歩きながら、彼は正面からレミが来るのを見ている。笑いながらやってきて、ヤッホーと手を振る。いつも彼を慕っていたレミ。わあ、これってさ、ツリーハウスっていうんでしょ？　と小屋を見上げるレミ。丸々した顔で、目が表情豊かで、年のわりにとても話し上手のレミ。もちろんまだ小さいから考えることは幼稚だが、面白いし、驚くような質問をするし……。

アントワーヌは自分がどれくらい来たかわかっていなかった。ふと気づくと目当てのブナの木が見えていた。

ここだ。眠る巨木。

だが幹のなかほどの、下に穴があるところまで行くには、はびこり放題のやぶともうひと踏ん張り格闘しなければならず、しかもこのあたりは鬱蒼としていて暗いので、ますます足元が危うくなる。

彼はもうなにも考えずに進む。何度もバランスを崩しかけ、手が届く限りのものにしがみつき、それでもだめで危うく倒れそうになり、シャツの袖口が破れるが、それでも彼は進む。レミの頭が木にぶつかり、鈍い音がしたのが一回。レミの腕が茨に引っかかり、強く引っ張らなければならなかったのが二回。

長いゲリラ戦を制し、ようやくその場にたどり着く。

巨木の幹の真下、目の前二メートルのところに、大きな土の裂け目が見える。なかは真っ暗だ。洞窟らしきものの入り口。そこまでのあいだはちょっとした土の小山になっている。

そこでアントワーヌはレミをそっと足元に降ろし、身をかがめ、レミを転がしはじめる。丸めた絨毯《じゅうたん》を転がす要領で。

レミの頭があちこちにぶつかるが、アントワーヌは目をつぶって転がしつづける。目を開けたときには小山のなかほどまで来ていた。近づくにつれ、ぽっかりと口を開けた土の裂け目が怖くなる。窯《かま》の入り口？　人食い鬼の口？　なかになにがあるのか誰も知らない。深いかどうかさえわからない。そもそもこの穴はなに？　かつて根元から倒れた大木があって、その根が抜けたあとの穴じゃないかとアントワーヌはずっと思っていた。そしてその上に、今度は別のブナの木が倒れたのだと。

ようやく穴の縁《ふち》まで来た。

だからといって安堵などできるはずもない。横倒しの巨木は圧倒的で、足元に横たわるレミはもちろん、自分自身も小さく思える。

さあ、最後のひと押し。だがそれができない。

あまりにも苦しくて、両手で頭を抱えて泣き叫ぶ。悲しみで狂ったようになりながら巨木に手をついて体を支え、右足をレミの腰の下に入れて少し持ち上げる。

彼は空を仰《あお》ぎ、と同時に右足を前に蹴《け》り出す。

レミの体はゆっくり転がり、穴の端で迷うかに見えたが、急に傾いて落ちる。

アントワーヌの目がとらえた最後の映像はレミの片腕が消える瞬間だったが、そのとき手が地面をつかもうと空をかいたように見えた。

アントワーヌは身動きできなかった。

レミは消えた。本当に？　疑いが首をもたげ、彼は跪《ひざまず》いて穴のなかに手を入れる。まずは恐る恐る、それから大胆に手を伸ばし、穴のなかを探る。

なにも手に触れない。

彼は立ち上がり、呆然とする。もうなにもない。レミはいない。なにもかも消えてしまった。

ただ一つ残ったのは、指の曲がった小さい手が消えていく映像……。

アントワーヌは踵《きびす》を返して歩きだす。大股で、ロボットのように、茂みを踏みしだいて。

高台の森を抜けたら、そこからは丘を駆け降りる。走って走って走りまくる。

家まで最短距離を行くには車道を二回渡らなければならない。アントワーヌは道の手前の木立《こだち》でしゃがみ込む。急カーブで見通しがきかないところなので耳を澄ますが、例によって心臓の鼓動が邪魔をする。

彼は立ち上がってすばやく左右をうかがい、茂みを出ようとした。そこへコワルスキー氏のバンがぬっと現れた。

アントワーヌはとっさに側溝に飛び下りて身を伏せ、バンはそのまま走り去る。

それからアントワーヌは一気に車道を走り抜け、反対側の木立に飛び込む。ぐずぐずしてはいられないので、すぐにまた走りだす。村の入り口まで三百メートルのところでもう一度茂みに隠れ、息を整えようとするが、ここで迷っている暇はない、すばやく行動するべきだと本能が告げるので、思いきって森を出る。そして落ち着いた足取りで——そう見えますようにと願いつつ——なにごともなかったかのように歩きだし、道々必死で呼吸を整える。

自分はどう見えるだろう。おかしなことになっていないだろうか。彼は髪を手櫛《てぐし》で整える。手にかすり傷があるが、目立つほどではない。シャツとズボンについた土だの草だのを急いで払い落とす。

家に帰るのは怖いような気がしていたが、どうやらその逆だ。パン屋、食料品店、村役場が見えてくると、そうした馴染《なじ》みの場所が自分を日常へと引き戻し、悪夢から遠ざけてくれるような気がした。

シャツの袖口の破れを隠すために、袖の端を引っ張って手で握ろうとする。

そのとき手元を見た。

腕時計がなくなっていた。

3

それはお気に入りのダイバーズウォッチだった。文字盤が黒で、ベルトが蛍光《けいこう》グリーンで、タキメーター、世界時計、ストップウォッチ、計算機など、驚くほどたくさんの機能が詰め込まれた大きな腕時計だ。アントワーヌの手首には大きすぎるが、だからこそ気に入っている。買ってもいいと母に言わせるのはひと苦労だった。何週間もせがみつづけなければならなかったし、山ほどの約束をさせられた。そのうえ倹約、必要性、無駄、衝動の制御、そのほか母が雑誌の子育て欄で見つけたわけのわからない諸概念について散々説教を聞かされ、それをひたすら我慢してようやく手に入れたのだ。大事にしていた腕時計がないことをどう説明しよう。母は必ず気づく。そういうことには敏感で、決して的を外さない。

いまからでも戻って探すべきだろうか。どこで失くしたのだろう。あの巨木の下の穴に落ちたのでは？　でも、もし戻る途中で落としていたら？　それも車道のあたりの日立つところだったら？　誰かが見つけたら、捜査の手が自分のほうに伸びてくるかもしれない。最悪の場合、犯罪の証拠とされるかもしれない。

そんなことを心配していたので、アントワーヌは自分がもうデスメット家の前まで来ていることにも、その庭が騒がしく、緊迫した雰囲気に包まれていることにもすぐには気づかなかった。

そこには女性を中心に七、八人集まっていた。店に出ているのを見たことがない食料品店のおかみさんをはじめ、ケルネヴェル夫人、クローディーヌ、高齢のアントネッティ夫人までいる。アントネッティ夫人は線になって消えてしまうのではないかと思うほどやせていて、声も時々震えるが、魔女のような青い目で相手を射抜く目力《めぢから》がすごいし、とんでもなく意地が悪い。

この小集団が誰かをぐるりと取り巻いていて、それがデスメット夫人であることは、いつもの少し鼻にかかった声がかろうじて聞こえたのでわかった。彼女は年がら年中鼻がぐずぐずしていて、いつも「おが屑《くず》アレルギーだから」と物知り顔で言う。「こんな場所で生きてるんだから、しょうがないわけよ」。そして両手で自分の腿《もも》をたたき、その音でおのれの不運を周囲にアピールする。騒ぎに気づいてアントワーヌが足を緩《ゆる》めたところへ、うしろから誰かが走ってきた。エミリーだった。そしてエミリーが息を切らせて彼に追いついたとき、大きな声がした。

「あ、いた！　アントワーヌ！」

デスメット夫人が肘で女たちを押し分け、ハンカチを握りしめて庭から走り出てきた。取り巻きのグループもぞろぞろついてくる。

「レミがどこにいるか知らない？」とデスメット夫人が息せき切って言った。

アントワーヌはとてもじゃないが言葉ではごまかせないと思ったし、そもそも喉が締めつけられていて声にならないので、ただ首を振った。知らないと。

「そんな……」

デスメット夫人が絞《しぼ》り出したそのひと言が苦悩の叫びに聞こえて、アントワーヌは泣きそうになった。かろうじて踏ん張れたのは、食料品店のおかみさんがすぐにこう言ったからだ。

「あんたと一緒じゃなかったのかい？」

彼は唾《つば》をのみ、周囲を見回した。するとエミリーと目が合った。アントワーヌに追いついて足を止めていた彼女は、興味津々《しんしん》で成り行きを見守っていた。彼はどうにか小声で答えた。

「いいえ」

だが続けておかみさんにこう訊かれ、今度は足元から崩れそうになった。

「最後にレミを見かけたのはどこ？」

今日はまだ見てませんと言いかけたが声にならず、血の気が引くのを感じながら、漠然と庭のほうを指さした。するとまた一同がてんでに口を開いた。

「とにかく」と食料品店のおかみさんが叫ぶ。「子供が消えちまうわけはないんだから！」

「街を抜けていったなら、誰か見てるはずよ」

「それはどうだろうねえ」

デスメット夫人はまだアントワーヌをじっと見ていた。でもそれはアントワーヌを見ているというより、アントワーヌを通してなにかを見ているというふうだった。事態は深刻だとようやく気づきつつあるような顔で、下唇が下がり、じっと一点を見つめている。その表情はアントワーヌの胸に深く刺さった。

彼はゆっくり向きを変え、エミリーも無視して自分の家に向かった。

ドアを開ける前に振り返り、もう一度デスメット夫人を見て、唐突にプレヴィルさんの奥さんみたいだと思った。プレヴィル夫人は時々介護士の目を盗んで逃げ出し、そのたびに通りで一人娘の名を叫んでいるところを見つかるのだが、その娘というのは十五年以上も前に亡くなっている。デスメット夫人の苦悩の表情は、そばに立つエミリーの金髪や若々しい顔と悲しくなるほど対照的だった。

家のなかに入ったら少しほっとした。リビングにはすでに飾りつけが終わったクリスマスツリーが置かれていて、店の看板のようにまたたいていた。

彼は嘘をついた。だがみんな彼を信じた。とりあえず窮地を脱したということだろうか？

でもあの腕時計が……。

母はまだだったが、すぐにも戻ってくるはずだ。彼は二階に上がり、汚れたシャツを脱ぎ、丸めてベッドの下に放り込んだ。そして洗いたてのTシャツをかぶり、窓に近づいてカーテンをほんの少し開けたら、通りにデスメット氏のごつい姿が見えた。工場から急いで戻ってきたところで、庭で話し込んでいるグループに気づくとさらに足を速めた。その歩みがあまりにも猛々《たけだけ》しく、荒っぽかったので、アントワーヌは思わず後ずさった。デスメット氏と向き合うことを考えただけで胃がよじれ、吐き気がし、慌てて口に手を当ててトイレに駆け込み、体を二つに折った……。

そのうちレミの死体が見つかったら、皆いっせいにここにやってきて質問攻めにするだろう。

どうにか部屋に戻ったところで脚の力が抜け、膝をついた。

きっと一時間もしないうちに誰かがあの腕時計を拾い、嘘をついたことがばれてしまう。

憲兵隊はまずこの家を取り巻いて逃げ道を塞《ふさ》ぐだろう。それから三、四人で突入してくる。武装した連中が足音を忍ばせ、壁に背をつけてゆっくり階段を上がってくる。外ではメガホンで降伏を促す声が響く。「無駄な抵抗はやめなさい。両手を上げて下りてきなさい」。とても抵抗しきれない。すぐにも手錠をかけられてしまう。「レミを殺したのはおまえだな！　死体をどこに隠した！」

さらし者にならないように、上着で顔を隠すことになるのだろう。その格好で二階から下り、母の前を通る。母は取り乱し、ひたすら名前を呼ぶ。アントワーヌ、アントワーヌ、アントワーヌ！　通りには村中の人が出ていて口々に叫ぶ。げす野郎！　人殺し！　子供殺し！　憲兵たちは彼をワゴン車のほうに連れていこうとするが、そこへデスメット氏が立ちはだかり、アントワーヌの顔を覆う上着をはぎとり、腰に構えた銃を見せつけてから引き金をひく。

そこまで想像したところで、アントワーヌはまたひどい腹痛に襲われ、トイレに戻ろうとしたが、そうもいかなくなった。下から声がしたのだ。

「アントワーヌ、いるの？」

なんとかしなければ。早く。

彼は無理やり立ち上がり、勉強机まで行って座った。

そのときにはもう母が二階にいて、ドアのところに思案顔で立っていた。

「ねえ、なにかあったの？　ベルナデットのところが騒ぎになってるけど」

アントワーヌはさあねと肩をすくめてみせた。でもデスメット夫人と話をしたのだから、知らなかったことにはできない。

「レミだよ……。探してるんだって」

「そうなの？　どこに行ったかわからないの？」

またか。母さんはいつもこの調子だ。

「あのさ、探してるってことは、どこに行ったかわからないってことだろ？　そうじゃなきゃ探さないよ」

だがクルタン夫人はもう聞いておらず、窓際に突進した。アントワーヌもそのうしろに立ってのぞいた。

隣の庭の人数はさらに増えていた。デスメット氏が戻ったあと、バーの飲み仲間や工場の仕事仲間も駆けつけたようだ。空には鈍色《にびいろ》の雲が走り、日が陰りはじめていた。冬の午後の弱い光のもとでデスメット氏を取り巻く男たちの姿は、アントワーヌには猟犬の群れに見えた。震えが背筋を走り抜ける。

「寒いの？　風邪ひいたんじゃないの？」と母がすぐに訊いた。

アントワーヌはげんなりしてまた肩をすくめた。

そのとき隣の庭にワイザー氏が入ってきて、全員の目がそちらを向いた。村長であり、ワイザー社社長でもあるワイザー氏だ。クルタン夫人は話を聞かずにはいられなくなり、窓を開けた。

「待った、待った！」と村長はいつもの癖で言葉を繰り返した。ついでにデスメット氏の目の前で大きく片手を開いて制止するポーズを取った。

「こんなことで憲兵を呼ぶべきじゃありませんよ」

「こんなこと？」デスメット氏が目を剝いた。「うちの息子が行方不明だってのに、どうでもいいってんですか！」

「行方不明、行方不明といっても……」

「じゃあどこにいるか知ってるんですか？　え？　六歳の子を誰も見かけてないんですよ。えっと……」腕時計に目を落とし、額にしわを寄せて計算する。「もう三時間以上も。それが行方不明じゃなくてなんなんだ！」

「では、最後に見かけたのはどこですか？」と村長が協力的な態度を見せて訊いた。

「主人が工場に戻るときに、途中までついていったんです。そうよね、ロジェ？」とデスメット夫人が震え声で言った。

デスメット氏は頷いた。彼はいつも昼に帰宅して食事をするが、工場に戻るとき、レミが途中までついてくることがあり、そのあと一人で家に戻っていくという。

「で、レミ君があなたと別れた場所は？」

言うまでもなく、雇い主からこんなふうに尋問《じんもん》まがいの質問をされて、デスメット氏がうれしいはずがない。社長のやつ、仕事はともかく、家のことまで指図するつもりか？　というわけで、返答は腹立ち紛れになった。

「そういう質問こそ憲兵の仕事でしょうが。あなたじゃなくて」

デスメット氏は村長より頭一つ背が高いうえに、目の前まで詰め寄っていたから、いまや完全に上から見下ろす格好になっている。しかも声も太くてよく通るので、どう見ても村長が劣勢だ。だが村長も自分の権威と尊厳にかかわる問題だからあとには引かず、踏ん張った。女たちはうしろに下がり、男たちは詰め寄り、半ば村長を取り囲むように立っている。しかもその場にいる全員がワイザー社の工員か工員の父、兄弟だ。こうして思いがけずも労使対決の図が出来上がり、工員たちにのしかかっていた失業の不安がにわかに重みを増しはじめる。だからデスメット氏がレミの父親として怒っているのか、ワイザー社の従業員として怒っているのか、もはや誰にもわからなかった。

そのあいだに、男同士の対決など気にも留めないケルネヴェル夫人が、さっさと自宅に戻って電話をかけていた。

憲兵隊が到着すると、クルタン夫人もとうとう我慢できなくなり、外に飛び出した。

近所の人々がばらばらと出てきて、通りがかりの人も足を止め、いない人を呼びにいく人もいて、さらに人が増え、庭に入りきらない人が通りにあふれ、その一群が押し合いへし合いし、話しかけ、呼びかけ合ったが、誰もが小声だったので、かすかなざわめきが不穏なさざ波のように広がっていった。

アントワーヌの目は憲兵隊のワゴン車に釘づけになっていた。

その車はよく村を通っていたし、憲兵たちの顔もだいたい知られていた。というのもカフェに立ち寄ることがあるからで、そういうとき彼らはこれ見よがしにノンアルコール飲料を頼み、支払いにもこだわる。もちろん職務として口論の仲裁に入ることもあるし、呼び出し状の類《たぐい》を届けにくることもある。いずれにしても憲兵隊が来るというのはちょっとした出来事で、なにがあったんだろうと誰もが気にするし、ワゴン車が近くに停まれば様子を見に出ていかずにはいられない。

アントワーヌは警察の階級のことなど知らないので、ワゴン車から降りてきた三人のうちの誰が班長なのかを態度で見分けるしかなかったが、その班長らしき男がかなり若いのを見て、わけもなくほっとした。

憲兵たちは通りの人込みをかき分け、庭に入った。

班長はまずデスメット夫人に問いかけた。そして答えに耳を傾けながら、彼女の腕を取って家のなかへと導いた。デスメット氏も家に向かったが、途中で振り返り、うしろからついてきていた村長をにらみつけて追い払った。

彼らは家に入り、ドアが閉められた。

集まっていた人々は立場に応じていくつかのグループに分かれた。ワイザー社の工員たち、近所の親しい人たち、同じ学校に子供をやる保護者たち。だが誰一人としてその場を立ち去ろうとはしない。

雰囲気が変わっていた。憲兵が来たことで、ちょっとした出来事が本格的な事件へと格上げされていた。それはもはや一家庭の心配事ではなく、村全体がかかわるものになっていて、その変化をアントワーヌは敏感に感じとった。人々の声はさっきよりも低くなり、表情はより深刻になっていて、そのすべてがいっそうの脅威となって当事者である彼にのしかかってきた。

彼は急いで窓を閉め、トイレに駆け戻った。便座に腰かけて前かがみになってみたが、お腹は言うことを聞いてくれない。それどころか胃が持ち上がり、何度も差し込むような痛みに襲われた。彼は腕で腹を両脇から押さえて痛みをやりすごそうとし……。

そのとき音がした。痛みが一瞬で消え、彼ははっと顔を上げた。その刹那《せつな》、森で見たシカと同じ反応だと思った。そのシカはすっと脚を伸ばして優雅に立っていたが、ゆっくり首を回し、耳を立て、見えないものを聴きとろうとし、アントワーヌの存在に気づいた瞬間、全身に緊張をみなぎらせ、びくびくした追われる獲物に変身した。

母だけではないとすぐにわかった。男性の声が聞こえたからだ。彼は立ち上がり、ジーンズのベルトも締めずに部屋に駆け戻った。

「いま呼んできますから」と言いながら、母が階段を上がりはじめた。

アントワーヌは部屋のいちばん奥まで下がり、なんとか落ち着こうとしたが、時間が足りなかった。

「憲兵さんがいらしたわよ」と言いながら母が部屋に入ってきた。「話を聞きたいんですって」

その声にはなんの不安も感じられなかった。むしろちょっと得意げで、母の思考回路が目に見えるようだった。自分の息子が――それは母にとっては母自身がという意味になる――情報提供者として頼りにされていて、警察から相談される立場にあり、発言が求められている。つまり自分たちは重要人物である、といったところだろう。

「話って、なんのこと？」とアントワーヌは訊いた。

「なに言ってるの、レミのことに決まってるでしょ！」

クルタン夫人は息子の馬鹿げた質問に面食らった。だがそこにいきなり憲兵が現れたので、母も息子もさらに面食らった。

「失礼します」

憲兵はゆっくりと、だが堂々と部屋に入ってきた。庭でデスメット夫人に話しかけていた、あの班長らしき人だ。

近くで見ても年齢はよくわからなかったが、さっき思ったほど若くないことだけはわかった。班長はまず自信たっぷりにアントワーヌに微笑みかけると、部屋のなかをざっと見渡し、それからアントワーヌの前まで来て膝を折った。顔をきれいに剃《そ》り上げていて、目は生き生きとして鋭く、耳がとても大きい。

「やあ、アントワーヌ。きみはレミ君のことをよく知っているんだって？」

アントワーヌはごくりと唾をのみ、頷くことでそれを認めた。班長は彼の肩に手を伸ばそうとしたが、途中で止めた。

「怖がらなくていいんだよ。最後にレミ君を見かけたのがいつか教えてほしいだけなんだ」

アントワーヌは目を上げ、入り口に立っている母を見た。母は満足げな、自慢げと言ってもいい顔でこちらを見ていた。

「アントワーヌ、見るのはそっちじゃないぞ。さあ、こっちを向いて、答えてくれ」

声色《こわいろ》が変わり、断固とした口調になっていた。答えを要求する声……その答えをアントワーヌはまだ用意していなかった。デスメット夫人が相手のときはもっと楽だったのに……。彼は窓のほうを向きながら必死で勇気をかき集めた。

「庭です」とどうにか言葉にした。「レミはあそこの、庭にいました」

「それは何時ごろだった？」

アントワーヌは自分の声が思ったほど震えていなかったことにほっとした。いや、少しは震えていたが、十二歳で憲兵に尋問されたらそれくらいは普通だろうと思える程度だった。

それで少し落ち着いて、さっきデスメットの小母さんはなんて言ってたっけと考える余裕が出た。

「一時半、くらいかな……」

「そうか。で、レミは庭でなにをしていた?」

今度は答えがすぐに出た。

「犬が入った袋を見てました」

班長は眉間《みけん》にしわを寄せた。確かにいまの答えではわかりにくいと気づき、アントワーヌは説明した。

「昨日、レミのお父さんが犬を殺したんです。で、その犬をゴミ袋に入れたんです」

班長は笑った。

「なるほど。ボーヴァルじゃいろんなことが起きてるってわけだね」

だがアントワーヌにとっては冗談ですむことではないので、相槌は打たなかった。

「まあいい」と憲兵が言葉をつないだ。「で、どこにあるんだい? そのゴミ袋っていうのは」

「あのへんです」と窓から庭の一隅を指さした。「ほかの袋と一緒になってて……。デスメットさんは犬を銃で撃ち殺して、ゴミ袋に入れたんです」

「それで、レミは庭にいて、そのゴミ袋を見ていたんだね？」

「はい。泣いてました」

班長は口をすぼめた。そりゃそうだろう、わかるよと。

「で、そのあとは見ていないと……」

見ていないと首を振った。班長は彼をじっと見たまままた口をすぼめ、いま聞いた答えを反芻《はんすう》しているようだった。

「それで、お隣の前で車が止まったとか、そうしたことはなかったかい？」

いいえ。

「つまり、いつもと違うことはなにもなかった？」

ありません。

「よし！」

班長はさあ次の仕事だと言わんばかりに両手で膝を打った。

「アントワーヌ、ありがとう。助かったよ」

そして立ち上がった。部屋を出るときクルタン夫人に会釈《えしやく》し、夫人もあとに続こうとしたが、不意に班長が足を止めて振り向いた。

「あ、そうだ、もう一つだけ。レミが庭にいるのを見たときだけど……きみはどこへ行くところだったんだい？」

反射的に答えた。

「池」

アントワーヌは答えが早かったと気づいた。早すぎた。

そこでもう一度、ゆっくり答えた。

「池に行くところでした」

班長は頷いた。池だね、わかった、と。

4

クルタン家を出たあと、班長はしばらく歩道で考え込んでいた。

その視線の先では人だかりの人数が増え、苛立ちも見えはじめていた。

待ちくたびれて大声を出す人もいる。もう日が暮れるってのに、このまま待ってたって坊主が帰ってくるとは思えんだろ！　どうなってんだ？　なにをすりゃいいんだ？　誰が指揮とってんだ？　だが本来リーダーたるべき村長は工員グループと憲兵隊のワゴン車のあいだを行ったり来たりし、前者をなだめ、後者に質問するのに忙しい。このままでは彼らがいっせいに怒りを爆発させてもおかしくなかった。ここにいる誰もが、各人各様の理由から自分を不正の犠牲者だと考えていて、怒りをぶつけるいいチャンスが来たとしか思っていなかった。

若い班長は大きく息を吐いた。そして両手の指を軽く鳴らしてから部下を呼んだ。

数分で軍用地図が広げられ、班長がボランティアを募り、学校の教室のように多くの人が手を挙げた。班長は人数をかぞえ、捜索地域をいくつかに分けた。村の中心部については、レミがいないと気づいた時点でデスメット夫人が探し回ったので、今回は周辺部に重点を置く。数人ずつ地区を割り振り、ボーヴァルを通る県道、村道沿いをくまなく探すよう指示を出した。

次々とエンジンがかかる。男たちは狩りに出かけるように肩で風を切って車に向かい、運転席に潜り込む。村長も公用車で捜索に参加することになった。目的は子供の捜索だとはっきりしているにもかかわらず、そこにはなぜか復讐心や憤りといった、よくリンチの前に見られる群集心理が顔をのぞかせていた。

車は次々と出ていったが、窓から見ていたアントワーヌには、遠ざかる車がぐるりと回って自分のほうに向かってくるとしか思えなかった。

若い班長もすぐにはワゴン車に戻らず、決意をみなぎらせて捜索に出ていく人々をじっと見ていた。このとき班長の脳裏をよぎったのはなにかというと、こうして始まったものは、容易には止まるまいという懸念だった。

県の誘拐警報が発令された。

レミ・デスメットの写真、身体的特徴、服装などの情報が公共の場に掲示された。デスメット家には、ベルナデットにつき添うために女たちが入れ代わり立ち代わりやってきた。クルタン夫人も例外ではなく、買ってきたものを片づけて夕飯の支度をすませるなり、下から叫んだ。

「アントワーヌ！　ベルナデットの様子を見てくるから！」

そして返事も待たずに出ていった。アントワーヌは母が急ぎ足で庭を横切るのを目で追った。

彼は先ほどの憲兵の来訪で思わぬ緊張を強《し》いられ、まだ動揺が収まらなかった。あの人は頭がよさそうだし、疑り深そうだ……。

そしてあの人は、ぼくの言うことを信じていない。

そうとしか思えなかった。歩道に佇《たたず》んでいた様子でわかる。アントワーヌとのやりとりを反芻しながら、やはり戻って追及するべきではないかと考えていたのだろう。

アントワーヌは誰もいなくなった隣の庭を見下ろしたまま、身動きできなくなっていた。振り向いたら、あの人がいるに違いないからだ。そう、きっとあの班長がこの部屋に戻ってきている。彼はドアを閉め、ベッドに腰かけ、こちらをじっと見る。窓の外では村が不気味に静まり返る。生き血を抜かれた動物みたいに。

班長はなにも言わない。そしてアントワーヌは否応《いやおう》なく気づかされる。その沈黙に対して、彼もまた沈黙を返せば、それが自白になってしまうのだと。

「つまりきみは、池にいたんだね？」

アントワーヌは頷く。はい、そうです。

するとと班長は残念だという顔をする。唇をすぼめたり、軽く舌打ちをしたりして失望感をあらわにする。

「どういうことになるかわかっているかい？」

と言って窓のほうに顎をしゃくる。

「もう少ししたらみんな戻ってくる。もちろんなにも見つけてはいないだろう。でもデスメットさんは違うぞ。彼は小道の脇で足を止めただろう。サントゥスタッシュのほうに登っていく小道だよ」

アントワーヌは唾をのむ。その続きは聞きたくないが、班長のほうは容赦しないと決めている。

「彼はその小道できみの腕時計を見つけ、その道をたどって大きなブナの木に行き着くんだ。そしてかがみ込み、手を伸ばし、なにかをつかみ、引き上げる。するとなにが出てくる？　どうだ、アントワーヌ、なにが出てくると思う？　そう、レミだ。といっても死体だけどね。腕も脚もだらりとして、小さい頭がぶらぶらしている、きみに背負われていたときと同じだよ。覚えているね？」

アントワーヌはまったく動けず、口だけぱくぱくさせるが、言葉が出ない。

「デスメットさんは坊やを抱え上げ、村に戻ってくる。想像してごらん。デスメットさんが死んだ息子を抱いてボーヴァルの目抜き通りを歩き、そのうしろから村の人たちがぞろぞろとついてくるところを。それから彼はどうする？　そう、家に戻る。重々しい足取りで家に入り、レミをその母親の胸に返し、銃を手に取って家を出て、庭を横切り、階段を上がり、ここに入ってきて――」

その瞬間、デスメット氏が銃を構えて部屋に入ってくる。背が高いので、身をかがめてドア枠をくぐり、入ってくる。だが班長は身じろぎもせず、アントワーヌをじっと見たままだ。ほうら、言ったとおりだろう？　いまさらなにを言っても遅い。わかるね？

デスメット氏が銃を腰に構え、近づいてくる。その影がアントワーヌを覆い、うしろの窓も覆い、ついには村全体を覆う……。

銃声。

アントワーヌは悲鳴を上げた。

われに返ると、腹を押さえて膝をつき、床に少し吐いていた。

これ以上耐えられない。ここにはいられない。ここから逃げ出せるならなんでもする！　その考えにはたと動きを止めた。

ここから逃げる……。

それだ。それこそが答えだ。

当然すぎるその答えに驚き、彼は顔を上げた。なぜもっと早く気づかなかったんだろう。急に視界が開けた気分だった。彼は麻痺状態を脱し、止まっていた脳がふたたび回転しはじめ、テンションが上がってきた。

袖で口元をぬぐい、部屋のなかを歩きながら考えた。そこにあった宿題帳とフェルトペンをつかみ、頭に浮かんだものを片っ端からメモしていく。服、金、電車、飛行機（?）、スパイダーマン、パスポート！　出国用のあの書類、食べ物、テント（?）、旅行鞄……。

急がなければ。今夜のうちに出なければ。

うまくいけば明日の朝までにかなり歩いていける。

エミリーには別れを告げたかったが、すぐにあきらめた。彼女のことだからなんでもかんでもしゃべってしまうに決まっている。別れなんか告げるより、明日になってから、アントワーヌは一人でどこかへ行ってしまったとわかるほうがいい。そしてその後二度と、自分の噂が彼女の耳に届くことはないだろう。いや、絵葉書くらい送ってもいいかな。そうだ、世界中から絵葉書が届くのがいい。彼女はそれを学校で見せびらかし、夜にはそれを見て泣き、箱に入れて大事にとっておくだろう。

彼は村のどちら側から出ていくかを考えた。誰もがサンティレール方面だと思うはずだから、逆がいい。マルモン方面だ。だがマルモンへの道がどうなっているのか彼は知らない。ボーヴァルを出るときはいつでもサンティレール経由だった。地図を見なければ。

いまや頭が高速回転していて、どんな問題にも答えが出る。マルモンの駅まで八キロだから、闇に紛《まぎ》れて、車道から離れた道をたどって行けるだろう。切符は駅で買うしかないが、人に見られるとまずいから、誰かに頼んで代わりに買ってもらおう。この思いつきに彼は満足し、ますます興奮する。女の人がいい、そのほうが頼みやすい。こう言って頼もう。母がここまで送ってくれたのですが、ぼくに切符を渡すのを忘れて帰っちゃったんです。そしてお金を出す……。お金！　預金通帳にいくらあったっけ？

二階から駆け降りて、玄関脇のサイドテーブルの引き出しを勢いよく開けたら抜けそうになったが、とにかくそこにあった。アントワーヌ名義の預金通帳。父親が彼の誕生日ごとに入金してくれている口座だ。残高は千五百六十五フラン！　その額はこの日までただの抽象概念でしかなかった。母はいつも自由に使っていいのよと言うが、ただし「十八歳になったら」であり、「本当に役に立つものに使うなら」という条件がつく。母が例外を認めてくれたのは一度だけで、それが去年のあのダイバーズウォッチだった（それも嘆願と忍耐の末にようやくだ）。

腕時計……。

アントワーヌは頭を振って不安を追い払った。

とにかく千五百フラン以上もあるのだから、遠くに行けるし、当分やっていける。

彼はかつてないほど興奮したまま、通帳を持って二階に戻った。さあ、ここからは順序立てて具体的に決めていこう。まずはなんといっても行き先だ。電車でパリへ？　それともマルセイユ？　逃亡先としていちばんいいのはオーストラリアか南米だと思うけれど、はたしてマルセイユから行けるんだろうか。ま、行ってから考えればいいか。飛行機より船がよさそうだし。船賃の分だけ働かせてくださいと頼めば、向こうに行ってから使うお金を増やせる。彼は地球儀を見ようと手を伸ばしかけ……いや、あとにしようと思いとどまる。今夜にしよう……。

持っていくのはスーツケース、いや、ボストンバッグがいい。あの茶色いやつ。母さんが地下室にしまったはずだ。彼はまた階段を駆け下《さ》りる。だが部屋に持って上がってみたら、ボストンバッグはやけに大きかった。手に提げると底が床をこすりそうになる。こんなばかでかいバッグを持って駅に立ったら、どう思われるだろう。もっと小さいのにしたほうがいいんじゃないだろうか。たとえばリュックとか？　そこでベッドの上に両方並べてみる。ボストンバッグは大きすぎるが、リュックは小さすぎる……。うーん、でも決めなくちゃ。早く。彼はリュックにすると決め、さっそくソックスとTシャツを入れた。外ポケットにスパイダーマンのフィギュアを突っ込み、ボストンバッグを地下室に戻しにいき、それからまた玄関脇のサイドテーブルに行ってパスポートと例の書類を探した。ドイツまで父に会いにいったときに母が用意してくれた書類だが、名前を覚えていない……あった。これだ。そう、「未成年者出国許可証」（未成年者が親権者の同伴なしでフランスから出国する場合に必要とされる）。これってまだ有効？

と、そこまで考えたとき外で音がしたので、アントワーヌは大慌てで二階に上がった。母の声に続いて、クローディーヌとケルネヴェル夫人の声が聞こえてきた。

彼は二階の廊下で耳を澄ました。

クルタン夫人は家に入るなりお茶の支度に取りかかったが、外で始まった三人の会話はそのまま続いた。

「まったく、どこに行っちゃったのかしらねえ、あの子」

「池じゃない？」とクローディーヌが言った。「道に迷うなんて、あのあたりしか考えられないもの。それで池に落ちたのよ、たぶん……」

「もう、クローディーヌったら、そんな話じゃないでしょう？」とケルネヴェル夫人が反論した。「あの運転手を見かけた人がいるっていうんだから」

「運転手？　誰のこと？」

「勘弁してちょうだい！　デスメットさんちの犬をはねた運転手のことよ」

ケルネヴェル夫人はかなり焦《じ》れていた。クローディーヌの名誉のために言っておくが、彼女もレミのことを案じていた。とにかく優しい娘なのだから。ただし間《ま》が抜けていて察しが悪いから、なにかをわからせようと思ったらひと苦労で……。クルタン夫人が見かねて口をはさみ、教え諭《さと》すように言った。アントワーヌに説教するときと同じ口調だ。

「昨日、デスメットさんのところの飼い犬が道ではねられたでしょ？　運転手っていうのは、その車を運転していた人のこと。なんでも、今朝その車が池の近くに駐まっているのを見た人がいるんですって。つまり、その人はこのあたりをうろついていたってことになるわけで……」

「やだ、あたしったら、あのおちびちゃんは道に迷ったんだとばかり思ってた」

クローディーヌは新たな情報にショックを受けていた。

「考えてもみてよ、クローディーヌ。昼の一時から誰もあの子を見ていなくて、いまはもう夕方の六時なのよ？　みんなであちこち探し回ったし、あの子がそんなに遠くに行くはずはないし。まだ六つだもの！」

「っていうことは……誘拐されたってこと？　ああ神様！　でもなんのために？」

それにはクルタン夫人もケルネヴェル夫人も答えなかった。

誘拐の線が出てきたとわかって、アントワーヌは少しほっとした。なぜかと訊かれても答えられないが、なんとなく、自分に疑いがかかりにくくなるような気がした。

車が数台近づいてくる音が聞こえたので、彼は窓辺に飛びついた。

戻ってきたのは三台だった。日が暮れて捜索が中断されたようで、すぐに四台目も戻ってきた。続いて村長が乗った公用車も戻ってきて、同じく家の前の通りに駐車した。男たちは歩道でひそひそ話を始めた。出ていったときのあの勢いはどこかへ消えてしまい、なにやらぎこちない、後ろめたそうな態度に変わっていた。

　捜索の結果をすぐにもデスメット夫人に知らせるべきなのに、誰もそうしようとせず――なんの成果も上がっていなかったからだが――互いに譲《ゆず》り合ってぐずぐずしている。するととうとうデスメット夫人のほうが飛び出してきて、ひきつった顔で彼らから順に報告を聞いた。そして一人聞くごとに彼女の肩が落ち、顔も下を向いた。男たちは手ぶらで戻り、日はすでに暮れ、時は刻々と過ぎていく……。続いて戻ってきたのはデスメット氏だったが、これもまた両肩を落として車を降りたのを見て、ベルナデットはふらりと揺れた。そのまま倒れるところだったが、隣にいたワイザー氏がかろうじて抱き止めた。

　デスメット氏が駆け寄ってきて妻を支え、一行はうなだれて家に向かった。

　ベルナデットの血の気の失《う》せた顔、目の下の隈《くま》、身もだえする様子、そして失神するほどの苦悩、そのすべてがアントワーヌの心を揺さぶった。

　レミを返したかった。そんなことができるなら。

　じんわりと涙が浮かび、彼は声もなく泣きはじめた。彼を襲った悲しみは底知れぬものので、というのも彼は、彼だけは、生きたレミが帰ることはないと知っていたから。

　デスメット夫人はじきに死んだ息子と対面することになる。

　ステンレスの台に寝かされ、シーツをかけられた息子との対面。彼女は夫にしがみつき、夫は彼女の肩を抱いて支えるだろう。死体公示所《モルグ》の職員がそっとシーツをめくると、レミの生気のない青っぽい顔が現れる。右側には大きなあざがある。彼女は泣き崩れ、デスメット氏が抱きかかえる。そして部屋を出て、そばに控えていた憲兵に頷く。ええ、間違いありません、うちの子です、レミです……。

数分後に、今度は憲兵隊のワゴン車が戻ってきた。

アントワーヌがまた窓から見ていると、あの班長と二人の部下がデスメット家の庭を横切り、呼び鈴を鳴らし、なかに入った。そして少しするとデスメット氏と一緒に出てきて、ワゴン車のほうに戻りはじめた。憲兵に囲まれたデスメット氏は憤懣《ふんまん》やるかたないといった顔つきで足早にワゴン車に向かっていく。するとそれを見た男たちが周囲に集まってきた。

彼らがなにか叫びはじめたので、アントワーヌは窓を開けた。

「どこへ連れていこうってんですか？」

「なんの権利があってそんなことを！」

「通してください！　ほら、皆さん、憲兵隊の邪魔をしないで」と村長が割って入るが、男たちは下がらない。

「なんだよ、村長。今度は憲兵の味方かい？　おれたちは敵だってのか！」

だが憲兵たちは焦らず騒がず、ゆっくりと歩みつづけ、ようやくワゴン車にたどり着くと、デスメット氏を乗せてすぐに出発した。

男たちの多くは自分の車に駆け戻り、すぐにワゴン車のあとを追った。

アントワーヌは混乱し、なにをどう考えたらいいのかわからなくなった。

憲兵たちはなぜデスメットさんを連れていったんだ？　なにかで彼を疑っているんだろうか。

もちろんアントワーヌは、自分以外の誰かが逮捕されたらどんなにいいだろう、それがあの恐ろしいデスメット氏なら願ったり叶《かな》ったりだ、と心のどこかで思っていた。でもベルナデットのことも考えてしまう。自分の子供が行方不明なのに、その件で夫が憲兵に連れていかれるなんて……。矛盾《むじゅん》する感情が同時に押し寄せてきて、アントワーヌはますます心乱れた。

そのころにはクローディーヌとケルネヴェル夫人はもう帰っていて、クルタン夫人は夕食を温め直していた。

アントワーヌは音を立てないように荷造りを再開した。リュックが小さいので、持っていきたいものをすべて入れることはできない。でもしょうがない。お金があるから、必要なものは途中で買えばいい。

七時半ごろ、母に食事よと呼ばれた。

「まったくなんて騒ぎかしら。信じられない」

それはアントワーヌにかけた言葉というより、独り言だった。

じつのところクルタン夫人は、ここに至ってもなお、この出来事をただの騒ぎにすぎないと思っていた。あのときは大変だったわねと後々話題になるような、ちょっとした騒ぎの一つだと。なぜならレミは戻ってくると確信していたからで、彼女の知性はレミが本当にいなくなったという可能性をまったく受けつけなかった。これまでにも村中総出で子供を探したことが何度もあったし……。彼女はテーブルに皿を並べながら、そのことを話しはじめた。

「そうそう、あなたの叔母さんのお隣さんちの男の子もそうだった。四つだったんだけど、洗濯籠のなかで眠っちゃったのよ！　みんなで何時間も探して、とうとう憲兵も呼んだあとで、ようやく義理の妹さんがその子を見つけたってわけ」

そのとき窓が急に明るくなり、母と息子は同時にそちらを見た。外で回転灯が点滅している。すぐに立ち上がったのは母のほうで、急いで玄関に出た。

憲兵隊のワゴン車が停まっていた。デスメット家の前ではなく、クルタン家の前に。

クルタン夫人は手早くエプロンを外した。アントワーヌもそのうしろに立った。

班長がワゴン車から降りてこちらにやってきた。

自分は死ぬんだとアントワーヌは思った。

「クルタンさん、何度も申し訳ありません。息子さんにもう一度話を聞きたいんですが」

そう言いながら、班長は首を伸ばしてアントワーヌのほうを見ようとした。クルタン夫人は眉をひそめた。

「あの、いったいどういう……」

「ああ、ご心配いりません。ただの確認です。アントワーヌ？」

班長は前回とは違い、膝をついて視線の高さを合わせようとはしなかった。

「ちょっと一緒に来てくれないか？」

アントワーヌが班長について隣の庭まで行くと、二人の憲兵が立っていた。顔をこわばらせたデスメット氏も一緒で、アントワーヌをにらみつけてきた。

班長がアントワーヌのほうを振り向いた。

「きみが最後に見たときレミがいた場所を、正確に教えてくれるかい？」

全員の目が彼に注がれていた。母もついてきていて、すぐうしろに立っている。デスメットの小母さんにどう答えたんだっけ？　班長にはなんと言ったっけ？　はっきり覚えておらず、間違えたらどうしようと怖くなった。でも犬のことを話したのは確かだ。アントワーヌが黙っていると、班長が質問を繰り返した。

「アントワーヌ、レミがどこにいたか、正確に教えてくれないか」

そのときアントワーヌは、班長が場所を選んで立っていて、アントワーヌからゴミ袋の山が見えないようにしていることに気づいた。それでどうすればいいのかわかった。

彼は一歩出て、腕を伸ばした。

「あそこ」

アントワーヌはゴミ袋の山に近づいた。そしてその場面を想像してみた。自分が外を通りかかり、ゴミ袋のそばで泣いているレミを見かける場面だ。

そして想像のなかでレミが立っている場所まで行き、足を止めた。

すると班長がすぐ横に来て、目の前のゴミ袋をつかみ、引き寄せ、開け、中身をちらりと見た。デスメット氏はそのすべてを腕組みをして見ていた。

玄関口には逆光のなかに立つ人影が見えていた。外套《がいとう》の襟をかき合わせて立っているベルナデットだ。

「そこでレミはなにをしていたんだい？」と班長が訊いた。

長すぎた。数分ならアントワーヌも我慢できただろうが、あまりにも長かった。玄関灯と街灯だけが頼りの薄暗い庭で、デスメット氏と、ベルナデットと、班長の食い入るような視線にさらされるなんて……。いや、それだけじゃない。この現場検証みたいな取り調べはいったいなんなのと首をひねっている母の視線も、通りで足を止めて見ている人たちの視線も重かった。

アントワーヌは泣きだした。

「よしよし、よくやった」と班長が彼の肩をたたいた。

　そこへなにかをたたきつけるような、大きな鳥の羽ばたきのような音が遠くから聞こえてきた。ヘリコプターだ。サントゥスタッシュの森のあたりの上空を旋回《せんかい》していて、揺れる光が地面を探っている。

　アントワーヌの心臓は鼓動を速め、夜空に円を描くヘリコプターの見えない羽根とシンクロした。

　班長はデスメット氏のほうを向き、ケピ帽に人差し指を当てて敬礼した。

「ご協力ありがとうございました。誘拐警報が発令されましたから、なにかわかれば、もちろんすぐにお知らせします」

　そして二人の部下を引き連れてワゴン車に戻り、車を出した。

　それを合図に誰もが家に帰っていった。

「憲兵さんたちも、なにが起きたか知ろうとして一生懸命なのね」とクルタン夫人が家に戻りながら言った。

　彼女は玄関のドアを閉め、鍵をかけ、食卓のほうへ戻っていった。

　だがアントワーヌはテレビに目を奪われ、リビングの入り口で立ち尽くした。レミの顔がアップで映し出されていた。髪をきれいになでつけ、にっこり笑っている、去年の学校のアルバム用の写真だ。着ているTシャツも馴染みのもので、黄色の地に青いゾウがプリントされている。

アナウンサーがレミの特徴を伝えていた。いなくなったときの服装や、通った可能性がある道についても。身長が一メートル十五センチであることも。

するとー メートル十五というその数字が、わけもなくアントワーヌの心を引き裂いた。

目撃情報を求めていますとアナウンスが続き、画面の下に連絡先の電話番号が出た。

池の潜水捜索も行われる予定だという。アントワーヌの頭にはすでに救急隊員と潜水士の姿が浮かんでいた。池に通じる道に回転灯をつけた救急車が駐まっていて、潜水士たちが池に出たゴムボートの縁に腰かけている。そしてひと息に、うしろ向きにダイブする……。

しゃべっているのはいつもニュース番組に出ている四十代の女性アナウンサーで、アントワーヌもよく知っている顔だったが、今日はこの村のこと、自分たちのことを話しているし、口調も深刻な、厳《おごそ》かと言ってもいいほどだったので、なんだか別人のように思えた。「最初の捜索ではなにも見つかりませんでした……」

ボーヴァルの映像が流れたが、かなり古い。アーカイブから引っ張り出してきたのだろう。そして村の周辺を走っているらしい警察車両の映像。

「……そして日没を迎えたため捜索はいったん打ち切られ、明日再開することとなりました」

アントワーヌは画面から目を離すことができなかった。これまで何度も見てきたような事件報道で、既視感は強いけれど、今回は自分が直接かかわっているという決定的な違いがある。なにしろ彼が殺したのだから。

「……いっぽう、今回の失踪を取り巻く状況については、ヴィルヌーヴ検事局が司法捜査を始めています」

「アントワーヌ、食べないの？」クルタン夫人は息子に声をかけた。

そして息子のほうを振り向き、顔色が真っ青なのに気づいた。

「具合が悪そうね。だとしても驚かないけど……」

5

アントワーヌは夕食を軽くすませた。というより、なにも食べなかった。食べられなかった。

「そりゃそうよね」と母が言う。「あんなことがあったんじゃ……」

アントワーヌは後片づけを手伝ってから、いつものように母に頰を差し出してキスしてもらい、自分の部屋に上がった。

さあ、支度だ。荷造りを終えてしまわなければ。何時になったら誰にも見られずに出ていけるだろう。真夜中だろうか……。

荷物をベッドの下から引っ張りだしたところで、ふと疑問が浮かんだ。口座からお金を引き出すにはどうしたらいいんだ？

母が例外的に預金の引き出しを認めてくれたときは──たとえばあの腕時計を買ったときとか──いつも母が郵便局に行っていた。あなたにはできないのよ、大人じゃないとだめなの。ということは、自分で窓口に行ったら身分証明書を求められるのだろうか？　いや、それどころかひと目見てアウトかもしれない。ああ、未成年は引き出せないんですよ。お母さんかお父さんと一緒に来てくださいね。

お金を下ろせないなら、逃亡なんか無理だ。

振り出しに逆戻り。ここで逮捕されるのをじっと待つしかない。

アントワーヌは落胆した。だが思っていたほどの落胆ではなかった。それに改めて見てみたら、靴下やTシャツを突っ込み、スパイダーマンのフィギュアが外ポケットからはみ出たリュックなど、滑稽《こっけい》以外のなにものでもない。

逃亡という考えに舞い上がっていたけれど、自分は本当にそんなことができると思っていたんだろうか？

不意に体中の力が抜けてしまった。もはや流す涙もなく、精根尽き果てていた。

彼はリュックをベッドの下に押し込み、預金通帳とパスポートと出国許可証を机の引き出しに入れると、ベッドに身を投げた。

だが安らかな眠りなど期待できるはずもなく、たちまちあの巨大な倒木を目指して歩く悪夢へと引き戻された。背中にレミを担いでいて、そのだらりとした両腕が絶えず目の前で揺れている。

しかもなぜか前に進めない。必死で脚を動かしているのに、いつの間にか元のところに戻っていて、距離が縮まらない。おかしいなと思って足元を見ると、腕時計が落ちている。なくしたのと同じ蛍光グリーンのベルトだが、もっとずっと大きくて、嫌でも目に入る。

ふと気づいたらレミが消えていて、代わりにアントワーヌは巨大な、レミよりも重い腕時計を背負っている。相変わらず森のなかを歩いているが、サントゥスタッシュから遠ざかりつつある。そのときうしろのほうで音がしたので、足を止めて振り向いた。

レミだった。暗い穴の底に腹ばいで倒れている。けがをしただけで死んではいないが、ひどく苦しんでいて、両脚と両脇を骨折している。そして開口部のほうへ、光のほうへ、つまりアントワーヌのほうへと手を伸ばし、助けを求めている。助けて、ここから出して、死にたくないよと叫んでいる。

アントワーヌ！

レミは声を振り絞る。

アントワーヌはレミを助けにいこうとするが、脚が言うことを聞かず、動けない。こちらに伸ばした手が見えているし、助けを求める声が聞こえているのに。そしてその声はもはや悲鳴に近いのに。

アントワーヌ！

アントワーヌ！

「アントワーヌ！」

はっとして目を開けた。母がベッドの端に腰かけて、心配そうにこちらをのぞき込んでいた。両手をぎゅっと握りしめて。

「アントワーヌ……」

彼は慌てて起き上がった。そうだ、寝てしまったんだ。

いま何時だろう。

部屋は薄暗く、階下の黄色っぽい照明がわずかに届いているだけだった。

「あんまり叫ぶから怖くなって見にきたのよ……。アントワーヌ、なにかあったの？」

アントワーヌは唾をのんでから、なんでもないと首を振った。

「言ってごらん。どこか具合が悪いんじゃないの？」

打ち明けるならいまじゃないかと思った。もっと頭がはっきりしていたら、重い荷を下ろしたいという誘惑に負けて母に話していたかもしれない。なにもかも。だが実際にはまだ少し寝ぼけていて、現実をうまく把握できずにいた。

「服も着たままだし、ほら、靴も履いたまま……。あなたらしくもない。具合が悪いなら、なぜそう言わないの？」

母がそっと手をかけた腕を、彼はとっさに引いた。アントワーヌは母との接触をあまり好まない。クルタン夫人もそんなことで傷ついたりはしない。思春期とはそういうものだと心得ているし、雑誌にもそうした問題について、自分が嫌われていると考えてはいけませんと書かれていた。あくまでも年齢のせいだから、そのうち元に戻ると。

「気分が悪いんでしょ?」

「違う。だいじょうぶ」とアントワーヌは答えた。

母は懲《こ》りずに、今度は額《ひたい》に手を置いた。アントワーヌが小さいころから変わらない母のしぐさだ。

「今日の騒ぎはあなたにも辛かったわね。しかも憲兵さんにいろいろ頼まれて、初めての経験ばかりだったわけだし」

母は優しい微笑みで彼を見つめていた。いつもならそれもまた気に障るので、そんなふうに見るなよ、もう赤ん坊じゃないんだぞと嚙みつくところだが、このときばかりはその優しさに抵抗できず、彼はそのまま目を閉じた。

「じゃあね」とようやく母が立ち上がった。「服を脱いでから寝なさいよ」

そしてドアを大きく開けたまま降りていった。

アントワーヌが眠りに落ちたのは明け方のことだった。

6

市民安全局のヘリコプターは翌日早朝から捜索を再開した。一定の間隔で上空を通るので、人々はそのたびに顔を上げ、機影を目で追った。県憲兵隊の他の部隊からも応援がやってきて、数が増えた青い車両が次々とボーヴァルを走り抜けては周辺地域の捜索に出ていき、また戻ってくる。それが何度も繰り返された。

だがなんの成果も上がらないまま時は過ぎ、このままではあっという間に失踪から二十四時間が経ってしまいそうだった。

村の情報交換の場である商店街でも悲観論が支配的で、人々は根拠のない怒りの矛先《ほこさき》を憲兵隊や村役場に向けた。「これって、要するに憲兵隊が腰を上げるのが遅かったんでしょ？　すぐに探すべきだったのよ」。だがどれくらい遅かったかについては意見がばらばらで、三時間と言う人もいれば（三時間は致命的だよ。相手は六歳の子供なんだからさ）、五時間以上と言う人もいる。なにしろレミがいついなくなったのか誰も知らないので、計算が合うはずがない。いつ気づいたんだっけ。昼ごろ？　いいえ、二時にはなってたわよ。デスメットの奥さんが心配して商店街で聞き回ってたのがそのころだって誰か言ってたから。違うって、レミは親父にくっついて家を出たんだろ？　工場の午後の作業開始は一時四十五分だぜ？　そこはどうでもいいんじゃないこと？　とケルネヴェル夫人が横槍を入れた。時間はどうせよくわからないんだから。問題は、村役場がすぐ憲兵隊に通報しなかったことでしょう？　そう、その点についてはおおむね意見が一致した。そうだよ、村長が通報を渋ったんだ。こう言ったって話じゃないか。子供はじきに戻ってくるだろうし、こんなことで憲兵を呼んだら笑い者にされるって！

アントワーヌは部屋にこもっていた。トランスフォーマー（ロボット玩具）に集中しようとしてもできず、始終隣の庭を見ていたが、そこは静かなものだった。デスメット氏は夜明けにレミを探しに出ていったきり、戻ってきていなかった。

クルタン夫人はというと、家を出たり入ったりと落ち着きがない。新しい情報を仕入れては戻ってくるのだが、どの情報もその前の情報と矛盾していた。

昼近くに地元テレビ局の中継車が村に現れ、女性記者が道行く人にインタビューした。撮影隊はデスメット家の前にもやってきて、あたりの様子をカメラに収めて帰っていった。

昼ごろ戻ってきたクルタン夫人は、中学校の先生が一人、今朝から事情聴取されてるらしいわよと言ったが、その先生の名前はわからなかった。次に村を駆けめぐったのは、市民安全局の潜水チームが午後二時ごろから池の捜索を始めるらしいという情報だった。

クルタン夫人はそれを聞くなりベルナデットのところに飛んでいき（そうしたのは彼女だけではない）、池には行かないように忠告したが、相手は聞く耳を持たなかった。というわけで、午後一時半には、ベルナデットにつき添うために十数人がデスメット家の庭に集まっていた。一行はベルナデットを囲んで池を目指して歩きだしたが、はたから見るとまるで葬列で、希望があるようには思えなかった。

その様子を窓から見ていたアントワーヌは、自分も行くべきなんじゃないかと思った。もちろん行きたくないので葛藤《かっとう》があったが、迷った末に行く勇気が出たのは、池ではなにも見つからないと知っていたからだ。

通りには人がかなり出ていて、そのなかを池へと向かうグループは、遠くからだと聖体行列にも観光ツアーにも見えた。

いつものように歩道に籐《とう》椅子を出して座っていたアントネッティ夫人は、一行が通りかかるとうすら笑いを浮かべ、軽蔑をあらわにした。だがそれを気に留める人などとっくの昔にいなくなっている。

憲兵隊は池の少し手前に防護柵を設置していた。池のほとりまで人々が押し寄せれば潜水作業の邪魔になる。ところがそこへ当のレミの母親が何人もの村人につき添われて現れたので、見張りに立っていた憲兵は困ってしまった。村人たちは、母親が捜索に立ち会えないなんてことがあるかと憤慨し、通そうとしない憲兵に詰め寄った。そのうち、防護柵に手をかけて揺らす人、ひやかしの口笛や罵りの言葉をぶつける人まで出て、前日と同様なにやら不穏な空気が漂いはじめ、憲兵もここは見て見ぬふりをするしかないと覚悟を決めた。だがそうなると、母親一人を通すというわけにもいかないし、かといって全員通すわけにもいかないし、どうしたらいいんだ？

幸いなことに、そこへ憲兵隊の班長が現れた。班長は迷わず行動に出た。優しくベルナデットの手を取ると、貴婦人を案内するように憲兵隊のワゴン車へ連れていき、魔法瓶を取り出して自ら茶を振る舞ったのだ。そこから池の作業は見えなかったが、ともあれベルナデットは池のそばにいられるので、妥協が成立した。

アントワーヌは村の一団のうしろのほうに離れて立っていた。そこへエミリーがやってきて、なにか言いたそうなそぶりを見せたが、話しだす前にテオが、続いてケヴィンが、そのあとから学校の仲間がぞろぞろ来たので口を閉じてしまった。この村の子供たちは、少年も少女も、皆それぞれに両親の表情や言葉遣いを受け継いでいる。だから子供同士の会話もある意味では村の縮図になる。たとえば、レミのことをよく知らない仲間もいるのに、いまや皆レミを弟のように思っていて、それは前日来、大人たちが皆レミを息子のように思っているのと同じだった。

「逮捕されたのはゲノ先生だ」とテオがいきなり暴露《ばくろ》した。

一同に衝撃が走った。ゲノというのは理科の教師で、かなり太っていて、なにかと噂が絶えない人物だった。実際、サンティレールでゲノがいかがわしい場所から出てくるのを見たという人もいる。

エミリーは驚き、テオのほうに向き直った。

「そんなはずないでしょ？　ゲノ先生なら今朝見かけたもん！」

だがテオは動じない。

「だったらそれは逮捕される前だ。とにかくあいつはいま憲兵のところにいてさ、それで……おっと、悪いけどこれ以上は言えない」

またかとアントワーヌは思った。周囲の懇願を引き出そうとするテオのいつものやり方。とことんもったいぶるのが好きなやつだ。その狙いどおり、教えて、教えてと何人もがせがむと、テオは下を向いて口元を歪め、どうしたものかと迷うそぶりを見せた。

「しょうがねえな……」ようやくそう言うと、「ただしここだけの話だぜ。いいな？」とますますもったいぶる。

周囲はいっせいに同意の言葉をつぶやいた。そこからはテオが声をひそめたので、みんな身を乗り出した。

「あいつ……男好きなんだ。生徒ともいろいろあったらしい。苦情が出たけど、握りつぶされた。誰にって？　校長に決まってんだろ！　で、ゲノのやつ、特に子供が好みらしくてさ……言いたいことわかるよな。デスメットさんちの近くにいたのを何度も見られてる。もしかしたら校長もって話まで出てさ」

一同は面食らった。

アントワーヌはというと、もうなにが起きているんだかよくわからなくなってきた。昨日、憲兵隊はデスメットさんを連れていった。でも家に戻されたあとは放っておかれている。今朝になったら今度はゲノ先生が取り調べを受けている。もしかしたらそのあと校長先生も？　いっぽう池の捜索が行われているが、そこからは何も出ないとアントワーヌは知っている……。昨日の事件発生以来初めて、アントワーヌは少し楽に息が吸える気がしてきた。もしかしたら危険は遠ざかりつつあるのでは？　逃亡をあきらめた以上、逃げ道はないようなものだが、それでもこう問いかけるのをやめることができない――もしレミの死体がずっと見つからなかったら？

この日、池の近くのその場所はボーヴァル村の飛び地と化した。そこから捜索作業は見えなかったが、かといってさっさと帰るわけにもいかず、多くの人がそこにとどまったからだ。村から飛び地へは入手経路がはっきりしない情報が流れてきて、飛び地の人々がそこに勝手な注釈を加え、情報はほぼ塗り替えられて村へ戻っていった。

　この情報の行き来の結果、数時間後には池の潜水作業と〝疑わしい誰か〟のあいだに密接な関係が築かれていたが、それが誰なのかについては、テオが「ゲノ説」に自信を見せていたにもかかわらず、意見が割れていた。つまり誰がいちばん怪しいかをめぐって、競馬の予想めいた議論が繰り広げられたわけだ。〝本命馬〟はゲノ先生だったが、前々日にデスメット氏の犬をはねた運転手も〝有力馬〟と目された。即死だったってさ、と誰かが言った。気の毒に、ロジェは犬をゴミ袋に入れるしかなかったんだけど、はねたやつはどうしたと思う？　車を停めて謝った？　とんでもない！　で、まさにそいつの車を誰かが見たらしい、レミが失踪した昨日、ボーヴァルから出るところをな、フィアットだ。いや、シトロエンだったかな。とにかくブルーメタリックだ。ナンバーは69でローヌ県ってとこまではわかってるけど、それじゃ広すぎて意味ないよな。あら、それって同じ日だった？　犬が死んだのは昨日じゃなくて、一昨日じゃない？　いや、だからさ、昨日戻ってきてたってことだよ、この村に、フィアットがさ！

　ほかにも数人が容疑者として挙がり、そのなかには製材工場の社長のダネジ氏も含まれていた。だが「ダネジ説」は工場の従業員ロランが出所だったので、信憑性《しんぴょうせい》が薄いとして退けられた。ロランは数週間前に盗みをしたしないで社長と言い合いになり、その件はまだ片がついていなかったのだ。噂話というのはちょっとした違いで信用されるかされないかが決まる微妙なもので、この噂は信用されなかった。

ではデスメット氏はどうかというと、疑わしいとはいえ〝勝ち目のない馬〟と見なされた。不愛想で、粗野な言動が目立ち、根っからの喧嘩好きだから、当然のことながら評判はよくない。それでもボーヴァルの人間である以上、よそ者よりもずっと信頼できる。その点ではリヨン出身のゲノ先生のほうが怪しいし、どこの誰かもわからない例の運転手ははるかに怪しい。それに、ロジェが自分の息子を殺したなどと本気で考える村人はいなかった。幼い息子を手にかける理由がどこにある？　ロジェが息子と一緒に歩いたとされる工場までの道のりについても、憲兵隊が周辺をしらみつぶしにしたが、なにも見つからなかった。というわけで、ロジェ・デスメットを嫌っている人でさえ、彼を犯人扱いしようとはしなかった。

もちろん飛び地での会話はにぎやかだったわけではなく、むしろ途切れがちだった。レミは殺されたのかもしれないと考えるだけで誰もが言葉に詰まってしまう。あの丸顔にくりくりした目のかわいい子、皆に愛されていたレミが殺されるところなど、あまりにもおぞましくて想像もできない。当のアントワーヌでさえそうだった。というのも、この飛び地にいるあいだに、彼自身の記憶が書き換えられていったからだ。アントワーヌは生きているレミを見た最後から二番目の人物と目されていたので、同級生だけではなく、大人たちからも質問攻めにされた。特に誰もが知りたがったのはアントワーヌがレミを見たタイミングだ。それはレミが父親についていく前なのか、それとも戻ってきてからなのか。重要なポイントだが、時間は微妙でどちらとも言えない。だからアントワーヌはその場面について何度も語るはめになり、周囲に輪を作った人々は彼の話を聞きながら一緒になってその場面を想像した。デスメット家の古いウサギ小屋が取り壊されていて、その残骸を詰めたゴミ袋がいくつも置かれていて、そのそばにレミがじっと立っているところを。そしてゴミ袋の一つに犬の死体が入っているところを。それを繰り返すうちに、アントワーヌ自身、作り話を真実だと思いはじめた。話をするとき、彼自身も頭のなかでその場面を見ていて、その場にいるような気になっていたので、聞き手の想像が次第に現実味を帯びていくように、語り手自身の想像も現実味を帯びていった。

テオはお株を奪われ、少しうしろに引っ込んでいた。だがアントワーヌがその様子を横目でうかがうと、案の定いつもの取り巻き連中と身を寄せ合って、アントワーヌのほうをちらちら見ながら小声でなにか話していた。

アントワーヌはどういうわけか小さいころからテオとそりが合わない。それでも互いを無視できるわけではなく、エミリーを交《まじ》えた三人で奇妙なトリオを形成している。それぞれの関係がはっきりしない、定義不可能なトリオだ。アントワーヌは成績優秀で、今学期——中学一年の最初の学期——もほぼすべての学科で抜群の成績を収めた。エミリーの成績はぱっとせず、中学の最終学年になったら、その時点で流行りの分野へと進路指導されそうな一団に属している。テオの成績はビリだが、抜け目がないのでまだ一度しか留年していない。つまり同級生より一つ年上だ。クラスはアントワーヌとエミリーが同じで、テオはケヴィンやポールと一緒の別のクラスだった。

中学校には近隣の村からも生徒が通ってきていて、アントワーヌのクラスでボーヴァルに住んでいるのは彼とエミリーだけだ。しかも二人は隣同士の幼馴染みなので始終顔を合わせている。この状況なら二人の距離が縮まってもおかしくないのだが、アントワーヌがなにをどうやってもうまくいかない。つい先日もツリーハウスまで連れていきながら、小屋に上がる前に逃げられるという失態を演じたばかりだ。アントワーヌはそもそも女子生徒に話しかけるのも苦手なタイプで、相手がエミリーとなるとますますハードルが高かった。それでもエミリーこそが彼の夢であり、妄想の対象だったことに変わりはない。今回の事件が起きるまでは……。

午後五時少し前に潜水士たちがこの日の作業を切り上げると、憲兵がワゴン車でデスメット夫人を自宅に送り届けることになった。飛び地に残っていた人々もようやく腰を上げ、胸がふさがる思いでベルナデットを見送ったあと、三々五々村に戻りはじめた。

アントワーヌは数人の女子生徒と少し前を行くエミリーを見つけ、足を速めた。だが彼が追いついた途端、そのグループに気まずい空気が流れた。誰も彼と目を合わせようとしないし、声もかけない。周囲に請《こ》われるまま、調子に乗って何度も話を披露したのがまずかったのだろうか。注目を浴びすぎて、かえって嫌われてしまった？　アントワーヌはその雰囲気に耐えられず、エミリーの腕をつかんで脇に連れていった。

「テオのせいだから」と彼女は白状した。

アントワーヌは驚かなかった。

「嫉妬だろ？」

「違うってば！」とエミリーが素《す》っ頓狂《とんきょう》な声を上げた。「そんなことじゃなくって……」

彼女は目をそらしたが、じつは言いたくてたまらなかったとみえて、アントワーヌが少しつついただけで話しだした。

「テオがこう言ったの。レミを最後に見たのはあなたで、しかも……」

「しかも？」

エミリーは声を落とし、不安げに言った。

「しかも、レミはよくあなたを追いかけて森に行ってたから……」

アントワーヌの全身に震えが走った。寒いわけでもないのに、凍《こご》えそうだった。

「だから、池をさらうよりサントゥスタッシュのほうを探すべきだって、テオが言ったわけ」

破滅の二文字が目の前に浮かんだ。

エミリーは小首をかしげ、反応を見極めようとじっと彼のほうを見ている。アントワーヌはすぐには動けなかった。テオの意地の悪さに、嫉妬深さに、改めて驚いていた。だがテオが期せずして真実を言い当てていることには思いが及ばず、ぴんときていなかった。

このときアントワーヌを突き動かしたのは、エミリーの探るようなまなざしだ。状況も結果も考えず、彼はやみくもに走りだした。そして前のほうを行くテオのグループを追いかけ、全力疾走のまま両手でテオの背中を突いた。テオは二メートルくらい前に飛び、女子生徒たちが悲鳴を上げた。アントワーヌは間髪を入れずに飛びかかってテオの胸に馬乗りになると、両手の拳を交互に繰り出して顔を殴った。聞いたこともないような嫌な音がした。くぐもった、有機的で肉質の音……。テオはアントワーヌより体格がいいし、腕力もあるが、不意を突かれてすぐには反撃できず、ようやくアントワーヌを跳《は》ねのけたときには顔に血がついていた。アントワーヌは飛ばされて横倒しになったものの、まだ余力があり、テオより先に立ち上がると周囲を見回し、石を探し、石の代わりに手頃な枝を見つけ、一歩出てそれをつかみ、そこへテオがよろめきながら向かってきたので、枝を両手で振り上げ、テオの右のこめかみのあたりに振り下ろした。

その枝は長さ四十センチほどでかなり太かったが、完全に腐っていた。

枝はテオの頭蓋骨に当たると拍子抜けする音とともに砕《くだ》け、アントワーヌの手に残ったのはぼろぼろのキノコ色の木片だけだった。

一緒にいた学校の仲間たちは突然の格闘劇に肝をつぶし、間の抜けた結末を笑う余裕もなかった。それに結果はどうあれ、アントワーヌはそれまで誰も歯向かえなかった権威に盾《たて》突いたのだ。

大人たちが慌てて駆け寄ってきて二人を引き離した。テオの血を見て数人が叫び、右往左往し、何枚ものハンカチが差し出され、誰かが血を拭きとった。幸い大事はなく、唇が切れただけだった。

騒ぎは静まり、人々はまた村への道をたどりはじめた。

子供たちはアントワーヌとテオをそれぞれ中心にして自然に二つのグループに分かれたが、いまやアントワーヌのグループのほうが人数が多かった。

だが当のアントワーヌは喜ぶどころではない。何度も髪に手をやって落ち着こうとしたが、狼狽《ろうばい》と困惑による神経の高ぶりを抑えられない。怒り、枝、右のこめかみ……そっくりだ。わずか二日のあいだに二度も枝で人を殴った。そして一人目を、なんの落度もなかったほうを、殺してしまった。

自分はもしや、運動場でも見かけるような、ただもう気が荒くて見境のない乱暴者になりかけているのだろうか？

ふと気づくとエミリーが横を歩いていた。だがどういうわけか、それは慰めにも安心材料にもならなかった。悪党に惹かれる女の性《さが》を無意識のうちに嗅ぎとったからかもしれないが、十二歳のアントワーヌにそんな説明がつくはずもない。

家に戻ったアントワーヌは、母の帰りを待つあいだにテレビをつけ、ニュースを見た。やっていたのはもちろんレミ・デスメット失踪事件の続報だ。まず教会や村役場など、村の中心部のカットが流れた。続いて目抜き通り。そしてそこからは、ドラマ仕立ての脚色を狙ったのか、リポーターが自分の足でレミの家までの道をたどっていった（途上に特筆すべきものがなにもないので、リポーターも当惑ぎみで、お粗末な脚色だったと言わざるをえない）。

村の映像が次々と映し出されるにつれ、アントワーヌはまた胸が苦しくなってきた。目抜き通り、広場、食料品店、そして学校。

彼にはカメラがレミの家ではなく、自分の家に近づいてくるとしか思えなかった。

カメラはレミではなく、ぼくを探している！

とうとう目の前の通りが映し出された。ムショット家の草色の雨戸。デスメット家の庭。レミの不在を強調しようと、カメラはレミが本来いるべきはずの場所を長々と映す。レミが乗っていない庭のブランコや、レミが押して出ていったはずの門を。

カメラが引いてクルタン家の庭の一部が画面に入ったとき、アントワーヌには、いよいよこっちに来る、としか思えなかった。このあとカメラはクルタン家を正面にとらえるだろう。そして舐め回すように彼を探し、とうとう窓越しに彼を見つけて近づき、顔のアップショットで止まり、すかさずリポーターが「そしてこれがレミ・デスメット君を殺し、サントゥスタッシュの森に埋めた少年です。死体は明日早朝にも憲兵隊が森で発見するでしょう」と言うだろう。

アントワーヌは思わずテレビから一歩下がり、そのまま階段を駆け上がって自分の部屋に逃げ込んだ。

この日のクルタン夫人の買い物にはいつもの三倍くらいの時間がかかった。ようやく帰宅すると、しばらくキッチンを動き回る音がしていたが、やがて階段を上がってきてアントワーヌの部屋に顔を出した。

「逮捕されたのは中学の先生じゃなかったわ」

アントワーヌはトランスフォーマーをいじっていた手を止め、振り向いた。母の顔は少しこわばっていた。

「コワルスキーさんだった」

7

コワルスキー氏逮捕の話に動揺したのは、クルタン夫人もアントワーヌも同じだった。ただしアントワーヌの場合は話そのものではなく、話を聞いて自分が考えたことに動揺した。彼は自分を責めながらも、こう考えずにはいられなかったのだ。自分以外の誰かが犯人にされるなら——そんなことがありうるかどうかは別にして——ほかの人よりコワルスキー氏のほうがまだしも気が咎《とが》めずにすむと。母はコワルスキー氏の店でずっと嫌な思いをしてきたのだし、そもそもあの人には悪い噂があり、それにあんな恐ろしい顔をしているのだから。そしてもう一つアントワーヌが考えたのは、今日の捜索でも成果がなく、池でもなにも見つからず、取り調べを受けているのがフランケンシュタインだということは、もしかしたらこの調子で悪夢は過ぎ去るのではないか、自分は疑われずにすむのではないかということだった。

だがそこでテオの顔が浮かんだ。そうだ、あいつがいる。あの毒舌や知ったかぶりのせいで、疑いの目がぼくに向けられるかもしれない。あいつはどこまでやるだろう。父親にも話すだろうか？　あるいは憲兵隊に？

アントワーヌは怒りに任せてテオとやり合ったことを悔やんでいた。あんなやつ放っておけばよかったのに、馬鹿だった。

「こんなことになるなんて……」とクルタン夫人がつぶやいた。「まさかコワルスキーさんがこんな……」

母は見るからにうろたえていた。

「ずっと嫌いだったくせに」とアントワーヌは言った。「なんで気にすんだよ」

「もちろん嫌いよ、あんな人。でも身近な人がこんなことになったら、やっぱり平気じゃいられない」

それから母はしばらく黙り込んだ。アントワーヌはこれからのことを考えているのだろうと思った。コワルスキー氏の逮捕で自分にどういう影響が出るか、たとえば仕事はどうなるのかを心配しているのだろうと。

「ほかで働けばいいよ。いつも文句言ってただろ、行きたくないって」

「そうだった？　あなた、仕事なんか簡単に見つかると思ってるわけ？」

母は怒っていた。

「だったら、来年早々首を切られるワイザーさんの工場の人たちにも、同じことを言ってあげたら？」

　ワイザー社の大量解雇の噂は数週間前からボーヴァル中を駆けめぐっていたが、社長は曖昧な回答で逃げていた。判断材料は多岐にわたるので、まだわかりません。今期の決算も待たなければなりませんし……。工員たちはこの二か月間注文が多かったと希望をつないでいたが、クリスマス前に増えるのは例年のことで、その時期には社長も毎年臨時雇いを増やしている。今年も三か月前に解雇された工員たちが臨時で雇われ――といっても週に数時間程度だったが――ムショット氏も数週間だけ仕事にありついた。とはいえ、それがこの秋の減益を補えるほどのものだったかどうかは、工員たちにはわからない。

　いっぽうアントワーヌは、そもそも母は働く必要があるのだろうかと日頃から疑問に思っていた。コワルスキー精肉店の仕事にしても、ずっと不平を言いつづけているが、いったいいくらの稼ぎのために我慢しているのだろう。よくは知らないが、たいした額ではないはずだ。そんなにうちは貧しいのだろうか。母は父が振り込む養育費に文句を言ったことがない。「少なくともそういうことについては、あの人はちゃんとしてる」と何度か言っていた（ではそれ以外のどこに不満があったのかという疑問は残るが）。

「さ、こんな話ばかりしてられない」と母はようやく言葉をつないだ。「支度しなきゃ」

　だがそう言いながらも、まだなにかを気にしているようだった。

クリスマスイブのミサはこのあたりの村々の持ち回りになっていて、今年はボーヴァルの番だった。本来は深夜ミサなのに午後七時半からの予定で、というのもこのあたりでは一人の司祭が近隣の村を超えたもっと広範囲の教区を受け持っていて、県道沿いに六か所も移動してミサを行うからだ。

クルタン夫人の宗教とのかかわり方は慎重かつ実利的なものだった。世間体《せけんてい》を考えて息子を休日の教会学校に行かせはしたが、もう行きたくないと言いだしたときには無理強いしなかった。彼女自身は助けが必要なときは迷わず教会に足を運ぶ。つまり彼女にとって神とは、たまにすれ違えばうれしくて、時々ちょっとした頼みごとができる、近からず遠からずの知人のようなものだった。クリスマスのミサにしても、老いた伯母を訪ねるようなつもりで行く。そうしたかかわり方の土台には順応主義があると考えることもできるだろう。ブランシュ・クルタンはこの村の生まれで、ここで育ち、生きてきた。それがどういう場所かというと、誰もが互いを監視し、他人の意見が決定的な重みをもつ狭い社会だ。だから彼女はいつでも〝なすべきこと〟をするが、それは要するに〝誰もがそうしていること〟でしかない。自分の評判に傷がつくことをなによりも恐れていて、評判を守ることで家を守り、おそらくは自分の命をも守っている。つまり後ろ指をさされるくらいなら死んだほうがましだと思っている。アントワーヌも年がら年中、母が後ろ指をさされないようにするという義務を負わされていて（それは誰よりもまず母が母自身を〝まともな人〟だと思える状態を保つ、という意味なのだが)、イブのミサもそうした義務の一つにすぎなかった。

とはいえ宗教離れは昨今どこでも見られることで、このあたりでも熱心な信者は減ってきている。この年、日曜のミサに人が戻ってきたように思えたのも、マルモン、フュズリエール、ヴァレンヌ、ボーヴァルの信者を一つの教会に集めるようになったからであって、信者が増えたわけではない。

信者の増減は経済の波とも関係していて、作物が不作だとか、家畜の価格が下がったとか、工場が人員削減を計画しているといったときにはミサの参列者が増える。人々は信仰ゆえに教会に集うというより、教会が提供するサービスを消費者として受けとるためにやってくる。クリスマス、復活祭《イースター》、聖母被昇天祭などの重要な祭事でさえその例外ではなく、これらのミサは料金前払いのイベントのようなもので、しかも参列しておけば当面サービスを受けつづけられる。というわけで、クリスマスイブのミサはいつも盛況だった。

午後七時になると多くの人がボーヴァル教会の前に集まりはじめた。自分たちの教会が人でいっぱいになる光景はうれしいことだが、残念ながら近隣の村からの参列者が多いので、手放しでは喜べない。

早々となかに入る人もいたが、多くは教会の前の広場で足を止めた。女たちはおしゃべりを始め、男たちは一服したり、握手を交わしたり、消息を尋ね合ったりする。クリスマスイブの広場は、かつての客だの、大昔の恋人だの、いつの間にか疎遠《そえん》になっていた友人だのにひょっこり出会う、いわば即席の社交場だ。

レミ・デスメット失踪事件も、今日のミサの参列者を増やす要因になっていた。近隣の村の人々はテレビで事件の報道を見て、自分たちが知る平凡な村と、時々刻々と悲劇的様相を呈《てい》しつつある事件とがうまく嚙み合わないので、自分の目で確かめようと足を運んできていた。

失踪から三十時間近くが経とうとしているいま、レミの安否が危ぶまれるのは当然のことで、人々は今後の展開の予測に余念がなかった。

レミはいつ見つかるだろうか。なにが見つかることになるのだろうか。

広場はその話でもちきりになり、やがて会話はコワルスキー氏の逮捕へと絞られていった。偶然にもその場に居合わせたというクローディーヌがそのときのことを話しはじめると、ムショット夫人でさえ青い目を丸くして聞き入った。

「ものの五分とかからなかったの、ほんとに。あの肉屋、青くなってて……」

そこでクルタン夫人が訊ねた。

「それにしても、いったいなにを疑われてるの？」

どうやらアリバイの問題らしかった。誰かが耳にした話では、コワルスキー氏のバンがボーヴァルの近くの森の端に駐まっているのを見た人がいるという。

「車には乗ってなかったの？　だったらあのケダモノ、どこにいたのかしら」と誰かが言った。

「でも、そんなの証拠じゃないでしょ？」とクルタン夫人が訊き返した。「あんな人の肩を持つつもりはないけど、それにしたって！　車でどこかを通るだけで誘拐犯だと思われるなんて、それはちょっと……」

「そうじゃないんだよ！」とこの村の魔女、アントネッティ夫人の声が響いた。その甲高《かんだか》い声は今日は震えておらず、強く立て続けに一語一語を発音するので、早口の命令のようだ。しかも登場が唐突だったので、その場の全員がびくりとして振り向いた。

「問題は、コワルスキーが（言っとくけど、わたしはあいつの店に足を踏み入れたことなんかないよ。冗談じゃない！）だんまりをきめこんでるってことさ。あの子が行方不明になった時間になにをしていたか答えられずにいる。車を見られてるのに、自分がどこでなにをしていたか覚えてないなんてねえ……」

なんの迷いもない言い方だったので、あえて情報源を問いただそうとする人はいなかった。この村に関する情報入手の早さと正確さでは彼女の右に出る者がおらず、今日も自信たっぷりだ。

「……どう考えたって妙じゃないかい？」

クルタン夫人もようやく頷いた。なるほど、それは妙だわ、やっぱり怪しいかも……。それでもまだ完全に納得したようには見えなかった。

アントワーヌは母をそこに残し、学校の友人が集まっているほうへ行った。彼と同じようにミサの供を強いられた子供たちで、皆めかし込んでいる。なかでも目立っていたのはエミリーで、カーテン生地で仕立てたのかと思うような派手な花柄のワンピースを着ていた。ブロンドの髪はいつも以上にカールがかかってきらめき、おとぎ話のお姫様のようにまぶしい。そばにいる男子生徒が全員無関心を装っているのは、まさにそのまぶしさのせいだった。ムショット夫妻はこちこちの信者なのでミサを欠かしたことがなく、エミリーも小さいころから教会学校に行かされていた。母親は日に三度でも教会に行きかねないほどの熱狂的信者で、父親はボーヴァル教会の聖歌隊唯一の男性メンバーだ。よく通る声を思いきり張り上げるので、ほかのメンバーの声が聞こえにくくなるほどだが、彼にとっては声の大きさと信仰の深さが比例するらしい。エミリー自身はというと、神など信じていないのに、母親を慕うあまりその言いなりになっている。母親に求められれば修道女になることも厭《いと》わないのでは、と思えるほどだった。

友人グループはアントワーヌが合流するなり話をやめ、下を向いた。テオもたばこのにおいを漂わせたまま、わざとらしく足元を見ている。その唇は赤黒く膨れ上がり、表面にはがれかかった皮がくっついている。少しすると、腹立ちを抑えきれないのかアントワーヌのほうをぎろりとにらんだが、嚙みついてはこなかった。じつはテオは、なにしろずる賢いので、いまこの場ではフランケンシュタインがしょっぴかれた話のほうがみんなの興味を引いているとわかっていて、アントワーヌへの復讐はとりあえず棚上げしようと思っていた。ところがそこへいきなりケヴィンがつっかかってきて、アントワーヌどころではなくなった。

「おい、ゲノ先生じゃなかったじゃないか。いい加減なこと言うなよ!」

テオの数ある欠点のなかでも最たるものは、間違いを認めないことだ。その点も父親にそっくりで、つまりそれが、決して間違わないということこそが、ワイザー家の血だと言ってもいい。だからこの場でも、間違いを認めずに状況を立て直すことが至上命令だった。

「いい加減なもんか!」テオはすぐさま言い返した。「憲兵隊はゲノをつかまえて、そのあと釈放したんだ。でもまだ監視してるよ。あいつがおかしなやつだってのは間違いないからな」

「そんなこと言ったって!」ケヴィンは珍しくテオの尻尾をつかんだのがうれしくて、簡単には引き下がらなかった。

「そんなこと言ったって、なんんだ? え? なんなんだ?」テオは嚙みついた。

「そんなこと言ったたって、憲兵隊はフランケンシュタインを連行したんだろ?」

そうだそうだと一同が頷き合った。逮捕されたのがゲノ先生ではなく、肉屋のコワルスキーだったというのは誰もが納得できる結果だった。そしてその理由は、ケヴィンのこのひと言に要約されていた。

「あの顔だしさ」

テオはリードを奪われたものの、勝負を投げるつもりはなく、意表を突く先回りでケヴィンの矛先をかわそうとした。

「この件についちゃおまえらの知らないことがまだたくさんあるんだ。たとえばさ、あの子はもう死んでる、とかね」

死んでる……。

そのひと言は強烈だった。

「死んでるって、どういうこと?」とエミリーが訊いた。

だが会話はそこでふたたび中断された。公証人のヴァルネール先生が車椅子を押して登場し、それを見て誰もが口をつぐんだからだ。車椅子に乗っているのは先生の十五歳になる娘だが、ひどくやせていて、手首などはナプキンリングに通りそうなほど細い。この娘の唯一の楽しみは車椅子を飾りつけることで、今日も派手な色に塗られている。噂では自分でスプレー塗装するために防毒マスクまで注文したらしい（残念ながら彼女が塗装するところを実際に見た人はいないが）。飾りつけはしょっちゅう変わるので、変化しつづけるアート作品のようだ。いまは自動車用の伸び縮みするラジオアンテナが二本取りつけられていて、色のどぎつい巨大な昆虫に見える。子供たちからは〝マッドマックス〟とも呼ばれていた。その陽気で奇抜な装飾は、いつも無表情でなんの反応も示さない彼女自身とあまりにも対照的で、じつはめっぽう頭がいいんじゃないかと言う人もいる。だが若死にするだろうと言う人はもっと多く、突風でも吹いたら飛ばされてしまいそうだからと誰もが思っていた。ボーヴァルには同い年の高校生もいるが、彼女は誰とも親しくない。というより、誰も彼女に近づこうとしない。学校には行っておらず、病気になったときからずっと住み込みの家庭教師の指導を受けている。

奇妙きてれつな車椅子が教会に入っていく様子はまるで神への挑発で、こんな不作法を神はお許しになるのだろうかと眉をひそめる人もいた。アントネッティ夫人などはなにも見逃すまいと父娘を追い、すぐあとから教会に入っていったほどだ。この魔女はいついかなるときでも監視を怠《おこた》らない。なぜならこの魔女は、ずっと前からこの村の人々を心底憎んでいるのだから。

彼らが教会に入ってしまうと、ケヴィンが小声で話を元に戻した。

「死んでるって、ほんとの話？」

死体が発見されていないのだから馬鹿げた質問だが、その問いには一同の動揺が表れていた。死という言葉に人は息をのむものだ。アントワーヌも、もちろん違う意味でだが動揺していて、テオの発言がいつもの出まかせなのか、それともなにか根拠があるのかと耳をそばだてた。

「そもそもなんで知ってんの？」とケヴィンがたたみかけた。

「父さんがさ……」

テオはそこで言葉を切って間を置き、それから下を向き、首をゆっくり左右に振った。知ってるけど、言っちゃいけないんだという得意の演技だ。アントワーヌは我慢できずにせっついた。

「父さんが、どうした？」

午後の乱闘以来、アントワーヌの言動が以前より力をもつようになっていたので、テオも張り合わざるをえなかった。彼は肩越しにちらりとうしろを見て、仲間しか聞いていないことを確認すると、おもむろに口を開いた。

「父さんが憲兵隊の班長と話したんだけど……憲兵隊はもうつかんでる」

「なにを？」

「だからさ……（テオはゆっくり息を吸って、吐いた）……証拠だよ。どこを探せば死体が見つかるかもわかってる。あとは時間の問題なんだ。これ以上は言えないけど」

テオはアントワーヌを見て、エミリーを見て、仲間たちをぐるりと見回してから言った。

「悪いな」

そしてゆっくりと背を向け、広場を抜けて教会に入っていった。

はったりに決まってるとアントワーヌは思った。だがテオはアントワーヌを最初に見た。あれはなぜだろう？　エミリーがブロンドの髪をひと房つまんで、なにか考え込む様子でねじりはじめた。彼女がもしテオとつき合っているなら（その点はアントワーヌには謎のままだったが）秘密も共有していて、すでになにか聞かされているのかもしれない。だから話に加わらず、ずっと黙っていたのだろうか……。アントワーヌは彼女のほうを見る勇気がなかった。

「じゃ、わたしも行くね」と彼女が言った。

そしてグループを離れ、教会に入っていった。

アントワーヌはこの場から逃げたかった。母に声をかけられなかったら本当に逃げていたかもしれない。

「アントワーヌ、入るわよ！」

広場にはもう女たちの姿はほとんどなく、残っていた男たちもたばこを消し、帽子を脱ぎながら足早に教会に向かった。それから教会の扉が閉じられた。

マリアよ　あなたは宿される
あなたの国の人々が　長く待ち望んだ御子《みこ》を

アントワーヌは母と並んで中央の通路の近くに座った。目の前にエミリーのうなじがあり、いつもならそれだけで興奮するのだが、この日はテオの言葉が気になってそれどころではなかった。証拠だよ……。アントワーヌは無意識のうちに手首をさすっていた。証拠があるなら、憲兵隊はなにをぐずぐずしているのだろう。なぜすぐつかまえに来ないんだろうか。

もしかしたらこのミサのあいだに……。

——皆さん、クリスマスイブの夜に、ようこそ教会にお越しくださいました。クリスマスは、わたしたちが喜びとともにイエス・キリストの誕生を祝う祭りです。

司祭は若いのにでっぷり太った男で、肉付きのいい唇と熱を帯びた目がやけに目立っている。身振りこそ遠慮がちではにかみ屋のようだが、そのじつ強い使命感に駆り立てられていることを誰もが知っていた。その使命感を支えているのは狭量で、厳格で、押しつけがましい信仰で、容貌にそぐわないこと甚《はなは》だしい。だが彼が修道院の独房で服を脱ぎ、太鼓腹のむくんだ体に自ら鞭打《むちう》つところは容易に想像できた。

――わたしたちを呼び集められ、わたしたちに喜び、平和、そして希望をもたらす神よ。

祭壇の左手には聖歌隊がいるが、女性ばかりのなかにムショット氏だけが頭二つ分抜きん出ているというバランスの悪いグループだ。その前に小さいオルガンが置かれていて、演奏者は三十年以上前からケルネヴェル夫人だった。

参列者の何人かがしきりに入り口のほうを振り返っていた。デスメット夫妻の姿が見えないことに落胆を隠せない人々だ。事情はわかるけど、なんといってもイブのミサなんだし、来てもいいはずよね……。また数人が振り向き、周囲になにやらささやいた。

ようやくデスメット夫妻が現れた。

二人は年老いた夫婦のように腕を取り合って入ってきた。ベルナデットは何センチも背が縮んだように見え、青白い顔も、目の下の大きな隈も昨夜から変わっていなかった。ロジェのほうは口を真一文字に結び、かろうじて耐えているという表情だ。そのうしろから娘のヴァランティーヌがついてきていたが、真っ赤なジーンズを穿《は》いていて、一家の現状にも、教会という場所にもそぐわなかった。エミリーは彼女のことを、村の大方の意見を汲《く》んで「あばずれ」と呼んでいて、そのたびにアントワーヌはショックを受けるのだが、興味をそそられもする。

三人が横を通るとき、デスメット氏のきつい体臭がアントワーヌの鼻を突いた。そして三人とも通り過ぎると、今度はヴァランティーヌのうしろ姿がアントワーヌの目を引いた。赤いジーンズに包まれた丸い腰が思わせぶりに左右に揺れていて、アントワーヌの口のなかに未知の味が広がった。

——全能なる父よ、あなたはわたしたちを苦しみから解放し、罪から救うために、御子イエス・キリストを遣わされました……。

デスメット一家は長い中央の通路をゆっくり進んでいった。ミサが中断されたわけではないが、彼らが進むにつれて参列者のあいだにミサとは異質の沈黙が広がっていった。かすかにざわついた、敬意と同情の入り混じった、悲しくて重苦しい沈黙が。

——主よ、あなたはこの聖なる夜を真の光で照らされました。どうかこの地上のわたしたちを神秘の啓示で照らしてください。そしていつの日か、わたしたちが天国で喜びに満たされますように。神の御子、わたしたちの主イエス・キリストによって。

デスメット一家の歩みは告解者のそれに似ていた。ベルナデットは歩くだけでもつらそうだし、ロジェはゆっくりと、だが断固たる足取りで交差廊《トランセプト》へ向かっていく。やや前傾の姿勢と重い靴音は、司祭に、いや神に食ってかかろうとでもするようだ。

最前列まで行ったところで三人は足を止めた。なんだかそのまま引き返して教会を出ていってしまいそうにも見えた。その際にヴァランティーヌが母親の横に回り、一家三人が並んで参列者一同と向き合う格好になったのだが、するとそこには見る者の胸に迫る一幅の絵画が出来上がっていた。怒りをこらえる大男と、心配でぼろぼろになった妻と、まだティーンなのにセックスと挫折を思わせる娘。いま、幼いレミを欠いたこの一家は、神よ、この苦悩を見よとその姿を見せつけているとしか思えない。

教会内には得体の知れない緊張が走り、なにが起きてもおかしくないと誰もが思った。デスメット氏がようやく顔を上げて参列者のほうをまっすぐ見たとき、だいぶうしろのほうにいたアントワーヌでさえ、このいかつい大男が放つ獰猛《どうもう》なエネルギーを直接肌で感じ、聖歌隊席にいるムショット氏のほうに視線を走らせずにはいられなかった。工場で殴られて以来、ムショット氏はデスメット氏を執拗《しつよう》に恨んでいる。いや、それだけではない。デスメット氏は多くの村人と揉め事を起こしてきたので、村中に敵がいると言ったほうがいい。

だがそのとき、通路に佇む一家の姿を見て最前列の人々がおろおろしはじめ、数人が慌てて席を譲り、側廊から回り込んで身廊のうしろのほうに移動した。デスメット一家はあいた席に落ち着いた。それはミサを捧げる司祭の目の前の席だった。

――そうです、わたしたちのあいだに御子がお生まれになりました。神の子がわたしたちに授《さず》けられたのです。

デスメット一家が着席してアントワーヌから見えなくなると、エミリーが不意に振り向き、なにか言いたげな目で彼をじっと見た。

なんのつもりだろう。問いかけ？　彼女はやはりなにか知っている？

アントワーヌは大急ぎでその視線の意味を探ろうとしたが、そのときにはもう彼女は前を向いてしまっていた。なにかのメッセージ？　なにを言いたかったんだ？

そういえば、テオが「どこを探せば死体が見つかるかもわかってる」と言ったとき、エミリーはおかしなほど静かだった。アントワーヌは思わず教会の扉のほうに目をやった。

「証拠だよ……」

頭のなかでなにかが爆発し、エミリーの視線の意味がわかった。ここにいてはいけないと教えてくれたに違いない。

逃げて、という意味だったに違いないとアントワーヌは思った。憲兵隊はミサが終わるのを待ってぼくを逮捕しようとしている。ぼくは罠にはめられ、教会の外では憲兵たちが待ち構えているんだ！

——やがて地上の罪は打ち砕かれ、この世の救い主がわたしたちを治められるでしょう。

ミサが終わったら、参列者はぞろぞろと出口へ向かうだろう。アントワーヌもその群れのなかに閉じ込められ、少しずつしか前に進めないだろう。やがて一人、また一人と前を行く人々が振り向き、表に憲兵隊が来ているわけを目で探そうとする。イブの夜だっていうのに、いったいなにごとかと。ふと気づくと、アントワーヌの前から人がいなくなっている。人々が彼のために道をあけたのだ。

そして悲鳴が上がりはじめ……。

そうなったら選択肢は二つしかない。前に進んで憲兵隊につかまるか、その場にとどまってデスメット氏の重い靴音がうしろからやってくるのを待つか。はっとして振り向くと、デスメット氏が肩からかけた銃を腰の位置で構えていて、その銃口がこちらに向けられていて……。

アントワーヌは悲鳴を上げかけたが、それは奇跡的に別の悲鳴にかき消された。

レミ！

最前列のベルナデットがいつの間にか立ち上がり、息子の名を叫んでいた。だがヴァランティーヌに腕を引っ張られ、またゆっくりと座った。

ケルネヴェル夫人が悲鳴に驚いて演奏の手を止めたので、聖歌隊もばらばらと歌うのをやめた。

だがすぐにムショット氏の声がとどろき、ケルネヴェル夫人が雷に打たれたように演奏を再開すると、聖歌隊の残りのメンバーもまた歌いはじめた。前よりも力強く、こういうときこそ一致団結して混乱に立ち向かおうと言わんばかりに。

そして歌は無事に終わり、司祭が言葉を続けた。

——救い主である神は、常にその善と優しさをわたしたちにお示しくださいます。神こそが、わたしたちをお救いくださったのです！　神こそは……。

司祭はデスメット一家の登場も、一瞬の悲鳴も、オルガンとコーラスのつまずきも、すべてかすかな微笑みで受け入れて、滞《とどこお》りなく祭儀を進めていた。その微笑みは、明らかに道を見失った集団を前にして、自分は厳格な倫理を教え諭す立場にあり、そのような役割を神から与えられていると改めて実感する喜びを表していた。このミサでの信者たちの混乱ぶりを見ても、道を指し示す兄ないし父として自分が必要とされていることは間違いないのだと。いっぽう信者のほうは、村で起こった出来事が自分たちの理解力を超えてしまったので、囚人の諦観にも似た心境で、惰性《だせい》で式次第を追っていた。

アントワーヌはベルナデットの悲鳴のおかげで自分を取り戻し、少し頭を冷やすことができた。そうだ、殺人犯の逮捕をミサが終わるまで待つなんておかしい。そんなことはありえない。証拠があって確信があるなら、すぐにも逮捕するはずだ。テオのさっきの言葉も所詮面目を保つための方便だろう。池の近くで口にしたゲノ説だって、フランケンシュタインの逮捕であっさり覆された。それに、あのマルモンの肉屋には憲兵隊に言うべきことなどなにもないわけだから、じきに釈放されるだろう。問題はそのあとどうなるかだ。

――すると、主の天使が近づき、主の栄光が周りを照らしたので、彼らは非常に恐れた。天使は言った。「恐れるな。わたしは、民全体に与えられる大きな喜びを告げる。今日ダビデの町で、あなたがたのために救い主がお生まれになった。この方こそ主メシアである」。(新約聖書「ルカによる福音書」新共同訳)

若い司祭は参列者の心をつかんでいると信じ、太く、分別くさい声で、これこそが主の御心であるという口調で説教を始めた。

もちろん司祭は昨日来のこの村の出来事を知っていたし（郡内一の情報通と言われている）、いつも母親にくっついて日曜のミサに来ていたレミのことも覚えていた（父親のほうはめったに見かけなかったが）。そしてこのイブの夜に、おそらくはレミのことを小天使と見なしていただろう。司祭は最前列にいるレミの両親を見、それから周囲の人々を見た。彼らは一様に暗く苦しげな顔をしていて、両親の悲しみがある種の浸透現象によって参列者全体に広がっていた。司祭はこれを見て動揺さえ覚えた。イエスの誕生が人々にもたらすはずの喜びはどこへ行った？

この人々は事件の衝撃に目がくらみ、それが持つ意味に気づいていない。自分たちがいま体験していることの本来の意味を見失っている。そこで司祭はあえて言葉を止め、たっぷり間を取ってから、こう言った。

「人生は絶えずわたしたちを試そうとします」

それまでとは打って変わって力強く歯切れのいい声が堂内にこだました。司祭は言葉の最後の音節を少し伸ばし気味にして、こだまをさらに美しく響かせた。

「しかし忘れてはいけません。『愛は忍耐強い』（新約聖書「コリントの信徒への手紙一」新共同訳）。そう、忍耐です！

耐えて待ちなさい。そうすればわかります！」

だが信者たちの顔を見る限り、メッセージが届いたとは思えなかった。説明がまだ足りない。だから司祭は全身に決意をみなぎらせてさっそく取りかかった。この田舎司祭には、血をたぎらせる宣教師のようなところがある。

「愛する兄弟たちよ、わたしはあなた方の苦しみを知っています。わたしはそれを分かち合い、あなた方とともに苦しんでいます」

先ほどよりわかりやすかったとみえて、人々のまなざしに変化が見られたので、司祭はこの方向でいいと踏んだ。

「しかし苦しみは不幸ではありません。苦しみとはなんでしょう？　それはもっともすばらしい神の賜物《たまもの》です。なぜなら、苦しみはわたしたちを神に、そして神の完徳に近づけてくれるのですから」

司祭は「すばらしい」に巧《たく》みな抑揚をつけ、ますます調子を上げた。用意してきた説教などとっくに捨てている。今日の数か所でのミサのために練《ね》り上げた説教だったが、もうどうでもいい。いまや語っているのは彼ではなく、彼の信仰なのだから。そして彼は、いま自分が神に導かれていることを、かつてないほど重要な使命を与えられていることを実感しつつあった。

「そうです！　苦しみ、痛み、嘆きは、わたしたちの罪の償いにほかなりません」

そこでまた間を置くと、司祭は説教壇に両腕を載せて信者たちのほうに身を乗り出し、今度は優しい声で問いかけた。

「では罪の償いはなんのためのものでしょう?」

またしても長い沈黙が流れた。それは学校の授業で先生が生徒の答えを待っているような沈黙だったので、誰かが手を挙げたとしても誰も驚かなかっただろう。だが司祭は人々の答えを待っていたわけではなかった。やおら身を起こすと、片手を上げて人差し指で天を差し、堂々たる声でこう言った。

「心にすむ悪に打ち勝つためのものです! 神は試練という形で、わたしたちに信仰の深さを示す機会をくださるのです!」

司祭はそこで聖歌隊のほうを振り向き、小声でケルネヴェル夫人になにか伝えた。夫人は大きく頷いた。

すぐにオルガンが鳴り響き、続いてムショット氏の声も鳴り響いた。少し遅れて聖歌隊の残りの面々もばらばらと歌に加わった。

神はいつも、われらによいことをなさる
ハレルヤ、神をたたえよ
神は恩寵により、子供らをお授けになる

ハレルヤ、神をたたえよ
やがて彼らが神の愛を、神にお返しできるように

参列者も一人、また一人と歌いはじめ、大合唱になった。だがこの讃美歌が彼らにとってなんだったのかはわからない。慰《なぐさ》めや癒《いや》しになっていたのか、それともただの服従のしるしだったのか……。いずれにせよ、司祭は無事使命を果たしおえたと大満足だった。

聖体拝領が終わると、司祭は一枚の紙を広げた。信徒へのお知らせがあるときはいつもそうだ。

「わたしたちの愛するレミ・デスメットを見つけるために、明日の朝、森の捜索が行われます。憲兵隊がボランティアを募っており、参加できる方はぜひ加わってほしいとのことです。集合は朝九時に村役場前です」

アントワーヌはぎくりとした。

大人数で森をしらみつぶしにしたら、レミは必ず見つかる。今度こそ逃げられない。

参列者たちもこの知らせに反応し、あちこちでざわめきが起こったが、司祭が威厳たっぷりに静粛を促すとすぐに静まった。

司祭はそそくさと閉祭の儀に移った。次のミサのためにモンジューに移動しなければならず、すでに時間が押していた。

8

村の男たちは教会を出たところで次々とデスメット氏の肩に手を置き、借りてきたような慰めの言葉をかけた。妻のベルナデットは誰とも目を合わさず、さっさと歩きだした。娘のヴァランティーヌは先に一人で教会を出て、歩道に突っ立っていた。それを見て、誰かを待っているのかしらと村人たちがささやき合った。彼女は両手をジャンパーのポケットに突っ込み、無関心を装いながらも教会を出ていく人の群れをちらちら見ていた。

アントワーヌはお腹が痛かったし、怖かったし、しかも打ち明け話ができるような相手が一人もいないので底知れぬ孤独を感じていた。とにかく早く家に帰ろうと、早足で人々のあいだをすり抜けていった。

テオは相変わらず取り巻きと一緒にいた。またなにか秘密情報を開示したのか、仲間が驚いて目を丸くしている。だがアントワーヌはそれも無視して家路を急いだ。すでにテオとアントワーヌの関係は最悪で、二人が近づいただけで空気がぴりぴりするほどだ。アントワーヌが負けを認めれば、テオはふたたび中学校の王、いやこの村の王太子として君臨し、以後誰も、金輪際《こんりんざい》、盾突くことはできなくなるだろう。

だが勝負はもうついたようなもので、アントワーヌは敗北し、たたきのめされ、ぼろぼろになった気分だった。

家の前まで戻ったところで振り向いたら、ずっとうしろにベルナデットと、彼女を支えて歩く母の姿が見えた。二人はゆっくり歩いてくる。

肩を落として歩く二人の姿を見て、アントワーヌはいたたまれない気持ちになった。殺された子供のために泣いている母親と、殺した少年の母親が並んで歩いているなんて……。

アントワーヌは門を押した。

家に入ると鶏肉のにおいが充満していた。母が出かける前にオーブンに放り込んでおいたローストチキンだ。クリスマスツリーの下にはプレゼントが置かれていた。いつの間に置いたのか、母はいつでもアントワーヌが気づかないうちにやってのける。彼は明かりをつけなかった。薄暗い部屋のなかでツリーの電飾だけがまたたいている。心がひどく重かった。

ミサの試練はどうにか乗り越えたけれど、このあとまだ母と過ごすイブの晩餐《ばんさん》があると思うと途方に暮れてしまう。

クルタン夫人は一般的な行事をすべて定型化しなければ気がすまず、その点において例外を認めない。だからクリスマスイブの過ごし方も毎年同じで、一から十まで決まっている。小さいころはアントワーヌもそれが楽しかったが、次第にただの反復になり、やがて苦痛になった。特にイブの行事はあまりにも長い。まず一緒にテレビのクリスマスショーを見て、夜十時半から食事をし、真夜中にプレゼントを開ける。ついでに言うと、クルタン家においてはクリスマスイブと大晦日《おおみそか》の区別がなく、プレゼント以外はすべてが同じように繰り返される。

アントワーヌは母へのプレゼントを取りに部屋に上がった。母のために毎年違うプレゼントを買っておくというのも神聖な義務の一つだ。引き出しから包みを取り出したが、中身がなんだったかもう忘れていた。端のほうに貼られた金色のラベルに〈TABAC《たばこ》 LOTO《ロト》 CADEAUX《ギフト》――ジョゼフ＝メルラン通り十一番地〉とあるから、ルメルシエさんの店で買ったことは間違いない。あの店は入って左手のショーケースにナイフ、目覚まし時計、テーブルセンター、手帳などが並んでいて……と思い浮かべてみたものの、今年なにを買ったかはやはり思い出せなかった。

母が門を開ける音が聞こえたので、アントワーヌは大慌てで下におり、包みをツリーの下に置いた。

クルタン夫人は外套を脱ぐのももどかしそうにしゃべりだした。

「まったくもう、なんてことかしら」

彼女はベルナデットと連れ立って戻ってきたことで興奮し、動揺していた。レミが行方不明になってから二度目の夜がやってきたこと、今日のミサであの司祭が最悪の事態への覚悟を説いたこと（「はっきりそう言ったわけじゃないけど、でも要するにあれはそういうことでしょ？」）、そしてよく知る人が逮捕されたこと。これらが重なったことでブランシュ・クルタンの認識能力は限界に達していた。

外套を掛け、帽子も脱いで掛けると、クルタン夫人は首を振りながらスリッパをつっかけた。

「ねえ、ちょっと訊くけど……」

「なに？」

彼女はエプロンをつけて紐《ひも》を結びはじめた。

「あんなふうに小さい子をさらうなんて……」

「母さん、やめてよ、そういうの！」

だがクルタン夫人は止まらない。具体的に思い描いてみないと理解できないのだ。

「だって、そんなの想像できる？　六歳の子を連れ去るなんて。そもそもなんのために？」

そう言った途端になにか思い浮かんだのか、彼女は拳を握りしめ、それを口に当てて嗚咽を洩らした。

そのときアントワーヌは久しぶりに、いつ以来かも覚えていなかったが、母に駆け寄って抱きしめたい、安心させたい、謝りたいと思った。だが苦悩に歪む母の顔を見たら胃がよじれて気分が悪くなり、一歩も動けなかった。

「きっともう生きて見つかることはないのよね、あの子。そうよね。そりゃそうなんだけど、でもいったいどんな状態で……」

母はエプロンの裾《すそ》で涙を拭いた。アントワーヌはそれ以上耐えられず、リビングを出て自分の部屋に駆け上がるなりベッドに身を投げ、今度は自分が泣きじゃくった。

母が上がってくる音には気づかなかった。うなじに母の手が置かれて初めて、上がってきたのだとわかった。アントワーヌはその手を振り払わなかった。これがそのタイミングだろうか？　告白するならいまだろうか？　アントワーヌは枕に顔を埋めたまま、もう言ってしまいたいと心から望み、言葉を探しはじめた。だが解放の機会は与えられなかった。

アントワーヌより先にクルタン夫人が口を開いていた。

「かわいそうに、あなたにとってもつらいわよね。レミはいい子だったし、ほんとに……」

いまや彼女はレミのことを過去形で語っている。それからしばらくのあいだ、彼女はそこに座ったまま残酷な現実について考えつづけ、アントワーヌは自分のこめかみが脈打つのを聞いていた。その音があまりにも大きくて、頭が痛くなってきた。

そして初めて、クルタン家のイブの儀式に狂いが出た。

クルタン夫人は例年のようにテレビをつけたものの、クリスマスショーを見もせずに食卓の準備に取りかかった。だが詰め物をしたローストチキンが大きいのは例年どおりだった。それもまた決まり事の一つで、なんとしてもあのアメリカの七面鳥――アニメに出てくる、一週間くらい食べつづけられそうな巨大な七面鳥――に似ていなければならない。そして二人は十時半を待つことなくテーブルに着いた。

だがアントワーヌはほとんどなにも食べられなかった。クルタン夫人はテレビのほうに目をやりながら、チキンの笹身の部分を口に放り込んだ。バラエティー番組のにぎやかな音楽と笑いと歓声が部屋を満たしていた。満面に笑みをたたえたプレゼンターたちがマイクをアイスクリームコーンのように持って、クリスマスのキャッチフレーズを叫んでいる。

クルタン夫人はほとんど上《うわ》の空《そら》で、なにも言わずにアントワーヌの手つかずの皿を下げた。いつもなら考えられないことだ。そしてアントワーヌが小さいころから苦手なブッシュ・ド・ノエルを出してきた。それから笑顔を作り、やけに元気のいい声で言った。

「このあたりで、プレゼントを開けてみるっていうのはどう？」

今回は父親もちゃんと手紙を読んでくれたようで、箱の中身はアントワーヌが頼んだプレイステーションだった。だがいままで以上に孤独を感じていたアントワーヌは、心からうれしいとは思えなかった。一緒にゲームをする相手がいないからだ。それにいまの状況では自分に明日がくるとは思えない。逮捕されたら、ゲームなんか持っていけるんだろうか？

「お父さんに電話しておきなさいね」と言いながら、クルタン夫人も息子からのプレゼントを開けはじめた。

彼女はまた演技をし、いったいなにかしらと目を輝かせてみせる。アントワーヌは自分が買ったものをようやく思い出した。木でできた山小屋の形のオルゴールだ。屋根が蓋《ふた》になっていて、開けると音楽が鳴る。

「まあすてき！」と彼女は中身をひと目見ただけで叫んだ。「いったいどこで見つけたの？　すばらしいじゃない！」

そしてさっそくネジを巻き、メロディーを聴きながら笑顔をつくり、記憶を探るように目を動かした。それは〝聞き飽きるほど耳にしていながら題名がわからない曲〟の一つだった。

「ああ、これ知ってる」とクルタン夫人はつぶやいた。

そしてオルゴールについていた説明書を広げ、声に出して読んだ。

「エーデルワイス、リチャード・ロジャース作曲。そう、そうよね……」

彼女は立ち上がり、ゲーム機を接続しようとしていたアントワーヌに近づいて抱きしめた。アントワーヌのほうは父親のプレゼントにやはり問題があると気づき、がっくりきていた。一緒に入っていたゲームソフトが、欲しかった最新の『クラッシュ・バンディクーレーシング』ではなく、もっと前の『グランツーリスモ』だったのだ。

クルタン夫人はテーブルを片づけ、キッチンで皿洗いをすませると、夕食のとき注いだまま口をつけずにいたワイングラスを持ってリビングに戻ってきた。アントワーヌはゲーム機のコントローラーを手にしたまま、落胆だの不安だの、あれやこれやでぼんやりしていた。そのとき玄関のチャイムが鳴った。

アントワーヌはぎょっとして飛び上がった。

誰だ？ こんな時間に。それもイブの夜なのに。

案外度胸のあるクルタン夫人でさえ不審に思ったのか、足音を忍ばせて玄関に向かった。そしてドアスコープのカバーを開け、額を当ててのぞいたと思ったら、慌ててドアを開けた。

「ヴァランティーヌ！」

ヴァランティーヌはこんな時間にすみませんと謝った。

「母が部屋に閉じこもったまま、ドアを開けてくれないんです、返事もなくて……。それでパパが、もしクルタンさんが……」

「すぐ行くわ」

クルタン夫人はあたふたと支度を始めた。玄関とキッチンを行ったり来たりしながらエプロンを外し、外套を探し……。

「あら、ヴァランティーヌったら、遠慮せずに入っててちょうだい！」

近くで見ると、ヴァランティーヌの印象は先ほど教会で見たのとは少し違っていた。ミサのときは仏頂面や人を見下した目つきが目立っていたが、いまはそうでもない。むしろ、派手な口紅のせいで顔がますます青白く見え、青黒い隈で囲まれた目が涙でうるんでいることのほうが気になる。彼女は一歩リビングに近づき、アントワーヌのほうを見た。そしてわずかに首を傾けたので、アントワーヌのほうも手で挨拶《あいさつ》を返した。それから相手をまじまじと見たのだが、彼女のほうはその視線を無視して、一人でいるかのように、誰にも見られていないかのように振る舞った。

服装はミサのときと同じ赤いジーンズに白い革ジャンだが、ヴァランティーヌが室内の暑さに驚いたような顔で溜め息とともに革ジャンの前を開けると、現れたのは体の線がはっきりわかるピンクモヘアのセーターで、胸の部分が驚くほど膨らんでいた。乳房なるものはなぜこんなに丸くなるのかとアントワーヌは面食らった。これほど丸いのは見たことがなかったし、しかもニット越しに乳首の位置までわかる。ヴァランティーヌは香水もつけていて、それはよくある花の香りだったが、なんの花だか思い出せない。

「ちょっと、アントワーヌ」ともう外套を羽織った母が言った。「支度は？」

「え、ぼくも行くの？」とアントワーヌは驚いた。

「当たり前でしょ！　こんなときなんだから……」

と言いかけて、母はばつが悪そうにヴァランティーヌのほうをちらりと見た。

アントワーヌは〝こんなとき〟だとなぜ自分も行くべきなのかわからなかった。母はヴァランティーヌがいるからそう言ったのだろうか。

「じゃ、先に行ってるから、すぐに来て。いいわね？」

いいわけがない。こんなときに隣に行って、デスメット氏と顔を合わせなければならないと思っただけでまた腹が痛みだした。

母はドアを勢いよく閉めて出ていった。

アントワーヌは目をきょろきょろさせながら逃げ道を考えた。

「これなに？」

ぎょっとして振り向くと、母と一緒に出たと思っていたヴァランティーヌが、プレイステーションのコントローラーを持って目の前に立っていた。握りの片方をハンマーの柄でもつかむように握り、ものすごく興味があるんだけどという顔をしている。それから表面の滑らかさや質感を探るように華奢《きゃしゃ》な手でさすったり、人差し指でなぞったりしはじめたが、そのあいだもアントワーヌの目をのぞき込んだまま視線をそらさない。

「これなに?」と彼女は繰り返した。

「それは……遊ぶものだよ」とアントワーヌは答えた。

彼女はにっこり微笑み、コントローラーをいじりながらまた彼をじっと見た。

「ああ、遊ぶものなのね」

アントワーヌは適当に頷いてその場を離れ、階段を駆け上がって自分の部屋に逃げ込み、大きく息を吸った。心臓が激しく脈打っていた。なにしに二階に上がったんだっけと考え、あ、靴を履くためだったと思い出し、ベッドに腰かけた。

だがまたしても疲労がのしかかってきて、そのままベッドに横になって目を閉じた。頭のなかにヴァランティーヌの手が浮かび、その手に自分が吸い寄せられていくような気がした。と同時に激しい動揺に襲われ、あまりにも苦しくて、もう終わりにしたいという衝動にふたたび駆られた。

早くつかまりたい、逮捕されたい。

早く自白したい、楽になりたい、眠りたい。眠らせて、ぼくを眠らせて……。

自白が恐ろしい結果を招くことはわかっている。だがその恐怖は、いますでに自分にとりついている生々しい恐怖の前に薄れつつあった。こんなふうに、これほどの苦しみとともに、レミの亡霊に追われて生きていくなんて耐えられない。なにしろ目を閉じるたびに、すぐさまレミが現れるのだから。

いつも同じ場面だ。

レミが暗い穴のなかに倒れていて、両手をこちらに伸ばしている。

アントワーヌ！

片手しか見えないこともあり、それがなにかにしがみつこうとしながら消えていき、レミの声も次第に遠ざかっていく。

アントワーヌ！

「もう寝ちゃうの？」

アントワーヌは電気ショックを受けたように跳ね起きた。

ヴァランティーヌがドアのところに立っていた。脱いだ革ジャンを人差し指だけで無造作に肩にかけている。

彼女は尋常ならざる好奇心をあらわにして部屋を眺め回すと、それまで見せたことがない滑るような足取りで入ってきた。先ほどの花の香りが部屋中に広がった。彼女はアントワーヌのほうを見もせず、美術館をそぞろ歩くように、ゆっくりと部屋のなかを移動していく。

アントワーヌは暑くてたまらなくなり、それを知られまいととっさに身をかがめ、靴をつかんだ。そして低く頭を下げたまま、ひたと床を見つめて紐を結びはじめた。

するとヴァランティーヌが近づいてきて、アントワーヌの前に両脚を少し広げて立った。彼は顔を床に近づけていたから視野が狭かったにもかかわらず、白いテニスシューズと赤いジーンズの少し濡れた裾が見えたのだから、かなり近い。顔を上げたら目の前に彼女のベルトが見えるだろう。

アントワーヌは紐をいじりつづけたが、股間は痛いし、手は震えるしで焦るばかりだ。だがヴァランティーヌは動かない。彼が紐を結びおえるのをじっと待っているようだ。そこでアントワーヌはいきなり立ち上がり、彼女に触れないように真横に逃げようとしたが、スペースが足りずにバランスを失ってベッドの上に仰向けに倒れた。だがズボンの前の膨らみを見られると思った瞬間力が出て、水から出た魚が見せるような離れ業で向きを変えて立ち上がり、気づいたときにはもうドアのところに立っていた。

ヴァランティーヌはベッドのほうを向いたままで、革ジャンが床に落ちていた。アントワーヌの視線は彼女のうしろ姿に釘づけになった。

彼女は足を踏ん張って堂々と立ち、両腕を前で交差させて自分の両肩をつかんでいた。その指先のマニキュアも派手なピンクだ。丸く締まった腰が、細いウエストが、セーターのわずかな凹凸でわかるブラジャーのストラップが次々と彼の視線を引き寄せる。めまいがしてきた。だがそれが自分のせいなのか、それともヴァランティーヌが揺れているからなのかわからない。彼女が腰をゆっくり振りながら官能的なダンスを踊っているような気がするのだが、それが現実なのかどうかわからない。

アントワーヌはドア枠にしがみついた。息が苦しい。外に出たい。いますぐ。

彼は階段を転がるように下り、キッチンの流しに駆け寄って蛇口を全開にし、両手で受けた水に顔を突っ込んだ。それから首を振って水けを飛ばし、そこらにあった布巾をつかんで拭いた。

布巾を置いたときに、廊下から玄関に向かうヴァランティーヌがちらりと見えた。外気が流れ込んできたのと同時に、アントワーヌは走りだした。追いかけて外に出ると、ヴァランティーヌはもう通りに出ていて、しっかりした足取りで、急ぎもせずに自分の家のほうに向かっていた。そして門を押して庭に入り、そのまま通り抜けて玄関から入ったが、すぐにアントワーヌが追ってくるとわかっていたのか、ドアを閉めなかった。

アントワーヌはいつの間にかデスメット家にいた。

この家特有のにおいが鼻を突いた。キャベツと汗と艶《つや》出しワックスが混ざった、一度も好きになれたことがないにおい……。

アントワーヌは一歩入ったところで動けなくなった。

真正面にデスメット氏がいた。長いダイニングテーブルの奥に座ってこちらを見ている。

これで合点がいった。ヴァランティーヌは自分をここに、父親の前に連れてくるために呼びにきたのだ。

ヴァランティーヌはテレビガイドをめくったり、サイドボードの縁を人差し指でなぞったりと、いかにももの言いたげにぐずぐずしている。と思ったらアントワーヌのほうをじっと見た。それは先ほどとは別人だった。浮ついた感じに見えたのに、ここではふたたび弟の影を背負っている。その不吉な影は部屋全体にも漂っていて、アントワーヌを威嚇《いかく》してくる。それから彼女は不意に背を向けて階段を上がり、なんの合図も視線も投げずに二階に消えた。

「みんな上だ」

デスメット氏がくぐもった声で言い、顎を二階のほうにしゃくった。確かに二階からは話し声のようなものが聞こえてきていた。リビングを照らしているのはキッチンから差し込む明かりとクリスマスツリーの電飾だけで、その電飾はクルタン家のとまったく同じだ。同じ店で買ったのだろう。

アントワーヌは二階に行こうにも足がすくんで動けなかった。デスメット氏は空のコップとワインボトルを前に置いたまま、うつむいて物思いに沈んでいる。だがしばらくするとアントワーヌがまだいると気づいたようで、自分の横の椅子を指さした。ぐずぐずしているとデスメット氏がつかつかと寄ってきて、自分を無理やり引っ張っていくのではないかと怖くなり、アントワーヌは恐る恐るテーブルに近づいた。だがいかにも凶暴そうなデスメット氏は近づけば近づくほど恐ろしい。

「座りな」

アントワーヌがおずおずと椅子を引いたら、黒板を引っかいたような音がした。デスメット氏はしばらくアントワーヌの顔を見ていた。

「おまえはレミをよく知ってる……そうなんだろ？」

アントワーヌは軽く唇を引き結んでからもごもご言った。はい、わりと、っていうか、少しは……。

「あいつが家出なんかすると思うか？　六歳で？」

アントワーヌは首を振った。

「あいつがいきなり遠くへ行ったりすると思うか？　ここの生まれなのに、帰り道がわからなくなったりするか？」

それは質問ではなく、デスメット氏がこの数時間ずっと自問していることなのだとアントワーヌにもわかった。だからもう答えなかった。

「で、あいつらはなんで夜は捜索しないんだ？　え？　サーチライトがないってのか、憲兵隊に？」

アントワーヌは当惑し、ちょっと肩をすくめた。

デスメット氏はあの耐えがたい体臭に加え、ワインを浴びるほど飲んだとみえてひどく酒臭かった。

「ぼく、上に行きます……」アントワーヌは小声で言った。

デスメット氏がなんの反応も示さないので、眠れる獅子《しし》を起こすまいとそっと立ち上がった。

だがそこでデスメット氏はいきなり振り向き、アントワーヌの腰に腕を回して引き寄せると、彼の胸に顔を埋めて号泣した。アントワーヌは大男の重みで倒れそうになったが、なんとか踏ん張った。そしてレミの父親の太くて白いうなじが震えるのをまぢかで見ながら、きつい体臭に耐えた。

デスメット氏のたくましい腕のなかで、アントワーヌは死にたいと思った。

サイドボードの上には、以前から大きさも形もばらばらのフォトフレームに納められた家族写真がたくさん置かれていたが、そのなかの一つがなくなっていた。憲兵隊に渡したからだ。テレビにも映ったあの写真、黄色いTシャツを着て、髪をきれいになでつけたレミの写真だ。

一つなくなったからといって、ほかの写真立てを並べ直したりはしていない。当然だ。レミの写真が元の場所に戻るのを、暮らしが元に戻るのを、家族は待っているのだから。

9

太陽が金輪際《こんりんざい》顔を出すまいとしているのか、一面灰色の空が村を低く覆っていた。一番乗りのつもりでやってきた人々を、玄関灯の下に立つデスメット氏が迎えた。ごついブーツにベージュのパーカー姿で、握りしめた拳をポケットに突っ込んで自分の庭を眺めている。まさかこんな日が来るとはという険しい顔つきだった。

デスメット家の前に集まったのは男が中心で、十代も何人かいた。ただしアントワーヌより年上の、十六歳とか十八歳の少年たちで、あまりよく知らない顔ばかりだ。

アントワーヌは一睡もできなかったので、体力も気力も底をついていた。だからデスメット家の前に集合し、これから揃って村役場へ行こうとしている人々を窓からひと目見ただけで、腰が引けてしまった。

「行かないって、どういうこと？」

クルタン夫人は憤慨した。声に出しはしなかったが、心のなかでこう叫んでいるのが聞こえるようだった。行かなかったらみんなどう思う？　あなたも、わたしも、なにを言われるかわからないでしょ。もちろんベルナデットのために行くのだけれど……でも村中が参加しようとしている以上、これはもう義務よ！

「ムショットさんとこだって行かないだろ？」とアントワーヌは言い返した。

ずるい論法だとわかっていた。ムショット家ほどデスメット家を憎んでいる家族はいない。二軒のあいだにクルタン家があって幸いだ、さもなきゃ殺し合ってるさ、と言う人もいるほどだ。

「それはまた別の話」と母が言った。「わかってると思うけど……」

それ以上言ってもややこしくなるだけなので、アントワーヌは譲歩し、支度して降りていった。

通りに出て数人と握手したあと、アントワーヌはなるべくデスメット一家に近づくまいとした。一家は大勢に取り囲まれていて、どうせ近づけないからちょうどよかった。ヴァランティーヌはまた赤いジーンズ姿だったが、この朝のもの悲しい光のせいでさすがの赤も色褪《あ》せて見えるし、彼女自身もこうして近所の人々に交ざっていると年より老けて見える。場違いなことに変わりはないのだが、昨日のミサのときの注目を浴びる場違いではなく、ただの寂しい場違いに変わっていた。

人々はぞろぞろと集合場所の村役場へ向かった。

デスメット夫妻の近くにいる人々は静かにしていたが、列のうしろのほうでは噂話や官憲への不平不満が飛び交った。まずは池の問題。もう何年も前からあそこに柵を設置しようって話が出てたじゃない？　なのに役場は動かなかったわよね。

それから今回の森の捜索。どこが指揮をとってんだ？　村役場？　それとも県？

二日前からじわじわと染み出てきた人々の不満が、この特異な状況のなかで新たな捌《は》け口を見いだし、役場への、つまりは村長への、すなわちワイザー社社長への愚痴となってあふれ出していた。彼らの漠然とした苛立ちの裏には、かなり前からこの村にのしかかっていた不安に対する反発がある。だがこの事件が起こるまで、それをどこにぶつけたらいいのかわからなかったのだ。

村役場前には市民安全局の手で大きな白いテントが二つ設営され、救急隊員や憲兵隊員が待っていた。ちょっと、犬は来てないの？　と誰かが言った。クルタン夫人は食料品店のおかみさんと話し込んでいて、アントワーヌはその話を聞こうと耳を澄ましたが、聞こえなかった。頭のなかで低いノイズが休みなく鳴っていて、外の音がはっきり聞こえない。いくら集中しても切れ切れの音や言葉を拾うのがやっとだ。おい、アントワーヌ！　と呼ばれて振り向いたらテオだった。

「おまえはお呼びじゃないぜ」

アントワーヌはかっとなって言い返そうとした。なんでおまえはいつも……。だがテオはにやにやしながらふんぞり返っている。悪い知らせを伝えるのがうれしくてたまらないようだ。

「未成年は参加できねえの！」と自分のことは棚に上げて言った。

クルタン夫人がぱっと振り向いた。

「それ本当？」

そこへ憲兵がやってきた。一昨日アントワーヌに話を聞いた班長だった。

「少なくとも十六歳になっていないと参加できないんです」と彼は言い、二人の少年に微笑みかけた。「きみたちの気持ちはうれしいけどね」

役場前には続々と人がやってきたが、皆握手を交わす程度でおしゃべりはせず、緊張の面持《おももち》ちで指示を待っている。村長は市民安全局の職員や憲兵隊員となにやら話し込んでいた。軍用地図も何枚か広げられている。トラックが一台到着し、見ると警察犬が四頭乗っていて、盛んに紐を引っ張っていた。ほら、やっぱり来た、と誰かが言った。

グループの編成には時間がかかった。捜索は複数のグループに分けて行われ、各グループのリーダーは憲兵あるいは救急隊員が務《つと》める。指示は明確で、しっかりしたものだったので、参加者はいっせいに頷き、彼らの帽子やフードが波のように揺れた。

アントワーヌが数えたら、八人のグループが十くらいできていた。

そこへテレビ局の中継車がやってきて、気づいた人々は色めき立った。だが降りてきたカメラマンがカメラを回しはじめると、誰もがまじめで、積極的で、責任感の強いボランティアを演じることに必死になった。女性リポーターはわれ先にしゃべろうとする村人たちに当惑し、マイクを向ける相手を選べずにいた。ある女性などは——アントワーヌが知らない顔だったが——胸の前で両手をぎゅっと握り、今度の事件にどれほど胸を痛めているかを力説していて、まるでレミの母親気取りだ。その女性が話しつづけているあいだに、リポーターは爪先立ちで本物の両親を探していた。そしてようやく見つけると、女性の話が終わるのも待たずにその場を離れ、カメラマンを従えて人の群れをかき分けて進みはじめた。二人はジグザグに進んで白いテントに近づいた。

デスメット夫人はテレビ局の人間が近づいてくるのを見て涙をこぼしはじめ、カメラマンは急いでカメラを構えた。

このとき撮られた映像は二時間もしないうちにフランス中で放映されることになったのだが、これにはインパクトがあった。デスメット夫人の狼狽ぶりに、彼女の言葉に——あの子を返してというわずか八音のかろうじて聞き取れる言葉に——フランス中が涙を流さずにいられなかった。

あのこをかえして……。

その声はかすれ、震えていた。

周囲にいた人々も胸が詰まって黙り込み、そこから沈黙の輪が広がって、とうとう全員で黙禱を捧げているようになってしまい、これは不吉な前触れではないかと思う人もいた。

例の憲兵隊の班長がメガホンを持って役場の正面階段を上がると、腕章をした職員たちが印刷物を配りはじめた。

「皆さん、本日は呼びかけに応じてくださり、ありがとうございます。それもクリスマスに……」

誰もが自分は徳も思いやりもある人間なんだと思い、密かに胸を張った。

「お配りした手引書に目を通してください。捜索に際してはむやみに足を速めず、目に入るものに集中してください。見落としをしないことが肝心です。今日探した場所は、二度と探す必要がないようにしたいのです。おわかりいただけますか？」

肯定のざわめきが返ってきた。

この説明のあいだに、アントワーヌは司祭とアントネッティ夫人が連れ立ってやってきたのに気づいた。

「皆さんには九つのグループに分かれていただきました。そのうち四グループは警察犬を連れて池のほうに向かいます。三グループは国有林の西の端へ、二グループはサントゥスタッシュのほうへ向かいます」

アントワーヌはこれで終わりだと思った。でも、これでようやく解放される。

彼にはもう、これから起こることと、自分がすることがわかっていた。だからある意味ではものごとが単純になっていた。

「昼の休憩のあとで、午前中のはかどり具合に応じて、各グループの担当区域を調整します。今日の捜索で成果が上がらなければ、明日もまたご協力をお願いすることになります」

そこへコワルスキー氏が現れた。

ためらうような、ゆっくりとした足取りで役場のほうにやってくる。彼が進むにつれ、また沈黙の輪が広がり、誰もが道を開けた。敬意を払ってのことではなく、胡散臭《うさんくさ》いと思うからだ。あの人帰されたんだという驚きの表情とともに、人々は眉をひそめて目を見合わせた。いったん帰されただけなんじゃない？　だがそれについては誰もなんの情報も持っていなかった。

彼が通り過ぎたうしろのほうではまた小声でおしゃべりが始まった。そうか、釈放されたのか、とまた誰かが言った。でも決定的な証拠が見つからないだけなんじゃ……。だってさ、逮捕は手あたり次第ってわけじゃないだろ？　なにかしら事件に絡んでるやつだけだ。火のないところになんとやらってな。それにあいつ、商売うまくいってないらしいぜ。移動販売をやってるのも帳尻を合わせるためだって聞いたよ。

コワルスキー氏本人はまったくの無表情だった。いつもと変わらぬ長細い顔だ。骨ばっていて、頬がこけていて、眉が濃くて……。

コワルスキー氏がそばを通ったとき、クルタン夫人は露骨に背を向けた。彼は憲兵隊の班長の前まで行って足を止め、さあ、わたしも来ましたとばかりに両手を広げてみせた。わたしにできることはなんですかと。

そこで班長は思案しながら各グループを見渡したが、どちらを向いても拒否反応しか見られない。さりげなく背を向ける人、目をそらす人、もっと露骨にさっさと歩きだす人までいた。

「なるほど……」と班長は少々うんざりした声で言った。「では、あなたはわたしたちと来てください」

人々は歩きだし、またおしゃべりが始まった。彼らが立ち去ったあとには、先ほど配られた手引書がたくさん落ちていた。

一人で家に戻ったアントワーヌは、自分の部屋の窓辺に肘をついてしばらく遠くを眺めていた。死体が見つかったらどこかに連絡が行くはずで、そうしたら回転灯をつけた警察車両がサントゥスタッシュのほうに飛んでいくのが見えるだろう。

それから窓を閉め、バスルームに行った。

薬棚にある錠剤入りの瓶をすべて持ち出し、部屋のナイトテーブルの上に中身をあけた。フランス人の多くは薬を大量に消費しているが、クルタン夫人もその典型だったので、いろいろな種類の薬があった。それもたくさん。だから錠剤の山ができた。アントワーヌは吐き気をこらえながら、錠剤をわしづかみにしてのみ込んだ。涙が驚くほどあふれて、顔がびしょ濡れになった。

10

胃の底で発生した波が大きなうねりとなって体内を迫《せ》り上がり、内臓をひねり上げて喉で爆発し、その衝撃で体が文字どおりベッドの上で跳ねた。アントワーヌは腹の底からわき出た叫びを洩らし、と同時にベッドのそばの床に置かれた洗面器のほうに身を乗り出して、あえぎながら緑色の液体を吐き出した。

もはや起き上がる力もなく、背中が燃えるように痛かった。うねりが来るたびに、臓器が丸ごと体から抜け出そうとし、あるいは裏返ろうとし、かと思うとどろどろになって流れ出ようとする。

そんな状態が二時間も続いていた。

時々母が上がってきて、洗面器の中身を捨て、口元の汚れを拭きとり、冷たい布で額をぬぐい、また下りていく。

ようやく痙攣《けいれん》が収まると、力尽きたアントワーヌはすぐ眠りに落ちた。

夢のなかでは、アントワーヌではなくレミが力尽きていた。暗い裂け目の奥でぐったりしていて、もはや腕を伸ばすこともできず、最後の力を振り絞って小さい手だけを動かしている。死が迫っていた。死はもうそこにいて、レミの両足をつかんで闇に引きずり込もうとしている。レミは徐々に沈んでいき、いまや消えようとしている……。

アントワーヌ！

はっと目覚めると、部屋は暗かった。何時なのかわからないが、下でテレビの音がしているからまだ夜中ではないようだ。風向きがちょうどよかったのか、教会の鐘の音がかすかに聞こえたので、アントワーヌは耳を澄ました。それにしても強い風で、雨戸の隙間から吹き込んでくる。彼は六つ数えたように思ったが、自信がない。夕方の五時から七時のあいだだろうと思った。

ナイトテーブルにはコップと水差しと、初めて見る小瓶に入った薬が置かれていた。

玄関のチャイムが鳴り、テレビが切られた。

男の声に続いて、母のささやくような小声。

階段を上がる足音が聞こえ、医者のデュラフォア先生が一人で現れた。提げてきた往診用の大きな革のかばんをベッドのそばに置いてから、アントワーヌのほうにかがみ込み、燃える額にちょっと手を置いた。それから黙ったまま外套を脱ぎ、聴診器を取り出し、掛け布団をめくり、パジャマの上着をたくし上げ（いつ着せられたのだろう？　覚えていない）、空中のどこか一点を見つめながら胸の音を聴いた。

下ではまたテレビがついたが、音は小さくなっていた。デュラフォア先生はアントワーヌの脈を取ってから聴診器をしまい、両脚を少し開いてベッドに腰かけると、両手を組み、無表情のまま考え込んだ。

デュラフォア先生は五十歳前後の田舎医者だ。父親はブルターニュの船乗りで、世界中を回っていたらしい。それについては村中の意見が一致しているが、母親についてはベトナム人の家政婦、中国人の娼婦、タイ人のあばずれ等々と諸説あってわからない。しかもどの説も詳細はわからず、要するに母親についてはまだ誰もなにも知らないのだ。

先生がこの村で開業したのは二十五年も前だが、以来この村の誰一人として彼が笑うのを見たことがない。年がら年中郡内の村々を車で飛び回り、診療時間外でも患者を受け入れ、地域の全員を一度ならず診たことがあり、数多くの結婚式、洗礼式、初聖体式に立ち会い、数えきれないほどの葬儀に参列してきた。にもかかわらず、誰も彼のことをよく知らない。独身で、子供なし。食料品店の娘が家事を引き受けているが、診療所だけは掃除も含めて彼自身がすべてやっている。日曜日には天気がよかろうが悪かろうが診療所の窓を大きく開けて掃除をするので、彼がよれよれのジャージを着て掃除機をかけたり拭いたり磨いたりする様子が通りがかりの人にも見える。このチャンスにと声をかけて診察を頼む人がいれば、彼はすぐにドアを開け、患者を迎え、艶出しワックスのスプレーとから拭き用の雑巾《ぞうきん》を放り出したまま手を洗い、診察を始める。そういう医者だった。

アントワーヌは枕に這い上がるようにして少し身を起こした。さんざん暴れた胃がまだ痛むし、口のなかには不快な味が残っていて胸がむかつく。

デュラフォア先生はまだ考え込んでいた。彼の大きい顔は、少しアジア的だからなのか、なにを考えているのかさっぱりわからないし、先ほどから身動きもしないので、アントワーヌは不安になった。だが少しすると慣れてしまい、もう誰もいないような、医者が単なる家具にでもなったような気がしてきて、そのうちアントワーヌも自分の思考に身を委《ゆだ》ねた。要するに、自分は失敗したのだ。死にたかったのに、死ねなかった。ということは、事の顚末《てんまつ》を自分の口で説明しなければならない。だがそこで森の捜索のことを思い出した。いくつかのグループはサントゥスタッシュに向かったわけで……つまりもう説明するまでもないだろう。いまや誰もが知っていることを認めるだけの話だ。アントワーヌは自分がこれから負うべきもののことを考え、そのあまりの重さに早くも押しつぶされて目を閉じ、ふたたびベッドに倒れ込んだ。

「アントワーヌ、わたしが話を聞こうか？」

デュラフォア先生は一ミリも動かずに、ひどく優しい声でそう訊いた。

だがアントワーヌは混乱していて、その問いに答えることができなかった。レミの死が目の前の現実なのか遠い出来事なのかわからなくなり、あまりにも多くの問いが浮かんできて頭のなかがごちゃごちゃになっていた。発見されたレミの亡骸《なきがら》はいまどこに置かれているんだ？　アントワーヌは亡骸のそばにベルナデットが座り、レミの冷たい手を自分の手で包んで温めようとしているところを想像した。

　ひょっとして、憲兵隊はデュラフォア先生の許可を待っているのだろうか。体調に問題がないと先生が判断してから逮捕するのだろうか。憲兵隊はもう下にいて、母を引き留めているのかもしれない。未成年だから、まずは医者が話を聞くことになっているのではないか。そんなことをあれこれ考えているうちに、アントワーヌは先生にいまなにを訊かれたのかわからなくなった。

　部屋が薄暗いので、レミが身近に感じられた。捜索隊はここと同じように暗い場所でレミの遺体を発見したはずだ。

　村の男たちが巨大なブナの倒木の下をのぞき込んでいるところが目に浮かんだ。暗い穴のなかへ探しにいくのはもちろんデスメット氏だ。その役割を父親が他人に譲るはずはない。救急隊員たちでさえ、担架と大きな毛布を穴のそばに運んだあとは一歩下がって待っている。そしてデスメット氏がレミを引っ張り出すという痛ましい場面がやってくる。父親に片腕をつかまれて、まずレミの頭が現れ、栗色の髪を見て人々は声を失い、続いて両肩が現れる。レミの体はねじ曲がっていて、手足がばらばらに出てきたように見える。

アントワーヌは泣きだした。

すると驚いたことに、なんだかほっとした。涙がぼろぼろこぼれたが、それは以前の、彼がまだ自由だったときの苦悩の涙ではなく、もっと深くて心をほぐすような涙、浄化の涙だった。

デュラフォア先生がかすかに頷いた。なにも言わないが、なにかを聞きとり、それに対して頷いたように見えた。

涙はいくらでもあふれてきた。でも不思議なことに、そこには幸せがあった。その涙は二度と得られないと思っていた安らぎをもたらしてくれた。もう終わったという安堵感、子供時代に流したような、自分を守るための癒しの涙だ。その癒しは、これから自分が連れていかれるところへも持っていくことができるとアントワーヌは思った。

アントワーヌは泣きつづけ、デュラフォア先生は長いあいだ彼のそばにいたが、やがて立ち上がって革かばんを閉じると、彼のほうを見もせずに外套を手に取った。

そして静かに出ていった。

アントワーヌはようやく泣きやみ、洟をかんで、ふたたび枕の上に身を起こした。これから憲兵隊が来るのなら、着替えたほうがいいんだろうか……。自分を逮捕しに誰かが来るなんて初めてのことなので、どうしたらいいのかわからない。

そこへ聞こえてきたのは母の足音だった。ということは母に手伝ってもらって着替え、それから下りていくということだ。母さんじゃないほうがいいのに、と彼は思った。母は自分が憲兵に連れていかれるときに泣きじゃくってすがりつくだろうし、そういうのは勘弁してもらいたかった。

母は部屋に入ってくるなり電気をつけ、吐瀉物《としゃぶつ》のにおいに顔をしかめた。そして洗面器を廊下に出すとすぐに戻ってきて、風が強いにもかかわらず、換気のために窓を一枚開けた。冷たい風がどっと吹き込んだ。アントワーヌは母の額に一本しわが寄っているのに気づいた。心配事がある証拠だ。

母が振り向いた。

「少しは気分がよくなったみたいね」

母はそう言って、答えも待たずにナイトテーブルに置かれた小瓶入りの飲み薬を取り、スプーンで一回分を量った。

「それにしてもあの鶏肉……。全部捨てたわ。あんなのを売るなんてひどすぎる」

アントワーヌは意味がわからず、反応できなかった。

「さ、もう一度飲んでおいて」と母が言った。「消化不良に効く薬だから、お腹が楽になるわよ」

ただの消化不良のように言われてアントワーヌは当惑し、心配になった。そして不安を感じながら薬を飲んだ。もしや自分は現実を把握できていないのだろうか。母は小瓶の蓋を閉めた。

「スープを作ったから、持ってくるわね」

鶏肉がどうのと母は言ったが、自分はほとんど口にしなかった。それに、鶏肉にあったのだとしたら、母はなぜ平気なのだろう。

アントワーヌは昨日からの出来事を一つずつたどろうとしたが、ぼやけている部分がたくさんあってよくわからない。夢と現実が入り混じっていて区別できない。はっきりさせなきゃ……。彼は立ち上がろうとした。だが脚に力が入らずバランスを崩し、ベッドの端に倒れ込んだ。それでヴァランティーヌのことを思い出した。あれも夢の一部だろうか、それとも現実？　靴紐を結んでいたら彼女が前に立ち、それを避けて立ち上がろうとしてベッドに倒れ込んだのだった。いまみたいに。

イブの食事はヴァランティーヌが来る前で、デスメット氏に抱きつかれたのはヴァランティーヌのあとだ。で、今朝から森の捜索が行われて、数グループがサントゥスタッシュのほうへ……。

アントワーヌは目を閉じ、めまいが収まるのを待った。それからもう一度立ってみた。今度はどうにか立てたので、壁や家具で体を支えながら廊下へ出て、バスルームのドアを押し開け、洗面台につかまり、薬棚を開けた。

空だった。

自分が倒れる直前の光景を思い出した。錠剤を口に詰め込んだとき、ナイトテーブルにはこぼれた錠剤が散らばっていたし、床にも落ちていた。あれはどこに消えたんだ？

またあちこちつかまりながら部屋に戻った。

ベッドに横になると体の力が抜けて楽になった。

「ほら、スープよ」

母が湯気の立つスープをトレーに載せて持ってきて、用心しながらベッドの上に置いた。

「まだ欲しくない」アントワーヌは力の入らない声で言った。

「そうね、そうよね……。消化不良だもの、しばらくはなにも食べたくないわよね」

下では相変わらずテレビの音がしていて、それがアントワーヌを不安にさせた。まだ夕方なのにテレビをつけっぱなしにするなんて、母らしくない。テレビばっかり見てたら馬鹿になるだけよ、という口癖はどこに行ったのだろう。

「デュラフォア先生があとでもう一度寄ってくださるそうよ。念のためにって。それには及びませんって言ったんだけど。あなたの顔色もだいぶよくなったし……。そもそも単なる消化不良で大騒ぎするなんて、ねえ。でも先生がどういう人かあなたも知ってるでしょ？　まじめなの……。というわけで、あとでまた来てくださるから」

母は部屋のなかのものを意味もなく触りながらうろうろしていた。机の前に行き、窓辺に行き、ドアのところへ行き、それを開けて、また閉め、目的もわからずにただ動いている。だが声だけは自信たっぷりで、行動と釣り合っていない。母はその声で続けた。

「いくらなんでもひどいわよね。傷んだ鶏肉を売るなんて。今度こそびしっと言ってやるわ！」

アントワーヌは母があえてコワルスキーという名を口にしなかったことに気づいた。そういう場合、つまり母があえてなにかを口にしないとき、そのなにかはもう存在しないのと同じなのだ。

「でもとにかく」とクルタン夫人は続けた。「消化不良は一大事ってわけじゃないから。デュラフォア先生にもそう言ったのよ。最初の往診のとき、先生が病院に連れていくだのなんだのって言うから……。結局はあなたに吐かせる薬を飲ませて、それですんだじゃない」

クルタン夫人はその件で息子の証言でも求めるように言った。

「催吐剤《さいと》とかいう薬、それでいいわけよ……。で、欲しくないのね？　スープ」

その長い話のあいだ、アントワーヌには母がなにを言いたいのかわからなかった。母はしゃべるだけしゃべると、急に慌てた様子で部屋を出ていこうとした。

「電気消す？　また眠るでしょう？　そう、睡眠こそ本当の薬よ。ゆっくり休みなさい」

そして勝手に電気を消し、出ていった。

ふたたび闇に沈んだ部屋には、先ほどよりさらに強くなった風の音だけが残った。ひょっとすると嵐が来るのかもしれない。

アントワーヌは頭のなかでパズルのピースをはめていこうとした。自分が耳にしたこと、理解したこと、ナイトテーブルから消えた錠剤、医者の往診、母のとりとめのない話……。全部はめたらどういう絵ができるんだ？

そしてわけがわからないまま、眠りに落ちた。


玄関のチャイムで目が覚めた。

少しまどろんだだけなのか、長く眠ったのかアントワーヌにはわからなかった。掛け布団を押しのけてベッドを降り、少し開いているドアに近づくと、デュラフォア先生の声が聞こえた。

それから母が小声で言った。

「このまま寝かせておいたほうがいいんじゃありません？」

だがそれに続いたのは先生の足音だった。

アントワーヌは慌ててベッドに戻り、横向きになって目を閉じた。

デュラフォア先生は部屋に入ってきて立ち止まると、そのままじっと立っていた。アントワーヌは緊張のあまり寝息を意識しはじめた。寝てるときって、呼吸はどうなるんだっけ？　少し迷ったが、眠るときはリズムが遅くなるはずだと思い、呼吸を遅くしてみた。

しばらくしてからデュラフォア先生はようやくベッドに近づき、マットレスの端の、先ほど来たときと同じところに腰かけた。

アントワーヌには自分の鼓動と風の音だけが聞こえていた。

「なにか困っていることがあるなら……」

それは低く、穏やかで、親密な声だった。アントワーヌは聞きとろうとして耳をそばだてた。

「……いつでもわたしに電話していいんだよ。昼でも夜でもかまわないし、電話が嫌なら会いにきたっていいし、きみが好きなほうでいい……。今日明日はそんな元気はないかもしれないが、そのあとは体の調子も戻ってくるから、そうしたら誰かに話したくなるだろう。無理にとは言わないが、ただ……」

言葉はゆっくりと紡がれていき、文章が終わらないまま煙のように消えていく。

「きみを病院に連れていっていたら……もっと違う話になっていた。そうだろう？　だがわたしはそうしなかった。そしてこうなったいま、わたしにはわからないんだよ、どうしたら……その……。だからこうしてやってきた。なにかあったら——もちろんもしもの話だが――いつでも話しにきていいんだと、電話していいんだときみに伝えるために……。それだけだ。わたしが話を聞くから……いつでも」

アントワーヌはデュラフォア先生がこれほど長く話すのを聞いたことがなかったし、自分だけではなく村中の誰も聞いたことがないだろうと思った。

先生はアントワーヌがいまの言葉を胸に刻むのを待つようにしばらく座ったままでいたが、やがて立ち上がり、入ってきたときと同じく音も立てずに、幽霊のように出ていった。

アントワーヌには先生の言葉が理解できなかった。なにかを話したというより、子守唄を口ずさんだようにしか思えなかった。

彼は横向きの姿勢のまま眠りに身を委ねようとし、部屋のなかにまで響いてくる風の唸りを聞くまいとした。なぜならその唸りは、再三繰り返されてきたあの叫び声に変わるから。

アントワーヌ！

次に目覚めたとき、なぜだかわからないが、今度はかなり遅い時間だとわかった。にもかかわらず、まだ階下のテレビの音がかすかに聞こえていた。

頭がだいぶすっきりして、今朝からの記憶が戻っていた。ボランティアの人たちが森の捜索に出かけ、自分は錠剤を山ほどのみ、デュラフォア先生が往診にきた。

いや、その前に逃げ出すはずだったのでは？　自分は村を出ようとしていたのだと。

アントワーヌはそのことも思い出した。自分は村を出ようとしていたのだと。


ベッドを降り、ふらつきながらなんとか立った。それから跪き、ベッドの下をのぞいてみた。なにもない……。

そんなはずはない。いまのアントワーヌには絶対の自信があった。荷物を詰めたリュックをベッドの下に押し込んだし、それより前に丸めたシャツも放り込んだ。

また立ち上がり、整理だんすのなかを見た。すると衣類はすべて元の場所に戻っていた。続いて部屋をぐるりと見渡すと、スパイダーマンのフィギュアも元どおり地球儀のそばに置かれていた。最後に机の引き出しを開けたら、そこに入れたはずの書類がなくなっていた。

はっきりさせなければ。

彼はドアをそっと引き開け、抜き足差し足で階段を下りた。リビングから漏れてくるテレビの小さい音を耳にしながら、玄関脇のサイドテーブルまで行き、いちばん上の引き出しを音を立てないようにゆっくり開けた。預金通帳とパスポートと出国許可証はそこにあった。ほかの書類の上に、元あったようにきちんと置かれていた。

もう間違いない。母がナイトテーブルの錠剤を片づけ、明らかに逃亡用とわかるリュックを片づけ、預金通帳とパスポートと出国許可証を元のところに戻したとしか考えられない。

息子が逃げようとしていると知って、母はどう思っただろうとアントワーヌは考え込んだ。そもそも母はなにを知っているのだろう。おそらくはなにも知らない。でも母のことだから、なにかを察している。だとしたらレミの失踪とどう結びつけているだろうか。

アントワーヌは引き出しを閉め、また抜き足差し足で戻りはじめたが、途中でテレビの前にいる母の姿が見えたので足を止めた。目が見えないのかと思うほどモニターの近くに寄って、地元局の深夜過ぎのニュースを見ている。音は最小限に絞ってあった。

「……レミ君は木曜の午後早くから行方がわからなくなっていました。昨二十五日には国有林で大がかりな捜索が行われましたが、なにも見つかっていません。レミ君が迷い込んでいる可能性がある範囲はかなり広く、サントゥスタッシュの森の一部など、捜索の手が及んでいないところも残っているため、憲兵隊は本日二十六日の朝に森の捜索を再開すると決めました」

モニターにはボランティアの人々が横一列になり、足元や周囲を見ながら少しずつ進んでいく様子が映っていた。

「ボーヴァルの池については、一昨日市民安全局の潜水士により最初の捜索が行われましたが、こちらについても今日ふたたび捜索が行われる予定です」

母が心配そうにモニターにかじりついているのを見て、アントワーヌは胸を締めつけられ、やっぱり死んでしまいたいと思った。

「画面の下に緑色で表示されている番号が目撃情報の連絡先です。繰り返します。行方がわからなくなっているのはレミ・デスメット君、六歳。失踪当時の服装は……」

アントワーヌは二階に戻った。

森の捜索は一日では終わらなかったのだ。夜が明けたら二回目の捜索が始まる。捜索隊は今度こそサントゥスタッシュのあの場所まで行くだろう。自分に二度目のチャンスが与えられるはずもない。

アントワーヌは思わず、昨日からの風が本物の嵐になりますようにと祈った。

外では風が勢いを増し、雨戸が音を立てていた。

11

風はその夜のうちにさらに強くなった。夜半には雨も激しく降ったが、その雨雲でさえ風との勝負に敗れたのか、明け方までには少し小降りになり、風の独り舞台になりつつあった。

強風を伴うその嵐は各地に爪痕を残しながら近づいてきたもので、予報では徐々に弱まると言われていたのにむしろ威力を増し、無敵の侵略者としてこの地方に差しかかりつつあった。

早朝から村全体が目覚めていた。

アントワーヌは数日来の緊張と昨夜の不眠とで、体がひどく重かった。

一晩中ベッドのなかで風の音を聞きながら、どうやらとんでもない嵐になりそうだけれど、それは具体的にはどういうことだろう、なにが起こるんだろうと想像をめぐらしていた。雨戸はもとより窓ガラスも震え、煙突も風が吹き込むたびに唸り声を上げている。嵐に怯えるこの家はなんだか自分に似ているなとも思った。それから母のことも考えた。じっくりと……。

そのクルタン夫人だが、アントワーヌの想像どおり、レミの失踪とそこで息子が演じた役割について確かなことはなにも知らなかった。これがほかの人なら、そういう状況に置かれたらあれこれ恐ろしいことを考えて、文字どおりのパニックになっていただろう。ところがクルタン夫人はそうならない。彼女には彼女なりの対処法があるからだ。心を乱すような出来事にぶつかると、生々しい現実と自分の想像のあいだに分厚い壁を築く。その壁を通り抜けられるのはせいぜい漠然とした不安程度のものなので、あとはその不安をこれまで身につけてきた習慣、儀礼を総動員して丸め込めばいい。どんなときでも人生は立て直せる——彼女はこの言葉が大好きだ。そしてこの言葉を、人生はあるがままにではなく、彼女が望むがままに流れていくべきだという意味に解釈している。現実とは結局のところ意志の問題であり、余計な心配に振り回されてもなにもいいことはない。ではどうするかというと、いちばん確実なのは心配を無視することで、これに勝る方法はない。なにしろこれまでの彼女の人生こそ、この方法が立派に通用するという証しなのだから。

息子は薬棚にあった錠剤を山ほどのみ込んで死のうとした。そう、そういう見方もあるだろう。けれども、コワルスキー氏から買った鶏肉が傷んでいて、消化不良を起こしたと考えれば、衝撃的な悲劇もちょっとした災難のレベルまで引き下ろすことができる。困った問題ではあるが、二日間スープだけで我慢すればいい一過性の問題、ということにしてしまえる。クルタン夫人の脳はものごとをそんなふうに処理するのだった。

アントワーヌは子供ながらに母のそういうところを感じとっていたので、なんとなく想像がついた。もっともこのときの彼の想像というのは、不穏な闇や、驀進《ばくしん》するエンジンそっくりの音を響かせて家にぶつかってくる風と一緒くたになっていて、明晰な推理にはほど遠かった。

結局朝になっても眠れないままだったので、アントワーヌはあきらめて下におりていった。母は昨夜と同じ服を着ていた。ずっと起きていたのだろうか。テレビもついていて、音も昨夜と同じく絞ってある。

朝食のテーブルセッティングはいつもどおりだったが、雨戸が閉まったままで、真夜中に朝食をとるようなおかしな気分だった。その雨戸の隙間から入り込んだ風が、キッチンの照明を揺らしている。

「開けられなかったのよ」

母が怯えた顔で言った。おはようでも、具合はどうでもなく……。自力で雨戸を開けられなかったことにショックを受けていて、声にも不安が滲み出ていた（さしものクルタン夫人も、テレビが報じる嵐の脅威はスープでごまかせなかったようだ）。

「あなたならできるかも……」

その言葉にはほかにもたくさんの願いが込められているように感じたが、アントワーヌにはそれがなんなのかわからなかった。

とにかく彼は窓際まで行った。そして取っ手を回したら、風の力でいきなり窓が開き、仰向けに倒れそうになった。とっさに足を踏ん張り、取っ手にしがみついて押し返せたからよかったが、そうでなければ危なかった。

「風が収まるまで待ったほうがいいよ」

アントワーヌはそう言って食卓に着いた。母は自殺未遂についてなにも訊かないだろうと思っていたが、案の定、いつもと変わらぬ動作でせっせとパンにバターを塗っている。テーブルの上の配置も、バターやジャムも含めて、寸分たがわずいつもと同じだった。アントワーヌはまだ食欲がなかった。だから数分のあいだ母と無言の会話をし、互いの無理解を再確認すると、自分の皿を下げて席を立った。

プレイステーションは梱包《こんぽう》箱にしまわれていた。取り出して遊ぼうかとも思ったが、やはりそんな気にはなれず、そのまま二階に上がった。

少しすると階下のテレビの音が大きくなったので、部屋を出て数段下り、耳を澄ました。あと数時間で暴風雨がこの地方を直撃すると言っている。猛烈な風が予想されています。厳重に警戒し、外に出ないでください。

すでに強風なのに、まだ序の口らしい。

その予報が嘘ではないとわかったのは、一時間ほどあとのことだった。家全体が不気味な音窓という窓が木の葉のように震え、風があちこちから吹き込み、家全体が不気味な音を立てはじめた。

クルタン夫人は屋根を心配して屋根裏部屋に上がったが、五分もいられなかった。屋根瓦《がわら》が細かく震えていて、複数の割れ目から水が入り、壁にも床にも滴っていたからだ。逃げるように降りてきたとき、彼女の顔は真っ青になっていた。

続いて外で大きな音がして、彼女は飛び上がり、悲鳴を上げた。音がしたのは家の北側の庭のあたりだ。

「母さんはここにいて」とアントワーヌは言った。「ぼくが見てくる」

彼はパーカーを着て靴を履いた。いつものクルタン夫人ならすぐに息子を止めただろうが、このときは動揺していて頭が回らず、外に出たら危ないと思ったのは息子がドアを開けてからだった。慌てて止めようとしたときには、もうドアは閉まっていた。

外に出たアントワーヌは、歩道沿いの車列が風にあおられ、ずるずる動いているのを見て仰天した。そのとき、飛びかかる前の猛犬のように空が低く唸ったと思ったら、稲妻が何本も走り、青い光で家々を照らした。早くも屋根瓦が飛びはじめている家があるのがはっきり見えた。

通りの向こうでは二本の電信柱が互いに倒れかかっていた。防水シートだのバケツだの板だのが風に飛ばされ、アントワーヌのすぐ前を飛んでいく。かすかに消防車のサイレンが聞こえるが、どこに向かっているのかわからない。

風の強さは尋常ではなく、うっかりすると庭の端まで、いやその向こうまで飛ばされてしまいそうだ。アントワーヌは頑丈なものにしがみつこうと思ったが、車も屋根も飛びそうな状況で頼りになるものなどない。ただもう体を二つ折りにして、サルのように手を交互に出して進むしかなかった。ようやく家の角まで来てその先をのぞこうとしたら、トタン板が回転しながら飛んできて、反射的に首を引っ込めた彼の頭の先数センチのところを通り過ぎた。恐ろしいのでそこからは四つん這いになり、頭をできるだけ低くして、腕で守りながら進んだ。

庭のもみの木が倒れていた。十年近く前、この家にまだ父がいたころのクリスマスに植えられたものだそうで、そのときの様子は、アントワーヌは写真でしか知らない。いまや村全体が風に揺さぶられて歪んだりたわんだりしている。このままでは村ごと風にもぎとられてしまいそうだ。

アントワーヌは立ち上がろうとしたが、一瞬気を緩めただけで突風にさらわれて一メートル飛び、そこから転がされて庭の塀にぶつかり、頭を膝のあいだに突っ込んだ状態で止まった。一瞬息ができなかった。

これ以上外にはいられない。だが玄関がはるか遠くに感じられ、とても戻れるとは思えない。

デスメット家が目に入り、今朝再開されるはずだった森の捜索のことを思い出した。予定ではもう捜索隊がサントゥスタッシュに向かっているはずの時間だが、この嵐では無理だ。通りの角までだって歩いていけない状態なのだから。

アントワーヌはデスメット家との境のフェンスまで這っていって、恐る恐る隣家の庭をのぞいた。ブランコが地面に倒れていて、それ以外のなにもかもがフェンスの下の塀まで吹き寄せられていた。例のゴミ袋もそうだ。オデュッセウスの死骸が入った袋は破れ、毛の生えた、腹の裂けた、黒ずんだ物体が半分はみ出ている。アントワーヌはそれを見てぞっとし、慌てて自分の家のほうに向き直った。すると家の角のパラボラアンテナが外れかかり、揺れているのが見えた。

アントワーヌはそのままそこにいたかった。フェンスの下の低い塀に寄りかかって座ったまま、家がばらばらになって全部飛ばされるまで見ていたかった。だがそうはいかない。母が心配している。

風に飛ばされずに進むにはこれしかないと、アントワーヌは地べたに這いつくばり、匍匐《ほふく》前進で戻っていった。庭を横断するのに十五分以上もかかったが、そのあとは横手に回り、風を直接受けない裏の戸口に無事たどり着くことができた。家に入ったときにはへとへとになっていた。すぐに母が駆け寄ってきて彼を抱きしめた。母は自分も一緒に外に出ていたかのように息を切らせていた。

「ああ、神さま！ わたしったら、こんな嵐のなかを出ていかせるなんて……」

風は一向に弱まる気配がなかった。雨はやみ、雷も遠のき、残るは風だけとなったが、この風が曲者《くせもの》で、ますます荒れ狂うばかりだった。

窓も雨戸も開けられないので外が見えず、立てこもり事件の人質にでもなったようだ。波にもまれる船のように、家中がきしみつづけた。十一時ごろ、テレビが映らなくなった。パラボラアンテナが引きちぎれてしまったのだろう。そして昼ごろ停電になった。電話もいつの間にか通じなくなっていた。

クルタン夫人はキッチンに座ったまま、冷たくなったコーヒーカップを両手で包んでいた。アントワーヌは急に、母さんを一人にしておいちゃいけないと思い、キッチンに行ってそばに座った。だが二人とも黙ったままだった。アントワーヌは母の青ざめた顔を見て手を取ろうかとも思ったが、それはやめておいた。この状況でそんなことをしたら、思いもよらぬ扉が開いてしまうかもしれない……。

アントワーヌはリビングの雨戸に小さい穴があいていて、そこから通りが見えることを思い出し、のぞきにいった。すると、さっきまですぐそこに駐まっていた二台の車が消えていた。それだけではない。数メートルの高さの木がものすごい勢いで通りを転がってきて、あちこちの壁や扉にぶつかりながら通り過ぎていった。暴風のピークは三時間近く続いた。

午後一時ごろ、ようやくあたりが静かになった。

家々の扉が一つ、また一つとためらいがちに開きはじめた。外に出た人々は自分の目を疑った。

暴風雨《ロタール》がこの村にもたらしたものを見て、人々は言葉をなくした。その名はドイツの気象予報士がつけたものだ。

だが被害状況を把握する間もなく、また家に戻らなければならなかった。いったん風に場所を譲った雨が、今度こそ自分の番だと戻ってきて、暴れ回る権利を主張しはじめていた。

12

数分で空が暗くなるほどの猛烈な雨がボーヴァル村に襲いかかった。風がやんでいたので、雨は垂直にたたきつけてきた。通りはあっという間に水浸しになり、それが小川となり、川となり、少し前に風に吹き飛ばされてきたすべてのものを流しはじめた。ゴミ箱、郵便受け、服、木箱、板切れ……。白い小犬まで流され、必死に泳ごうとしていたが、水の流れに逆らう力はなかった(この犬は翌日、壁に打ちつけられて死んでいるのが発見されることになる)。風で飛ばされた車も、今度は水上を滑るように回転しながら、飛ばされたときとはまた別の方向に流されていった。

アントワーヌは下のほうのどこかで物が落ちる音がしたので、地下室に通じるドアを開けた。電気のスイッチを入れたが、まだ停電したままでつかない。

「ちょっと、危ないからやめなさい！」

母がそう言ったときには、アントワーヌは壁に掛けてあった懐中電灯を手にして数段降りていた。だが光に照らし出された光景にはっとして足を止めた。地下室はすでに一メートル以上浸水していて、固定されていないすべてのものが泳いでいた。キャンプ道具も、衣装ケースも、スーツケースも……。

彼は急いで戻り、ドアを閉め、母に向かって叫んだ。

「二階に上がらなきゃだめだ！」

だがその前に急いで準備しなければ。もし水が一階まで上がってきたら――もうそうなりかけていたが――次にいつ二階から下りられるかわからない。誰かが乱暴にノックするように、雨がドアをたたいている。その音に急《せ》き立てられるように、クルタン夫人は食料品をかき集め、ほかにも必要だと思うものを大急ぎでかき集めて階段の途中の段に置いていった。ハンドバッグ、写真のアルバム、大事な書類を入れた靴箱、鉢植えも一つ、母親の形見の鉤針《かぎばり》編みのクッション……。出《しゅつ》エジプトにでも加わるつもりなのか、なぜこんなものまでと思うものがたくさんあった。そのあいだにアントワーヌは各部屋を回って電気器具のコンセントをすべて抜いた。水は驚異的なスピードで上がってきた。地下室へのドアの隙間からあふれ出ると、見る見る床に広がり、一階のすべての部屋へと侵入していった。クルタン夫人とアントワーヌが階段の途中に置いたものをすべて二階に上げたときには、一階はどこも数センチ浸水していて、しかも水の勢いは増すばかりだった。

アントワーヌは階段に座ったまま、徐々に上がってくる水の動きをずっと見ていた。水は階段の一段目を超え、さらに上がってきた。そしてその水面を、ソファーにあったクッション、テレビガイド、クロスワードパズルの本、空き箱がいくつか、キッチン用の小さいほうきなど、ありとあらゆるものが泳いでいる。

アントワーヌはますます不安になってきた。二階に避難すればいいと思ったが、本当にそれですむだろうか？ いつだったか洪水のニュースで、屋根まで水に浸《つ》かった家を見たことがある。住人は屋根の上で煙突にしがみついていた。自分たちもああなるのでは？

アントワーヌが水に気を取られているあいだに、一度遠ざかった雷雲がこっそり村に戻ってきていた。そしていきなり彼の頭上で、それも部屋のなかに雷神がいるのかと思うほど近くでとどろき、同時に稲妻がぎらりと光る刃を振り下ろしたので、彼は飛び上がった。風がやんだのを幸いに、母が二階の雨戸を開けて回ったあとだったから、稲妻のまぶしさが目に刺さった。

雨は止まらず、水位は上がりつづけた。アントワーヌはもう一人ではいられなくて、母の部屋に行き、一緒に並んで窓の外を見た。村の景色は一変していた。家々の前庭も裏庭も歩道も、どこもかしこも水かさが三十センチほどになっていて、通りは急流と化し、堰が切れた川のように薄茶色に泡立っている。強風で一部の瓦が吹き飛ばされたせいで、家々の屋根に穴があいているのも見えた。

この家の屋根はどうなんだろう？　アントワーヌは顔を上げた。天井の色が少し黒ずんでいて、あちこちに水滴が溜まりはじめていた。もしかしたら、そのうち屋根が丸ごと崩れ落ちてくるのではないだろうか。だからといって家を出ることもできない。通りは次々と車が流れてくる川になっていて、つかまれるものなどなにもない。目の前をスーパーの配送車が流されていった。そこへまたもう一台、今度はムショット家のプジョーが流れてきた。それもまっすぐにではなく、ゆっくり回転しながら、大きな独楽《こま》みたいにこちらで壁に、あちらで道路標識にぶつかり、標識はその衝撃で曲がってしまった。さらにその数分後には、ますます荒れ狂う流れに乗って村長の公用車が流れていき、そのすぐうしろに役場の柵が続いた。

クルタン夫人はこの光景に耐えられなくなり、とうとう泣きだした。息子と同じように怖かったからでもあるが、それよりもなによりも、自分が長年親しんできた世界があれよあれよという間に消えていくのを目の当たりにしたからだ。彼女に限らず、村の多くの人が、この大洪水を自分自身に課せられた試練だと思ったことだろう。

アントワーヌは泣きつづける母の肩に腕を回したが、母は心ここにあらずでなんの反応もみせなかった。クルタン夫人は目の前の光景にのまれてしまっていた。容赦なくすべてを打ち砕き、運び去っていく急流を前にして、身動きできなくなっていた。次に流れてきたのは学校の一階にあった家具類で、今度はアントワーヌがショックを受けた。見慣れた椅子や机がいっせいに水に飛び込んだかのように、列をなして流れていく。洪水はいまや彼の生活そのものを切り崩し、丸ごとのみ込もうとしていた。

不意にレミのことを思い出した。

このまま水位が上がりつづけて丘の高さに達したら、サントゥスタッシュの森も水浸しになってしまう。レミの亡骸も浮き上がり、あの場所から漂い出るかもしれない。そうなったらほんの数分で村まで流れ下るだろう。レミの体が亡霊のようにくるくる回りながら流れていくのを村人たちが見ることになる。仰向けになり、両腕を大きく広げ、口を開けたレミを、人々は驚きの目で追うだろう。そして流された死体が、後日、村から何キロも離れたところで発見される……。

アントワーヌは身震いした。だがあまりにも疲れていて、もう涙も出てこない。

母子はそうやって長いあいだ二階から外を見ていた。アントワーヌは時々階段に出て下の様子を確認した。一階の水はすでにダイニングテーブルの天板に達していた。

その後、雷は徐々に村から遠ざかっていった。

日没を少し過ぎた午後五時ごろ、ボーヴァルはまだ激しい雨が降っていたが、先ほどまでの豪雨に比べれば、もうたいしたことはなかった。だが一階は一メートル近く浸水したままで、二階から下りられない。天井は何か所も雨漏りしていて、ベッドはすでにびしょ濡れだし、乾いた場所がどこにもない。しかも気温が下がりはじめていた。二人は電気も電話も通じない状態で家に閉じ込められ、ただ救助を待つしかなかった。市民安全局のヘリコプターが一度ボーヴァル上空を通ったが、それきり戻ってきていない。水が引かないので、誰も家から出られなかった。

この絶望的な状況のまま、あたりは真っ暗になった。

街灯がつかないのでなにも見えないが、それでも夜の八時ごろになると、家の周囲の水位が下がってきていることがわかった。川と化した通りの流れもだいぶ緩やかになった。一階の水がゆっくり引きはじめ、水位は徐々に下がっていった。にもかかわらず、あたりにはまだ黙示録的な不穏な気配が漂っていた。その正体は風だ。雷と雨に舞台を譲って退場したはずの風がまた顔を出し、なにか言いたげな様子を見せていた。

水が引くにつれて、風がふたたび強くなってきた。家々はふたたび震えはじめ、扉という扉が巨人の手で押されたようにたわんだ。

突風の遠吠えが、そして煙突の、窓の、ドアの唸り声が激しくなっていく。クルタン夫人とアントワーヌはまた慌てて二階を回り、すべての雨戸を閉めた。

こうして第二の暴風雨が村に襲いかかった。

《ロタール》のわずか数時間後にやってきたこの暴風雨は、《マーティン》という名だった。しかも今度のほうがもっと強力で、破壊的だった。

穴があいた程度だった家々の屋根が今度は完全に吹き飛ばされ、流された先で泥まみれになっていた車はまた風にあおられておかしな動きを始め、最大瞬間風速は秒速五十メートルを超えた。

クルタン夫人は部屋の片隅で床にうずくまったまま、黙ってうつむいていた。その姿があまりにも脆《もろ》く、儚《はかな》いものに見えてアントワーヌは胸を衝かれ、やはり母につらい思いをさせることは絶対にできないと改めて思った。

アントワーヌはとうとう母に駆け寄り、抱きしめた。

二人は一晩中そうしていた。

13

村はショック状態で翌朝を迎えた。家々の扉が一つずつ開き、住人が一人ずつ顔を出し、うろたえ、怯えた表情でよろめき出た。

クルタン夫人は疲れきってぼんやりしていたが、それでも被害の大きさは認識できた。一階は泥まみれ、家具は水浸し、床から一メートルほどのところに水の跡を示す線、家中が泥臭い、いったいこれをどうすれば？　電気もないし、電話も通じない……。あたりは奇妙な静けさに包まれ、時が止まったかのようだった。だがそこには〝とにかく終わった〟と思わせるなにかが漂っていた。村の誰もがそれを感じとったし、クルタン夫人もそうだった。彼女は息子の前でゆっくりと背筋を伸ばした。そして咳払いし、しっかりした足取りで歩きだした。庭に出て、倒れたもみの木を確認し、さらに数歩進んで屋根を振り仰いだ。それから息子に声をかけた。役場まで行って、どんな助けが得られるのか訊いてきてちょうだいと。

アントワーヌは外套を着て靴を履き、水浸しの庭を渡った。外に出て周囲をよく見てみたら、当初の印象とは違って、自分たちはまだましなほうだとわかってきた。クルタン家の屋根は奇跡的に生き延びていた。瓦がずれたり、下に落ちて割れたりしていたものの、被害は最小限にとどまっていた。

デスメット家はそこまで運がよくなかった。煙突がないと思ったら、折れて屋根を突き破り、家を縦に貫通して地下室まで落ちている。バスユニット全体とキッチンの半分がその落下に巻き込まれて崩れ落ちていた。

デスメット夫人が部屋着の上からだぶだぶのパーカーを引っかけただけの格好で前庭に出て、呆然と家を見上げていた。折れた煙突の巻き添えになったのはバスユニットとキッチンだけではなく、レミの部屋の一部もベッドごとつぶされていた。もしレミが生きていて、ベッドで寝ていたら、崩れてきた天井もろともつぶされていた……。即死だっただろう。デスメット夫人は四日前からの悲劇の連続に打ちのめされ、もうなにも感じなくなっているようで、弱々しく立ち尽くすその姿は漂流物の一つに見えなくもなかった。

一部が崩れたレミの部屋の窓から、デスメット氏が顔を出した。彼もまた呆然としていて、息子が部屋にいないので途方に暮れているというふうだ。

続いてヴァランティーヌが玄関から出てきて、母親に歩み寄った。相変わらず赤いジーンズに白の革ジャンだったが、どちらも一晩中誰かと取っ組み合いでもしたように汚れている。髪も乱れ、顔色が悪く、化粧が崩れて黒っぽい筋になっていて、母親のものと思われるタータンチェックのショールを肩に引っかけている。数日前に見たあの自信満々でセクシーなティーンはどこかへ消えていて、いま、この世の終わりのような光景を背にしたヴァランティーヌは、街角に立つ若い娼婦のように見えた。娼婦なんて、そんなイメージをどこで見知ったのか、アントワーヌ自身にもわからなかったが。

反対側のムショット家はというと、こちらもかなりの被害が出ていた。雨戸が引きちぎられ、玄関のひさしが落下し、庭には大量の瓦の破片と大きなガラスの破片が、互いに場所を取り合って散乱していた。

アントワーヌはエミリーの憔悴《しょうすい》した顔が二階の窓に張りついているのを見て、ちょっと手を振ってみた。だが彼女は気づかず、通りのどこか先のほうを見つめている。窓枠に囲まれて、無表情でじっとしているエミリーは、何世紀も前の少女の肖像画のようだ。

エミリーの両親はすでに立ち働いていた。ムショット氏はロボット調のぎくしゃくした動きで、庭に散らばったあらゆるものをゴミ袋に拾い集めていた。アントワーヌがいつ見てもとびきりの美人だと思っているムショット夫人は、家のなかの掃除をしているようで、エミリーの部屋の窓に不意に現れ、なにか言いながら娘の袖を引っ張った。通りを眺めるなんてはしたないとでも言ったのだろうか。

役場へ向かったアントワーヌの前には、空襲後のような光景が広がっていた。車の多くは風で飛ばされ、それから洪水で流されていた。流された車はどこへ行ったんだ？　アントワーヌには見えなかったが、じつは村はずれの鉄橋が車道を跨いでいるところで、その支柱に引っかかって堰き止められ、互いに折り重なって大きな屑鉄の山になっていた。自動車より軽いオートバイ、スクーター、自転車はあちこちに散らばっていて、アントワーヌも地下室だの、車の下だの、庭だの、川だのに転がっているのを見かけた。商店街ではショーウインドーが何枚も割れ、そこから侵入した風や雨が店内のものを引っかき回して周辺一帯に吐き出していた。水浸しの医薬品もあれば、ひしゃげた金物類も、ルメルシエさんの店のギフトグッズも転がっている。住宅に関していえば、瓦を四、五十枚失ったくらいなら幸運なほうで、それ以外の家は屋根が丸ごとなくなっていた。

工事現場ではクレーンが倒れ、近くの古い共同洗濯場が下敷きになっていた。その屋根組は十五世紀のものだったのだが、もはや形をとどめていない。時には家々の庭や崩れた建物の瓦礫《がれき》の上に、揺りかご、人形、花嫁のティアラなどが顔を出していたりするが、そうした小さいものたちは、この世はわかりやすく創られてはいないのだと諭すために、神がそっと置いたようにも見えた。例の若い司祭は、いずれまたこの村に来たときに（まあ、しばらくは来られないだろう。郡内のあちこちの信者たちに、今回彼らの身に起きたのはじつは良いことなのだと説くのに大忙しだろうから）こう言うだろう。神は並外れて感受性豊かであらせられますが、いっぽうかなりのいたずら好きでもあるのですと。というのも、ボーヴァルの教会はほぼ無事だったものの、ステンドグラスは粉みじんになり、そのなかで唯一壊れずに残ったのは、嵐や洪水から守護してくれるとされる聖クリストファーの部分だったのだから。

村役場に着くとそこでも問題が生じていて、役場の前の大きなプラタナスの木が根こそぎ倒れ、目抜き通りを遮断していた。ワゴン車が一台巻き添えになってつぶれていたが、それより深刻なのは通りが分断されたことで、村の半分がもう半分と行き来できない状態になっていた。また、キャンプ場から流れてきたトレーラーハウスが役場の壁に激突して大破していて、プラスチックの食器やマットレス、戸棚の扉、ベッドサイドランプ、クッション、食料品などが歩道にばらまかれていた。

役場の前にはすでに十数人、助けを求める村人がやってきていて、その誰もが窮状を訴えていた。小さい子供が何人もいるのに雨露をしのぐ場所がないとか、高齢の親が体調を崩しているとか、家がいまにも崩れ落ちそうだ等々、自分こそがいちばんの被害者だとアピールしている。そして問題は、その全員がもっともな主張をしているということだった。

ワイザー村長が書類を抱え、忙しそうな様子で正面階段を下りてきた。テオもそのうしろにくっついている。村長は集まっていた村人たちのところまで来ると、誰もが聞きたくない話をした。つまりこういうことだ。救急隊は手一杯のはずだし、そもそも救助を要請しようにも電話が通じない。停電については、県とフランス電力公社《EDF》に災害復旧計画というものがあり、それに従って動き出すはずだが、具体的にいつになるかはわからない。数時間か、あるいは数日ということも……。人々はいっせいに不満の声を上げた。

「ですから、ですから！」と村長が書類を振りかざして叫んだ。「自分たちでなんとかするしかありません！　まずはやるべきことをリストアップしましょう。それを議員たちが一本化し、優先順位をつけていきます！」

　村長はこの場を乗り切るためにあえてお役所言葉を使い、実行力と主体性を示そうとした。

「幸い、体育館はなんとか使える状態です。ですから最優先事項は体育館を開放し、家を失った人々を迎え入れること。全員のためにスープを作ること。毛布を集めること……」

　彼は迷いなく、力強い声で話しつづけた。混沌とした状況においては、人はこうしてわかりきったことをはっきり言われると、やり慣れた作業をやるだけのような気がしてきて落ち着くものだ。

「それから、目抜き通りが通行止めでは困るので、倒れたプラタナスをチェーンソーで切り出して撤去する必要があります」と村長は続けた。「以上のすべての作業のために人手が要ります。たくさんの人手が要るんです。ですから被害が比較的小さく、援助をしばらく待つことができる人は、緊急の助けを必要としている人々のために手を貸してください」

そこへ血相を変えたケルネヴェル夫人が駆けつけた。

「ヴァルネール先生が庭に倒れています！　亡くなっています。木の下敷きになって」

「亡くなっているって……それは確かですか？」

いよいよ死者まで出たとは、物質的な被害だけでは足りないというのだろうか。

「ええ、もちろん！　何度も揺さぶったのに反応がないし、息もしていないし……」

アントワーヌの脳裏に倒れているレミの姿が浮かび、自分もあのときレミを揺り起こそうとしたんだったと思い出した。

「先生の家に行きましょう」と村長が言った。「いますぐ。とにかく家のなかに運び入れないと」

彼はそこではたと口をつぐんだ。そのあとのことを考えたからだ。救急隊が当分来ないとしたら、死者をどうすればいいのか。それも一人とは限らない。ヴァルネール先生以外にも死者がいるかもしれない。遺体をどこに安置すればいいんだ？

「娘さんの面倒は誰がみるんです?」と誰かが訊いた。

村長は頭に手をやって考え込んだ。そのあいだにも人がさらに集まってきた。村議会の議員も二人やってきて、村長のうしろに控えた。何人かが避難所を提供できると声を上げた。すると、毛布がある場所を知っているという声がそれに続き、体育館の受け入れを手伝いますと手を挙げる人も出てきた。人々のあいだに連帯感らしきものが芽生えはじめたのを見て、村長は一時間後に村議会の議場で会議を開くと決めた。誰でも参加できます。そこで決めていきましょうと。

だがそれを遮って、人々のうしろから吠えるような声が上がった。

「息子はどうなるんだ!」デスメット氏の声だった。

皆いっせいに振り向いた。

「捜索は誰が手伝ってくれるんだ?」

彼は両手をだらりと下げ、拳を握りしめて、人々の数メートルうしろに立っていた。だが人々が驚いたのは、その姿から感じとれるのが予期したような怒りではなく、ただもう純粋な苦悩だったことだ。

「もう一度、森を捜索するんじゃなかったのか?」

第一声よりトーンが下がり、道に迷って途方に暮れている人の声になっていた。

集まっていた人々は全員、前々日の森の捜索に参加していて、誰一人としてデスメット家の悲劇を忘れたりはしていなかった。だがデスメット氏が求めていることは、いま彼らの目の前にある現実とあまりにもかけ離れている。その乖離《かいり》が大きすぎて、この場であえてそのことを指摘する勇気は誰にもなかった。

村長は自分が言うしかないと覚悟を決め、咳払いして始めようとしたが、そこへよく通る澄んだ声が割って入った。

「ロジェ、いまがどういう状況かわかってるのか？」

また全員、声がしたほうに首を回した。

アントワーヌの少しあとからやってきたムショット氏が、説教を垂れるような顔で腕を組んでいた。彼はいつもこうして偉そうな態度を取る。解雇されるまで、彼はとんでもなく小うるさい職工長で、手加減も目こぼしもしたことがなかった。そんなムショット氏が、いまわずか数メートルの距離を隔てて、不倶戴天《ふぐたいてん》の敵であるデスメット氏と向き合っている。二人が同じ職場で働いていたときに、後者が前者に見舞った派手な平手打ちを、職工たちは皆覚えている。ムショット氏は二メートルもうしろによろけ、大きな桶《おけ》に入ったおがくずの山に尻もちをつき、職工たちに笑われて恥の上塗りになった。あのときワイザー社長はデスメット氏を二日間の停職処分にしたが、解雇はしなかった。おそらく社長も、その場にいた人々と同じように、暴力沙汰というよりは滑稽な出来事で、職工長にとってはまあ自業自得だと思ったのだろう。

「電力供給も通信も断たれて」とムショット氏は続けた。「村全体が罹災《りさい》して、多くの世帯が家を捨てざるをえなくなってるんだぞ。そんなときに、自分にだけ優先権があるとでも思ってるのか?」

それはそのとおりだったが、彼の言い方は配慮を欠き、周囲がげんなりするほど身勝手な復讐心がむき出しだった。アントワーヌでさえ言い返したいと思ったほどだ。

いつもならデスメット氏が飛びかかりそうになり、周囲が慌てて止めに入るような場面だが、今回はそうならず、デスメット氏は微動だにしなかった。それは彼が予期していた答えだったし、だとすればどういう形で表現されようと、たとえこんな屈辱的な言い方であっても、結果は同じことだからだ。

村長がおずおずと割り込んだ。

「さあさあ……」と言ったものの、その先が続かない。

村長のみならず、誰もが言葉を失くしていた。それはデスメット家の力になれないという現実に当惑していたからだが、それだけではなかった。レミの失踪事件がどれほどの悲劇であろうとも、村全体を襲ったこの災難の前では重みを失わざるをえず、おそらくもう二度と村全体の問題ととらえられることはないだろうと感じていたからだ。

つまり、もうあの子を探してやることはできない。あの子が行方不明のまま放置されることを受け入れるしかない。

あの子が道に迷っただけで昨日まで生きていたとしても、二つの暴風雨を生き延びられたとは思えない。

生きている可能性があるのは、もはや誘拐された場合だけで……。

デスメット氏には、人々の沈黙がこれからずっと続くことになる孤独の前触れに思えた。

ムショット氏のほうは、輝かしい勝利とは言えないまでも、勝利を収めたことに変わりはないと満足し、村長に近づいてボランティアを買って出た。自分にできることがあればなんでも言ってくださいと。

アントワーヌは帰りにどこかで掃除道具と懐中電灯を、あるいは乾電池を手に入れられないかと考えた。金は持ってきていなかったが、こんなときだからツケにしてくれるだろう。だが金物屋のあちこち歪んだシャッターは下ろされたままで、声をかけても返事がなかった。そこでロウソクはどうだろうと思い、教会へ回った。

教会の入り口で、アントネッティ夫人とすれ違った。夫人は重そうな買い物袋を提げていて、馬鹿にしたような顔でアントワーヌをじっと見てから出ていった。

教会内の燭台という燭台から、ロウソクがなくなっていた。

14

双子の暴風雨のあの猛烈な風と雨があまりにもショックだったので、アントワーヌの頭のなかではそれ以前のことがぼやけてしまっていた。昨日の大雨のピーク時には、レミの亡骸が森を出て、村を通って流されていくところを想像して縮み上がったし、死んだ魚のように仰向けになってクルタン家の前を、続いてデスメット家の前を流されていくレミの姿がはっきり目に浮かんでいた。だが実際にはそういうことにはならなかった。暴風雨の被害は、アントワーヌの想像と同じくらい恐ろしいものだったとはいえ、彼に思いがけない猶予《ゆうよ》をくれた。いやもちろん、実際に死体が流されていて、ボーヴァルから何キロも離れたところで見つかるという可能性は残っているが、だとしても、あの嵐で犯人を示す手がかりはほとんど消えたのではないだろうか。

それともこの猶予は単なる先延ばしで、数日後にはまた捜索が行われるのだろうか。レミの亡骸がまだあの場所にあるとしたら、豪雨のせいで前より見つかりやすい状態になっているだろうし、次の捜索で見落とされることはないだろう。

アントワーヌの運命はいまやどちらに転ぶかまったくわからなくなっていた。そして彼は、そこに生まれたチャンスにしがみつこうとしていた。

クルタン夫人は果敢にも家の掃除に取りかかっていた。一本のほうきと数枚の雑巾で武装して、果てしのない戦いに乗り出していた。アントワーヌは村長が言ったことを伝えたが、どの対策もクルタン家の現状をどうにかしてくれるものではない。

「要するに、勝手にしろってことね」と母がぶつぶつ言った。

「それと、ヴァルネールさんが亡くなって……」

「どういうこと？」

頭に三角巾を巻いた母が、バケツの上で雑巾を絞っていた手を止めた。

「木が倒れて、下敷きになったみたい」

母はまた手を動かしはじめたが、ずいぶんゆっくりだったので、なにか考えているとわかった。頭を使おうとすると手足の動きが鈍くなるタイプなのだ。

「そしたらお嬢さんは、どうなっちゃうの？」

アントワーヌはあの車椅子の娘の姿を思い出し、気の毒に思った。日曜のミサのとき、これからは誰があの車椅子を押して教会の通路を進んでいくのだろう。夏になったら誰が彼女を目抜き通りに連れていくのだろう。これまではヴァルネールさんがいろんな店をのぞかせてやったり、《カフェ・ド・パリ》のテラス席のあいだに車椅子を止めて、アイスクリームを買ってきてやったりしていた。彼女は店のなかには決して入ろうとしないが、ウインドーショッピングは楽しんでいるようだったし、アイスクリームは時間をかけて味わっていた。

ボーヴァル村は時の歩みが遅く、これまではゆっくりとしか変化してこなかった。ところがこの数日来の出来事はあまりにも急で、あまりにも重く、あまりにも大きな打撃だったので、村のあり様が一気に変わってしまいそうだった。

アントワーヌは先ほどのワイザー村長のことを思い返した。村の多くの人と同じように、彼も村長のことが嫌いだった。でも村長は今朝、村全体のために、少しでも人々の力を集めようとがんばっていた。こんな状況のなかで、誰もがまずは自分のことで必死になっていて、村長だってそうなってもおかしくないのに、今朝の彼はコミュニティーのために全力を尽くしていた(実際、ワイザー社の工場の屋根が吹き飛んでいたことを、この日のうちに誰もが知ることになる。つまり朝の時点ですでに、工場の機械や在庫の被害を最小限に食い止めるために、一刻も早く手を打たなければならない状況だったのだ)。

そしてアントワーヌはこう考えた。うちにはまだ屋根があるし、家も壊れていないのだから、誰かを助けにいくべきじゃないだろうか。たとえば隣のデスメット家とか?

「それよりほかにすることがないとでも言いたいの？」

母はアントワーヌの提案を一刀両断した。

その日の午後早くに、目抜き通りに倒れていたプラタナスが切り出され、撤去された。作業を見守った人々は、この木はいったいいつからここにあったのだろうと長い年月に思いを馳せ、感慨に耽《ふけ》った。樹齢は不明だが、村の主《ぬし》のような樹で、誰の記憶よりも古いことは確かだ。その主がいなくなり、広場はがらんとしてしまった。

目抜き通り以外にも路上の倒木は山ほどあり、周辺の道路もそうだったので、外からの救援の手はなかなか届かなかった。外部との連絡も、その後二日間困難なままだった。

それからようやく電気が復旧し、次いで電話もつながった。

クルタン家はひたすら泥臭く、家具はすべて買い替えるしかない状態だったので、クルタン夫人は保険会社や県に申請する書類を記入しはじめた。だが、どれも迅速な対応を謳《うた》ってはいるものの、実際には長く待たされるに違いないし、ほとんどの申請は却下されるだろうと思われた。彼女は連日黙々と蟻《あり》のように働いた。だが些細なことで苛立つようになり、動作は荒っぽく、受け答えはぶっきらぼうになった。

とはいえ、屋根裏部屋で古いトランジスタラジオを見つけたときは彼女も夢中になった。家中の器具の乾電池のなかから合うものを探し出して入れたら、音が出たのだ。といっても雑音しか聞こえないので耳を寄せてチューニングに精を出し、なんだか占領下にタイムトリップしたみたいだと思った。

「アントワーヌ、静かに！　聴いてるんだから！」

アントワーヌはテオ、ケヴィン、その他何人かと一緒に、村のためのボランティアに参加した。双子の暴風雨の襲来でアントワーヌとテオの対決は棚上げになり、中学の仲間も皆競い合うようにして、時には自分の家族さえ顧みずに、困っている人々のために働いた。彼らはいまやボーイスカウトのようだった。

ある日、アントワーヌはとうとう我慢できなくなって、こっそり村を抜け出してサントゥスタッシュまで行ってみた。

村の周囲の森では木々が何百という単位で倒れていた。竜巻が通過したと思われるところは木々が完全になぎ倒され、滑走路のような道ができていた。

サントゥスタッシュの丘に上がるとさらに凄まじい光景が待っていた。森が丸ごと破壊され、なにもかも地面に落ちていて、その堆積《たいせき》が邪魔になって人が踏み込むことさえできない。奇妙な偶然から持ちこたえた木がわずかに数本見えていて、なんだか辺境の不毛地帯に建てられた監視塔のようだった。

森の現状を見て、アントワーヌはまた物思いに沈んだ。

憲兵隊の班長は一貫して、レミ・デスメット失踪事件の捜査は続けますと言っていた。だが実際問題としてはどう見ても無理だった。ボーヴァル周辺は荒れ放題で捜索ができる状態ではなかったし、憲兵隊にはほかに危急の任務が山ほどあった。

この郡の甚大な被害は報道番組でも取り上げられた。

ワイザー村長はインタビューで、村の木材を守るために企業の協力を求めていると力説した。村の貴重な財産である木材をこのまま失うわけにはいかないので、いま村では全力を尽くしてあちこちの製材会社に声をかけ、村周辺の何百ヘクタールもの森の倒木を伐採《ばっさい》しにきてくれるように説得に当たっているのだと。

だがサントゥスタッシュの森は事情が違っていた。以前から多くの相続人のあいだで話が揉《も》めていて——所有者がわからなくなっている区画もある——企業や自治体が買いとることもできないので、そのまま放っておかれることになった。

アントワーヌは部屋に上がった。レミは死んで、永遠に消えたんだと思った。

これで終わったんだと。

レミ・デスメットは思い出になり、これからも長く思い出のままになるだろう。いつか遠い将来に、あの森に再開発の手が伸びることがあれば、子供の骨の一部くらいは見つかるかもしれない。

だがそのときには、自分はもうここにいない。

アントワーヌがそう思ったのは、もうこの時、村を出ることしか頭になかったからだ。ボーヴァルを出る。そして二度と戻らない。その決意は固かった。

二〇一一年

15

年月を経ても、クルタン夫人の〝法と規則〟が揺らぐことはなかった。だから抵抗するだけ無駄だった。アントワーヌは早くからそのことを学んでいたので、この日も抗《あらが》わず、わかった、パーティーは行くからと答えた。夜七時ごろにはルメルシエさんちに顔を出すよ。約束する。アントワーヌが母から引き出せた譲歩は、長居はしないという点だけで、それも試験勉強を口実にしてのことだ。この口実だけは母にも通用する。アントワーヌはローラからの電話を待つあいだ、散歩でもしようと思っていたところだった。彼女がいないとすぐに退屈してしまい、彼女のすべてが恋しくなる。細くしなやかな腕も、温かい息も。早く戻って会いたかったし、早く一つに溶《と》け合いたかった。ローラは若く、髪は褐色で、刺激的で、自由奔放で、空気や食事と同じくらい性と快楽を必要とする女だ。頭がよく、いずれ優秀な女医になるだろうと期待されている。いっぽうクレイジーなところもあって、自分から厄介事に首を突っ込みかねないのだが、幸い人一倍誠実なので、怪しげなことや曲がったことをいち早く察知して回避する。そしてなんといっても、彼女はアントワーヌを型破りでとびきり刺激的な冒険に引っ張り出してくれる。ローラは彼にとって打ち上げ花火のようなものであり、わくわくしながら夢中で身を投じることができる無限の可能性と言ってもいい。つまり彼にとっての〝明るい向こう岸〟だ。だから時には、彼女から離れるのが、つまり暗いこちら岸から向こう岸を眺めるのが心地よいこともある。そんなときは寂しくても、再会への期待に胸が膨らむ。だが時には、ちょうどこの日のように、寂しさが高じて耐えがたいほどになり、孤独に苛《さいな》まれることもある。

ローラとの関係は、彼女自身にも似て、最初から衝動的で激しいものだった。なにしろローラは恋愛関係を情熱的、瞬間的、一時的なものとしか考えていない。ところがどういうわけかそれが少し続き、さらに続き、二人はもう三年も一緒にいる。子供を望まないところも一緒で、これは若い女性には珍しいことだし、アントワーヌにはすこぶる都合がよかった。彼には子供という重荷と責任を負うことなど考えられもしない。想像するだけでうろたえてしまう。それに、彼にはできるだけ遠くに行きたいという願望が常にある。卒業したら外国で人道援助活動に従事したいと思っていて、ローラもそういう仕事を希望していた。性欲の開花とともに始まった二人の関係は、この共通の目標によって強くなった。そしてある日ローラが、「手続き上の話だけど、人道援助の仕事をするなら結婚してたほうがいいかも。同じ国に行けるかもしれないし」と言った。彼女は何気なく、買い物リストに一品目追加するような調子で言ったのだが、その言葉はアントワーヌの心の奥に入り込み、そこで少しずつ根を下ろしつつあった。

いまではいずれローラと結婚すると思うとうれしくなるし、あれは彼女なりのプロポーズだったんだと思えば少しは自信を取り戻すことができる。

アントワーヌはマウス用の電池が切れていたことを思い出し、商店街まで行くことにした。

この家から外に出るとき、彼はどうしても隣家の庭に目を向けずにはいられない。以前デスメット一家が住んでいた家は改築され、というよりほぼ建て直され、いまでは別の家族が暮らしている。四十代の夫婦と双子の娘で、母はその一家に愛想よくしているが、親しくはしていない。地元の人ではないからだ。

あの暴風雨のあと、デスメット一家は村外れのアベス地区の公営住宅に入ることになり、引っ越していった。ワイザー社の工場は大きな被害が出て、社長は二〇〇〇年初頭にリストラを断行せざるをえなかったのだが、驚いたことにデスメット氏は解雇リストに載らなかった。村では社長がレミのことで同情したからだろうという噂が流れ、それについてムショット氏が次々と悪い噂をばらまいたが、数か月後にデスメット氏が睡眠中のくも膜下出血で命を落としたことで立ち消えになった。

残されたデスメット夫人はすっかり老け込み、顔のしわが増え、猫背になった。アントワーヌもボーヴァルに戻ったときたまにすれ違うが、以前よりも太っていて、長年掃除婦をしてきたかのように手足が太く、重そうだ。

クルタン夫人はもう彼女と親しくしていなかった。時には仲違《なかたが》いしたような態度を取ることさえある。人には言えないが、許せないことがあって別れたというふうだ。ベルナデットがアベス地区に引っ越して以来、二人はほとんど顔を合わせることがなく、たまに店で出会う程度で、そのときも挨拶しかしないらしい。あの暴風雨が隣のよしみも奪い去ってしまったのだろうか。しかもそんなことは誰も気にかけていないし、ベルナデッド本人もそうらしい。災害後の混乱と苦難の日々のなかで、それ以前の人とのつながりが切れ、新たなつながりが時には思いがけない形で生まれていた。つまりあの災害はこの村の人物相関図をすっかり書き換えてしまったのである。

暴風雨前の母とベルナデットの関係については、もちろんアントワーヌは誰よりもよく知っているが、その時期のことは彼も母もめったに口にしないし、触れるとしても母は「あの一九九九年の暴風雨」で片づけてしまう。一九九九年といえば、木々が倒れたり屋根が飛んだりしただけで、ほかにはなにもなかったと言いたげに。だが実際には、母は暴風雨のあともかなり長いあいだレミ失踪事件のことを気にかけていた。以前の彼女なら考えられないことだが、地元のニュースは欠かさず見ていたし、新聞にも毎朝目を通していた。だがその後少しずつ不安が遠のいたようで、ニュースを見なくなり、新聞も解約した。

アントワーヌは家を出て右のほうへ歩きだした。ここを歩くたびにいつも同じ感情がわいてくる。嫌悪感だ。彼は自分の家も、その前の通りも、なにもかもが嫌いだ。この村が大嫌いだ。

だから中学卒業と同時に逃げ出した。高校は寄宿制がいいと言ったとき、母は驚いた。医学生になったいまでは、母の顔を見にたまに戻ってはくるものの、回数も滞在日数も極力絞っている。帰省しようとすると何日も前から胸が苦しくなるほどで、来てもすぐに帰るのを原則とせざるをえず、そのために毎回新しい言い訳を考えている。

だが帰省のとき以外は、たいていは村のことを、そしてあの事件のことを忘れていられた。レミ・デスメットの死はいわば古傷で、すでに子供時代の悲痛な思い出にすぎなくなっていて、なんの不安もなく数週間が過ぎることもあった。ただしそれは罪悪感をなくしたということではなく、単に事件のことを忘れていられたにすぎず、その幸運な状態が不意に崩れることもある。たとえば通りで小さい男の子を見かけたとか、映画に憲兵が出てきたといった些細《ささい》なことが引き金になって突然恐怖にとりつかれ、制御不能に陥り、迫りくる破滅にのみ込まれそうになる。そうなると自分を取り戻すのは容易なことではない。深呼吸を繰り返し、だいじょうぶ、だいじょうぶと自分に言い聞かせながら、とりついた恐怖を少しずつふるい落としていくのだが、そのあいだに想像の産物がいつまた痙攣を起こさないとも限らないので、オーバーヒートを起こしたエンジンを見守るように監視しなければならず、そのすべてに途方もない意志の力が要る。

しかもこの恐怖は消滅することがない。恐怖は時にまどろみ、眠りにつくが、また目覚めて襲ってくる。だからアントワーヌは、いずれはあの事件にのみ込まれ、自滅することになると確信していた。懲役三十年。犯行時未成年だったことで半分まで減刑されれば十五年。だが何年だろうが終身刑と同じだ。子供を殺した人間が普通の暮らしに戻ることなど考えられないし、十二歳で人を殺した者がまともな人間と見なされるはずもない。

それに事件の捜査は正式に終了したわけではないから、時効を期待することもできない（フランスでは捜査中は公訴時効が停止する）。

早晩、思いもよらぬ事態があの暴風雨のように発生し、年月を経た分いっそう増した力で襲いかかってきて、進路に入るすべてのものをなぎ倒していくだろう。そこに彼自身はもちろん、母も、父も巻き込まれる。その暴風雨はただ彼を殺しにくるのではなく、犯罪者の歴史にその名を刻むためにやってくる。アントワーヌ・クルタンの名と顔は知れ渡り、長く人々の記憶にとどまり、いまの彼自身がどういう人間であるかはすべて切り捨てられ、ただの「子供殺し」「少年殺人犯」、犯罪学における新事例、児童精神医学における一症例でしかなくなるだろう。

だからこそ、アントワーヌはなんとしても遠くへ旅出ちたかった。もちろんどこへ行こうとレミが、あの手が、ずっと自分を追ってくることはわかっている。だが少なくともボーヴァルに近づかずにすみ、あの出来事の直接間接の関係者とすれ違うこともなくなると思うと、それだけで気が楽だった。

いっぽう、ローラもアントワーヌの発作に気づいていた。彼が急に汗をかき、苛立ったり興奮したりするところや、その逆に急に沈み込み、へなへなと崩れるところを何度か目にしていた。そうした唐突な発作は彼女には説明がつかなかったし、彼の人道援助への執拗なこだわりに違和感を覚えることもたまにあった。気になることがあるといつまでも無視してはいられない質《たち》なので、ローラはしばしばそのことに触れて話を聞き出そうとしたが、いつもうまくかわされてしまう。彼は生まれ育った場所に連れていってくれたこともない。いつかそういう日が来て、彼の家族や幼馴染みと話ができて、彼のことが本当に理解できたら、そのときこそ助けになれるのにとローラは思っていた。

アントワーヌが村役場の前まで来たとき、ローラから電話がかかってきた。

「それで……お母さんは元気だった？」と彼女が訊いた。

アントワーヌはローラのことを母に話していない。ローラもそれを知っている。彼女からすればそれは不可解で理屈に合わないことなので、一時は悩んだようだ。だが生来人づき合いにそれほど重きを置くほうではなく、最近では悩むというよりアントワーヌをからかう材料に使っている。この問題が話題になると彼が困った顔をするだけに、大いにからかって面白がっている。

「お母さん、わたしが顔を出さないこと、悪く取らないといいけど……」

ローラはこのときもそんなふうにちくりと言ったが、アントワーヌのほうはローラの声を聞いただけで体に火がついていたので、嫌味などどうでもよかった。彼の場合、セックスはいつも強力な抗鬱薬になる。そこでさっそくあからさまな、せがむような言葉をささやき、ローラのほうも話をやめ、想像力を解き放った。アントワーヌは目を閉じたローラと折り重なるところを想像し、ささやきつづけ、やがて彼女の息づかいを聞きながら欲望と沈黙に身を委ねた。そして……。

「ねえ、まだそこにいる?」

ローラがそう訊いたのは、途中からなにかが変わったからだ。沈黙は続いていたが、もはや同じ沈黙ではなかった。想像の世界で抱き合っていたはずなのに、アントワーヌが突然自分から離れ、別の場所に行ったような気がした。

「ちょっと、アントワーヌ?」

「ああ、いるよ……」

だがその声は逆のことを伝えていた。

そのときアントワーヌの目は、ルメルシエさんの店のショーウインドーに釘づけになっていた。ショーウインドーの右端には以前からレミ・デスメットの目撃情報を求めるポスターが貼ってあり、アントワーヌも店の前を通るたびに、月日とともに黄ばんでいくレミの写真を見ていた。レミの失踪は大きな謎だっただけに、村ではいまだに会話の端に顔を出すことがある。とはいえポスターは古くなり、はがれ落ちても誰も貼り直さないので、いまでは憲兵隊詰所と（いつも各地の事件に関するポスターが十枚くらいは貼ってある）ルメルシエさんの店ぐらいにしか残っていなかった。そのポスターが……。

「アントワーヌ？」

ポスターの位置が変わっていた。右端ではなく、中央に移されていた。というより、それはもはやあの色褪せた古いポスターではなく、色鮮やかな新しいもので、そこには二人のレミがいた。例の青いゾウがプリントされたTシャツを着て髪をなでつけた六歳のレミの横に、奇妙なほどレミに似ている青年の顔がある。経年人相画技術《エイジ・プログレッション》を用いて描かれた十七歳のレミ・デスメットの顔だ。

「アントワーヌ！」

新しいポスターにはもはや失踪当時の服装も、一九九九年十二月二十三日という失踪の日付も書かれていない。偶然にもその青年の顔とちょうど重なり合うように、アントワーヌの顔がショーウインドーに映っていた。レミに似てはいるが、会ったことのない青年。その青年が実在しないことは、アントワーヌしか知らない。ボーヴァルの誰もが、あのレミはどこかで生きている、記憶をなくしているだけで、どこかでちゃんと大きくなっていると考えることで望みをつないできた。だがそれは幻想であり、嘘だ。

アントワーヌはデスメット夫人のことを思った。彼女も家のなかにこのポスターを貼っているのだろうか。そして毎朝、愛してやまない六歳のレミと、その横の見知らぬ青年を見ているのだろうか。いつか息子に会えるとまだ思っているのだろうか。それとももうあきらめただろうか。

アントワーヌはようやくローラに答えたが、先ほど二人のあいだにあったものは壊れてしまっていた。彼は苛立ちを感じ、また歩きだした。興奮が冷めたあとに、漠とした不安が忍び寄ってきていた。ローラには、ああ、ちゃんと聞いてるよと答えたが、じつは車に飛び乗って逃げたかった。

「いつ帰ってくる?」とローラが訊いた。

「すぐだよ、明後日……もしかしたら明日、まだわからないけど」

本当はいますぐ帰りたかった。

マウス用の電池はまたにして、アントワーヌは家に戻り、部屋に上がった。そして勉強を始めたが、ポスターのことが気になって集中できなかった。だがいくら考えてみても、死体の発見以外に不安材料を思いつかない。捜査は正式には終了していないが、誰かが積極的にレミ・デスメットを探しているわけではないのだし、危険はないはずだ。それにもかかわらず彼が不安をぬぐえないのは、危険はこの村自体だという感覚があり、自分が近づくとその危険が鎌首をもたげるような気がするからだ。

アントワーヌはこの十二年で数回、どうしても我慢できずにサントゥスタッシュの様子を見にいったことがある。だがそこは相変わらず木々がなぎ倒されたままで、完全に放置されていた。重なり合った木々は朽ちはじめていて、森の奥に踏み込むのはほぼ不可能だ。それに、医学生であるアントワーヌは、十年以上経ったいまレミの亡骸がどういう状態にあるかをよく知っている。

ところが突然、ルメルシエさんの店のショーウインドーで死んだ子供が生き返っていた。コンピューター処理された顔写真は、悪夢に出てくるレミと同じように生々しく、リアルだった。

年月とともに変わったもの、そしてアントワーヌ自身が悲しくてたまらないこと、それは事件について誰にもなにも話せない苦しさというより、ものごとの重要度が逆転してしまったと認めざるをえないことだ。つまり、もっとも重要なのはもはや、自分が殺した少年ではなくなっている。彼のすべての努力、すべての注意は彼自身に向けられていて、自分が捕まらず、罰せられないことばかりを願っている。レミの小さい手が力なく揺れるのを見たり、助けてと叫ぶレミの悲痛な声を聞いて飛び起きるといったことは、少し前からなくなっていた。この悲劇の主人公は、もはや被害者ではなく加害者になってしまっている。

ふと気づくともう夜の七時半になっていた。これ以上遅れたら失礼になるからと、アントワーヌは慌てて家を出た。

この日はルメルシエ氏の六十歳の誕生日で、お祝いのパーティーが開かれていた。六月末だがかなり暖かく、すでに夏の陽気に近かった。庭でバーベキューを楽しむ立食形式で、音楽が鳴り、バナーが飾られ、その他もろもろのパーティーグッズがあちこちに置かれ、肉のにおいが漂い、白ワインと赤ワインの小樽が並んでいる。集まった村人たちは、折れやすい薄い紙皿となにも切れないナイフで肉と格闘していた。

ボーヴァルの暮らしは時計の針のように進んでいく。十二年前にはこの村も一連の悲劇で根底から揺さぶられたが、いまではまた平穏で変化の遅い日常を取り戻していた。アントワーヌが知る人々はほとんどそのままで、変化といえば次の世代と入れ替わりつつあることだけだし、その若い世代もまた細部を除けば前の世代と変わらない。

「大盤振る舞いよね」

とクルタン夫人が言った。彼女はいまルメルシエ氏の家で週に数時間家事をしていて、あの人はきちんとしているとアントワーヌに言っていた。この〝ブランシュ語〟を翻訳すると、ルメルシエ氏はコワルスキー氏と違って期日にきっちり払ってくれる、という意味になる（彼女はだいぶ前にコワルスキー氏の店の手伝いを辞め、その後は名前も口にしなくなっていた）。

アントワーヌは人々と握手を交わし、ワインを渡されて飲み、二杯目を飲み、バーベキューの肉を少し口に放り込んだ。母の言いつけを守り、ルメルシエさんのところへ行って祝いの言葉を述べ、招待への礼を述べた。

クルタン夫人はプラスチックのワイングラスを手にムショット夫人と話していた。一九九九年のあの出来事のあと、アントワーヌの母親はレミの母親から遠ざかったが、どういうわけかエミリーの母親には近づいていた。ムショット夫人は表情は硬いながらもとびきりの美人で、一日の半分を教会に、残りの半分を家事に費やしている。夫のムショット氏がその後どうなったかというと、ワイザー社の経営が持ち直したときに再雇用されていた。それでも長い失業期間に辛酸をなめた跡が顔に刻まれていて、いつもしかめっ面だ。彼はなにもかも（彼に言わせれば）間違いだらけの世の中を恨んでいるが、その間違いの大半は、彼を解雇したときには悪魔に、再雇用したときには救世主になったワイザー氏のせいだと思っている。工場への復帰にしても、長く不正に苦しめられたが、ようやく正義がなされたことに満足し、あえて過去は問うまいという態度で受け入れた。ムショット氏には常に誰か憎む相手が必要で、その筆頭は長いあいだデスメット氏だったが、彼の死後はワイザー氏がその座を継いでいた。だからこの晩も、二人は庭の面積が許す限り遠くに離れていて、相手と目を合わせることがないように慎重に振舞っていた。工場でも二人の関係はぎくしゃくしているそうで、どうしてもムショット氏に指示を出さなければならないとき、ワイザー社長は「職工長」と声をかけ、決して名前を呼ばないらしい。

その妻であるムショット夫人は、アントワーヌにとってはずっと謎の存在だ。信心に凝り固まった女がファッションモデルの皮をかぶったようで、矛盾の塊としか思えない。口数が少なく、めったに笑わないので、気難しく冷たい美人のように見えるが、じつはある種の熱狂が潜《ひそ》んでいるのではないかとアントワーヌは見ている。

「あら、お医者様、こんばんは」

「やあ、ドク！」

エミリーとテオだった。相変わらず金髪が美しいエミリーは、プラスチックのワイングラスをフルーツでもつまむように慎重に持ったまま微笑んだ。テオのほうはソーセージを食べおえたところで、指をなめていた。彼らとはずいぶん久しぶりだ。アントワーヌはエミリーにキスをし、テオはなめた指を適当に紙ナプキンで拭いてから手を差し出してきた。クラッシュジーンズにテーラードジャケット、先のとがった靴。おれはこんな田舎の人間じゃない、人種が違うぜと叫んでいるような服装だった。

少しおしゃべりしたところで、テオが三人分のグラスを持ってもう一杯注ぎにいった。

エミリーと二人きりになると、アントワーヌはなんだか照れくさくなった。彼女の視線が気になって、そんな目で見るなよとつい言ってしまった。

「そんな目って、どんな目よ」と彼女が驚いたように訊いた。

アントワーヌはどう説明したらいいかわからなかった。なんというか、彼女はいつも物問いたげな目でこちらを見る。というか、いつも彼が言ったことに、あるいは彼自身に驚いたような目を向けてくる。

時とともに、エミリーはますます母親に似てきた。子供のころからずっと母親を誰にも勝る存在だと崇めてきたからかもしれない。もっともこの村では、どの家でもだいたい子供は両親のどちらかにそっくりになり、やがては親の跡を継ぐものと考えられている。ボーヴァルとはそういう村なのだ。

パーティーについてちょっとおしゃべりしてから、アントワーヌは彼女の近況を尋ねた。いまはクレディ・アグリコルのマルモン支店に勤めているそうだ。

「婚約したのよね」と言って、彼女は手を広げ、指輪を見せつけた。

そう、ボーヴァルではまだ婚約も結婚もきっちり型どおりに行われている。

「テオと？」と彼は訊いた。

エミリーはいきなり鈴が鳴るような笑い声を上げ、すぐに手で口を覆った。

「やだ」と彼女は言った。「テオなんて、ありえない」

「そ、そうかな……」とアントワーヌは口ごもり、笑うほど馬鹿な質問だろうかとちょっとむかついた。

彼女はまた指輪を見せびらかして言った。

「彼、ジェロームって言うんだけど、陸軍の軍曹なの。いまはニューカレドニア勤務で、九月にはフランスに配置転換になる予定だから、そしたら結婚しようかって」

自分が嫉妬していることに気づいてアントワーヌは驚いた。それはエミリーが伴侶《はんりょ》を見つけたからではなく、自分が一度も相手にされなかったからだ。この村にいた中学時代でさえ一度もデートしなかった。考えてみたら、あらゆる機会を逃してきたような気がする。幼馴染みだから近くにいたというだけで、彼女が魅力を感じる相手になれたためしがない。思春期に入りかけのころ、エミリーにすっかりとりつかれていたことを思うとうろたえてしまう。アントワーヌは自分がこのブロンド娘に妄想をたくましくしていたことを思い出し、顔を赤らめた。

「で、そっちは？」と彼女が訊いた。

「前と変わってない。インターン実習が待ってて、それを終えたら遠くへ行く。人道援助の仕事に就くんだ」

エミリーはゆっくりと頷いた。人道援助なんて、ほんと、立派ねと。だが彼女にとってそれはただの言葉でしかない。人道援助ってなんだか知らないけど、なんとなく立派そうだから尊敬しちゃう、と顔に書いてある。というわけで、会話はそこで終わった。ほかになにを話せというのだろう。二人のあいだには思い出と同じくらいたくさんの〝言葉にできないこと〟があった。二人は庭の様子を、笑ったり叫んだりしている人々を、くすぶるバーベキューを眺め、家の壁沿いに並べられたスピーカーから流れる音楽を聞いた。壁は塗り直されていたが、それでもあの洪水のときの浸水の跡がわかる。

ようやくテオがプラスチックのグラスを持って戻ってきて、三人はまたつまらないおしゃべりを始めた。途中で一瞬、アントワーヌの頭に、一九九九年のイブの夜の教会前広場でのやりとりがよみがえった。そして同じ日のもっと早い時間に、池から戻る途中で、テオが妙な噂を流していると知って彼を殴ったことも……。

アントワーヌは慌てて二人から目をそらし、ワインをごくりと飲んだ。

ボーヴァルにいると否が応でも一九九九年の年末に引き戻されてしまう。あの事件はいまでは他人事のように思えるし、歩みの遅いこの村でさえページがめくられ、人々はその先へと歩み出している。だがレミの失踪が謎のままになっている以上、ちょっとした風のひと吹きでまた熾《おき》に火がつくかもしれない。とりわけこんなふうに村の人たちに囲まれていると不安になるし、人々のちょっとしたしぐさや言葉にも特別な意味や危険が潜んでいるような気がして恐ろしいし……。

「アントワーヌ！」

すっかり太っていたので、それがヴァランティーヌだと気づくのに数秒かかった。年に一キロは増えているんじゃないだろうか。うしろにくっついている子供が泣きわめいていて、彼女は振り向くなりハチでも追い払うように片手を振り、「やめなさいって言ったでしょ！」と叱りつけた。もう片方の手は赤ん坊を抱いていて、その子はポテトチップをしゃぶっている。そして彼女の横には、木材伐採人のような体格で、ハンサムなのに虫歯だらけの男がいて、彼女の肩に手をかけて所有者ぶっていた。それが夫だ。

その後もアントワーヌは人々から差し出される手を握りつづけ、あちこちでハグを交わした。テオはなにか言いたいことでもあるのか、ずっと彼のそばを離れなかった。

「おまえもそう思ってるだろうけど、こいつらみんなうんざりだな」とテオが言った。

「いや、ぼくはそんなふうには……」

テオがぷっと吹いた。

「無理すんなって。こいつら、馬鹿すぎる」

アントワーヌはテオのそういう態度が不愉快だった。確かにアントワーヌも、ここに集った人々のことを自分とは違う時代遅れの存在だと思い、この村を代わり映えしない狭い世界だと思って嫌っているが、軽蔑はしていない。もっとも、テオは小さいころから周囲を見下していたから、いまや村全体を見下しているとしても驚くにはあたらない。

テオは起業の準備をしているそうだが、彼の話はエキスパートシステムだのネットワーク・ケイパビリティだのと、英語のオンパレードでちんぷんかんぷんなので、結局どういうビジネスなのかアントワーヌにはわからなかった。仕方がないから、外国語にそれほど堪能ではない人が会話の途中で疲れて頷きでごまかすように、ふんふんと興味があるふりをしてやり過ごした。エミリーもまた二人のそばに戻ってきていたが、こちらははなからビジネスの話など聞いていない。彼女には男同士の会話などまったく興味がないようだ。

それからまた三人はばらばらになった。アントワーヌは飲んだ。ちょっと飲み過ぎだと自分でも思った。飲み過ぎるといつもつぶれるのに……。

アントワーヌは母に頼まれたからここに来た。長居はしないとも言っておいた。だからもう引き揚げてもいい頃合いだった。

だが全員に挨拶して回るのは不可能だし、かといって挨拶せずに出ていくのも失礼だ。誰にも不愉快な思いをさせないためには、気づかれないように姿を消すしかない。そこで彼はもう一度ワインをお代わりし、楽しんでいるふりをしながら、のんびりと門のほうに向かった。そして誰も見ていないのを確かめ、近くのテーブルにグラスを置き、庭を出て門を閉めた。成功だ。

「もう帰るの？」

アントワーヌは飛び上がった。

エミリーが低い石塀に腰かけてたばこを吸っていた。

「あ、いや……」

彼女はまた先ほどと同じ鈴のような笑い声を上げた。癖なのだ。ふとした拍子に唐突に漏れる笑いで、それがたまにならば魅力的だろうが、何度も出てくると耳に障る。もしかしたら乏しい語彙《ごい》の穴埋めに使っているのかもしれない。

「なんでも笑いたくなるのか?」と彼は訊いた。

言った途端に後悔したが、エミリーは嫌味だと気づきもしなかったようで、なにやら曖昧なしぐさで応じただけだった。

「じゃ、もう行くから」と彼は言った。

「わたしも帰る」

二人は一緒に歩きだした。

エミリーは二本目のたばこに火をつけ、そのにおいが夜の冷気と、彼女の控え目な香水と入り混じってアントワーヌの鼻をくすぐった。なんだか吸いたくなった。たばこは嫌いだが、こういう気分になって手を出したことがないわけではない。今日は不安にかられて緊張したし、それがほぐれたらどっと疲れが出てきた。こんなときは一服するのも悪くない。

エミリーはパーティーでの最初の話題に戻っていて、人道援助活動をやりたいという気持ちがよくわからないと言いだした。どうして医者にならないの？　えっと、普通の医者って意味だけど。それは答えるのにエネルギーを要する問いだったので、アントワーヌはごまかした。

「家庭医って、退屈だからさ」

エミリーは頷いたものの、すぐまた首をかしげた。

「退屈なら、なんで医者になるの？」

「いや、ぼくが退屈だと思うのは医者じゃなくて、家庭医だよ」

エミリーはまた頷いたが、まだすっきりしないようだ。アントワーヌは先ほどからちらちら彼女を眺めては感心していた。なんという頰のライン、なんという唇、そして髪の生え際や、そこ、そう、うなじのブロンドの産毛《うぶげ》ときたら……。ブラウスの前のボタンは上のほうがいくつか開いていて、形のよさそうな胸の膨らみが少し見えている。それから彼はわざと少しうしろに下がり、彼女の腰のラインを眺めて絶句した。

話はまだ続いていた。

「でも、やっぱり医者って……だって、人を治せるって、めちゃくちゃ面白くない？」

かくも魅力的でセクシーな妙齢の女性が、かくも愚かだと思うと、アントワーヌはなにやら悲しくなってきた。彼女の頭のなかにはすでに用意された一般論が並んでいて、それを取り出して口に出すだけなので、ほとんど頭脳を必要としない。話は脈絡もなくあちこちへ飛ぶが、そのすべては彼女が知るわずかなこと、つまりボーヴァルの住民の話に終始する。そしてアントワーヌが間近から完璧なパーツに見とれているあいだに（この眉、この耳、耳まで美しいなんてすごすぎる）、エミリーの話は二人の過去へとさかのぼっていった。子供時代、隣同士でいつも一緒にいたこと、共通の思い出……。

「学校で撮った写真、たくさんあるの。あとレジャーセンターのも……。ロマーヌとか、セバスティアン、レア、ケヴィン、それから……ポーリーヌ！」

アントワーヌがよく覚えていない名前も出てきたが、彼女はまだその全員とつき合いがあるかのような口ぶりだった。どうやら彼女にとっては、この村も、彼女自身の人生も、あの学校の運動場の延長でしかないようだ。

「あなたにも見せてあげたい。ほんと、笑えるんだから」

そしてまた鈴のような笑い声が夜のしじまにこだました。女らしくて魅惑的な、でも耐えがたい笑い。なにがそんなに面白いのかまったくわからない。アントワーヌにとっては、学校の写真などいい思い出どころかその正反対だ。彼にとりついて離れないあのレミの写真もクラスの集合写真から切り出したもので、だから教会に行くときみたいに髪をなでつけ、洗い立てのTシャツを着ているのだ。

「よかったら送ってあげる」

感動的な提案だと思ったのか、そこで彼女が足を止めてこちらを見たので、アントワーヌはその顔をまじまじと見た。三角形のすっきりした顔立ち、澄んだ瞳、軟らかそうな唇……。

「まあ、きみがそう言うなら」と彼は答えた。

一瞬気まずい空気が流れた。アントワーヌは目をそらし、二人はまた歩きはじめた。目抜き通りまで来ても、まだ遠くにパーティーの音楽が聞こえていた。話題がなくて困り果てたアントワーヌは、あの嵐で倒れたプラタナスのことを思い出して口に出した。

「あ、そうそう！」とエミリーが言った。「あのプラタナス……」

そこで数秒の間があき、プラタナスの影が会話を覆ったかにみえたところで、ようやく次の言葉が来た。

「あの木って、なんかボーヴァルの歴史みたいだったじゃない？」

どういうこと？　とアントワーヌは続きを促した。するとまた沈黙が流れた。夏のように暖かい夜、ワイン、思いがけない再会、美しい娘、これらすべてに背中を押され、彼はずっと聞きたかったのに聞けずにいたことを持ち出そうとした。

「聞きたいって、なんのこと？」

彼女の声は素直そのものだった。

「えっと、たとえばテオときみのこととか……。きみたちになにがあったのか」

そこでまた鈴のような笑いが出たが、今度は不快ではなかった。

「そんなの十代はじめのころの話じゃない！」

彼女は通りの真ん中で足を止め、まさかという顔で彼のほうを振り向いた。

「ひょっとして、嫉妬？　そうなの？」

「そう」

彼は反射的に、というより腹立ちまぎれにそう言ってしまい、すぐに後悔した。というのも腹が立っているのはテオではなく、自分に対してだからだ。長年彼女の美貌の虜《とりこ》になったまま抜け出せずにいる自分自身がずっと嫌だった。そして今日はエミリーにも腹が立っている。なぜ彼女はこうなのかと。

「きみのことがすごく好きだった」

それはお粗末で惨めな報告だった。また歩きだそうとしたエミリーがつまずいてよろけ、彼の袖をつかんだが、この状況でこれはまずいと思ったのかすぐに放した。アントワーヌはなんだか悪事を見咎められたような気がした。

「いや、これ告白じゃないから、気にしないでくれ」

「わかってる」

ムショット家の前まで来ると、アントワーヌは今度はあの暴風雨の翌朝、窓越しに見たエミリーの顔を思い出した。

「きみはひどく疲れた顔で……でもすごくきれいだった。ほんとに……すごく……」

十数年遅れの打ち明け話にエミリーは微笑んだ。

彼女は門を開け、庭の奥のブランコ型のベンチまで行って座った。ベンチは軽くきしんだ。アントワーヌもついていって隣に座った。するとベンチが思ったよりずっと狭くて、あるいは少し傾いているのか、エミリーの温かくて柔らかい腰が自分に押し当てられたようになり、離れようにもスペースがなくてだめだった。

エミリーが軽く地面を押し、ブランコが揺れた。庭には街灯の黄色い明かりがぼんやり届いているだけだ。あたりは静まり返り、二人も黙っていた。

ブランコが揺れるとますます体が密着した。アントワーヌはやめておけと思いながらもエミリーの手を取った。彼女はすかさず身を寄せてきた。

二人は唇を重ね、その瞬間アントワーヌはしくじったと思った。

それは彼が嫌いなキスだった。彼女の舌は執拗に動き回り、歯科検診でも受けているようだ。それでも彼が続けたのは、どうせ二人のあいだに愛などないのだし、どうでもいいと思ったからで、そのおかげですべてが容易になった。

それは無邪気な戯《たわむ》れ、親しみからくる愛、近くにいながら触れ合うことがなかった年月の総決算だった。どちらにもそうするべき理由がないいまだからこそ、できることだった。幼馴染みで、二人のあいだには長い歴史があり、それをただ整理しておきたい。はっきりさせるために、後悔しないように。彼が恋焦がれていた少女と、いま腕のなかにいるおつむの弱い美女はまるで別人だ。だからこそ、いま彼は欲望に駆り立てられている。

この成り行きには無理があると二人ともわかっていたが、いま始めた行為がこのまま続き、行き着くところまで行くこともわかっていた。

アントワーヌは彼女のブラウスの下に手をすべらせ、熱くしなやかな乳房に触れ、彼女は彼の股間に手を置いた。不器用で激しいキスが続き、唾液が顎《あご》に流れた。どちらも話をするのが怖くて体を離すことができなかった。

アントワーヌは彼女の熱く湿った場所を指で探り当てると、かすかに呻《うめ》いた。

彼女の手も舌と同じように強引に彼をまさぐっている。

二人は身をよじって下半身の邪魔なものを脱いだ。

エミリーはベンチに手をついて向きを変えながら脚を開き、アントワーヌはすぐに彼女に入った。彼女は身を反らせて深いところへ彼を導いてから、また身を起こしてむさぼるようなキスをした。あの貪欲な舌がまたしても……。

アントワーヌが絶頂に達したとき、彼女も小動物のような声を上げたが、それが快楽によるものかどうかは彼にはわからない。

そのあと二人はどうしていいかわからず、目を合わせるのも怖い気がして、しばらく抱き合ったままでいた。そして、どちらからともなく笑いだした。二人とも子供のころのように、大人たちを、あるいは人生を出し抜いてやったような気分になっていた。アントワーヌはあたふたとズボンを上げ、エミリーは腰をくねらせながらショーツを穿いて服の裾を下ろした。

それから二人は、早く一人になりたいのにどう言えばいいのかわからず、立ち尽くした。

とうとうエミリーがまたあの笑い声を上げ、小さい子供がトイレに行きたくなったときのように両膝を寄せて片手を腹に当てた。そして目をくるくる回しながら、もう片方の手を開いて水を切るように上下に振った。ああ、あの、えっと……。

それからアントワーヌの唇に軽いキスを残して家のほうへ駆けていき、玄関を開ける前にまた投げキスを送ってきた。

この別れも失敗だった。

アントワーヌの子供時代は、死というものを知ったときに、つまりレミを殺したときに終わったが、そうでなかったとしても、この夜、決定的に終わりを告げていただろう。

彼は家に戻りながら携帯電話を見た。

ローラから着信が四回。メッセージは残されていない。かけ直そうと番号を押したが、慌てて切った。いま彼女と話すとしたら嘘をつくことになるが、そんな気力は残っていない。この夜はさんざんで、いったいなにをどうしたらこんな結果になるのかわからず、アントワーヌは混乱していた。欲望？　それは確かにあった。だが、いまなおエミリーへの欲望があるとしても……そんなものは払いのけられたはずなのに。

電話はあきらめた。あとで口実を考えればいい。だいじょうぶ、なにか見つかるだろう。

母は彼のために部屋を残しておいてくれたが、壁紙と家具は新しくなっていた。子供のころの勉強机、いす、ベッドなど、部屋にあった大部分のものは大事に地下室にしまわれている。逆になにが流刑を免れて部屋に置かれているかというと、妙なものばかりだ。地球儀、ジダンのポスター、リュック、鉛筆立て、トランスフォーマーのメガトロン、ユニオンジャックのクッションといった具合で、母の選別基準は謎のままだった。子供時代の生き残りの品々を見ると、必死で距離を取ろうとしてきた時代に連れ戻されてしまうので、帰省のたびに段ボールに詰め込んでどこかに捨てたくなる。とはいえ自分はたまにしか帰ってこないのだし、母はこの部屋の模様替えにずいぶん手をかけたに違いないと思うと、捨てる勇気が出ない。

携帯電話が震えた。またローラだ。深夜一時近くになっていた。彼は今夜の出来事にも、この部屋にも、ボーヴァルという場所にも、自分の人生にも心底嫌気がさしていて、電話に出るどころではなかった。

携帯の震えが止まってほっと息をついたところへ、外から声が聞こえてきた。母がムショット夫妻と連れ立って帰ってきたのだ。もし彼らの帰宅がもう少し早くて、エミリーと思春期みたいに庭のベンチでいちゃついているところを見つかっていたら、どうなっていただろう？

寝たふりをするのは間に合わないので、彼は机に向かい、勉強しているふりをした。そんな馬鹿げた芝居をするなんて屈辱的だったが、ほかにどうしようもない。

母は部屋に明かりがついているのに気づいたようで、すぐに上がってきた。

「こんな遅くまで勉強なんてだめよ、もう寝なきゃ！」

何年も前から一字一句変わらないセリフ。しかも、うちの息子は勉強家で優秀なのよと鼻高々になっているのが透けて見えるところまで変わらない。母は部屋に入ってきて、窓を開けて雨戸を閉めようとしたが、そこでなにか思い出したようにふと手を止めた。

「そういえば、サントゥスタッシュの再開発計画が決まったこと、知ってる？」

アントワーヌはびくりとした。

「再開発？　あそこがどうかなるの？」

母はまた窓のほうを向いた。

「ようやく権利者が全員確認できたのよ。それで村がまとめて買いとって、遊園地を作るんですって。遠くからも人が来るだろうって役場は言ってるけど、そんなにうまくいくのかしらね」

新しい計画や取り組みが出てくると、母はいつでもこんなふうにまず疑問を投げかける。

「なんでも集客力については調査済みで、子供連れの家族客が見込めるって。雇用創出にもつながるそうよ。まあ、お手並み拝見ってとこね。さ、もう寝なさい」

「誰から聞いた？　その遊園地の話」

「ふた月くらい前から役場に計画書が貼り出されてるわよ。でもあなたは、めったに帰ってこないんだし、どうせ興味ないんでしょ？」

翌朝、アントワーヌは早朝からジョギングに出た。じつは一睡もしていなかった。村役場のガラス張りの掲示板を見たら、確かにあった。サントゥスタッシュ遊園地の〈建設計画のお知らせ〉というのが貼り出されていて、詳しい計画書は役場で閲覧できると書いてある。

森林の伐採は九月に始まる予定になっていた。

16

六月末の帰省のせいで、アントワーヌはその後の夏休みのあいだずっと、不安と恐怖に悩まされることになった。

休み前の試験はクリアしたが、それを終えた段階で疲れきっていたし、六月のあの日以来ボーヴァルには二度と足を踏み入れたくないと思っていたので、帰省など考えられもしなかった。そこで友人と長い旅に出るというのを口実にして（実際にはローラとの旅行で、金がないので二週間だけだった）ボーヴァル行きを回避した。だが夏休みをなんとかやり過ごしたとしても、遅かれ早かれ母の顔を見に帰らなければならないから、単なる先延ばしでしかない。そこが問題だ。

エイジ・プログレッションを用いた十七歳のレミ・デスメットの写真はショックだったが、サントゥスタッシュの再開発のほうはそれを上回る大ショックだった。アントワーヌにとっては身の破滅の予告であり、しかもその破滅はいつ、どのような形で起こるかわからない。またしても想像や妄想がわき出てきて、あの人生最悪の時期——それこそが彼の子供時代全体を塗り替えてしまったわけだが——に逆戻りする回数が増えた。今度こそ死体が見つかるだろう。そして捜査が再開され、改めて事情聴取が行われる。当然アントワーヌも失踪直前のレミを見た一人として呼び出される。通りがかりの誘拐犯による犯行という線は捨てられ、捜査対象はボーヴァルに、その住民に、近親者や隣人に絞られていき、そのなかから彼があぶり出され……となればもうおしまいだ。十二年近くのあいだに、彼は自分の作り話に自分でうんざりし、これ以上嘘をつくことはできなくなっている。

夏のあいだに海外に逃げようとさえ思った。フランスと犯罪人引渡条約を結んでいない国を調べもした。だが心の底では、自分には無理だとわかっていた。外国で逃亡生活を送れるような度胸も根性も持ち合わせていない（そもそも逃亡生活という言葉が自分と結びつかない）。自分はちっぽけでつまらない存在だとしか思えないし、犯罪者といっても冷酷で、あこぎで、やり手の悪党ではなく、人を殺したのにたまたま運がよくて捕まっていないだけの素人だ。

結局、逃亡せずにここで待つしかないと観念し、やるせない、苦悩に満ちた忍従の日々に閉じこもった。

もう子供ではないので、刑務所が怖いわけではない。恐ろしいのは逮捕とともに始まる狂乱だ。裁判、新聞、テレビ、ボーヴァルに押しかけて母につきまとうマスコミ、大見出し、専門家のインタビュー、法律解説者のコメント、写真、隣人の証言……。カメラに向かってぽかんとしているエミリーが目に浮かんだ。いくらおしゃべりでも、あの夜のことを自慢できるはずはない。ワイザー村長は村の評判を守ろうとして、村には関係ないと主張するだろうが、そんなことを言っても無駄だ。被害者も加害者もボーヴァルにいて、隣同士で育ったのだから。リポーターはデスメット夫人を泣かせてカメラに収めるだろう。そばにはヴァランティーヌがいて、三人の子供をあやしながら母親を支えているだろう。そしてリポーターは皆、深刻な顔をして、中継をこの問いで締めくくるに違いない。十二歳で人を殺すなどということが、なぜ起こりうるのでしょう？　そして誰もが、アントワーヌ・クルタンに比べたら自分は申し分なくまともだと思えるがゆえに、この事件に夢中になる。テレビでは、古い事件簿を可能な限りさかのぼって類似犯罪を追ったドキュメンタリーが放映される。ボーヴァル殺人事件は人間の暴力的衝動を祓《はら》い清めるものとなり、人々はこの件で責めるべき相手がいることを喜び、誰もが犯しうる罪で誰か一人が罰せられるのを見て大いに満足するだろう。

彼はほんの数分で有名殺人犯の仲間入りをし、人として存在することをやめるだろう。アントワーヌ・クルタンはもはや人ではなく、犯罪のブランドになる。

アントワーヌの精神はそんな考えにあおられて現実を離れ、しばらく宙を舞っていたが、やがて地上に下りてきて、ふとわれに返った。そしてもう三十分も口をきかず、ローラになにを訊かれても答えていないことに気づいた。

二人が住んでいる狭いアパルトマンは大学からは遠いが、大学病院センター《CHU》には近い。一緒に暮らしはじめて三年、二人はセックス三昧《ざんまい》に明け暮れてきたが、この六月にアントワーヌが帰省先から戻って以来、かなり間《ま》があくようになっていた。ローラが根気よく誘いをかけても、アントワーヌは軽い戯れでごまかそうとする。ローラは一抹の不安とかなりの欲求不満を感じながらも、いずれ元に戻るだろうと前向きに考えていた。もともとアントワーヌは心底楽しそうな様子を見せたことがなかったし、いつも物静かで、秘密めいていて、まじめで、心配性で、まさにそういうところにローラは惹かれていたからだ。翳《かげ》のある美青年だからいいのであって、陽気さなど無用だ。ただし、唐突に襲ってくる発作は心配だった。彼はまじめな性格ゆえに周囲の信頼を勝ち得ていたが、突然の不安の発作でその信頼にひびが入ることがある。この夏は特にそうで、混乱の度合いは憂慮すべきレベルに達していた。ローラは自分が理解できる範囲で想像を働かせ、まずは家族に揉め事があるのだろうと考えた。次いで、医者になることを迷っているのかもしれないと考えた。それから、ありえないからこそますます可能性が高いと思える仮説にたどり着いた。アントワーヌにはほかにもつき合っている女性がいるんじゃないかと。

だがローラは嫉妬というものを知らない。嫉妬してみようと努力したが、やはりできなかった。仕方がないのでその仮説も捨て、最後の可能性として心の病を考えた。アントワーヌと同じく医学生である彼女にとっては、それがいちばん納得でき、安心もできる説明だ。心の病なら、たとえ問題の原因にたどり着けないとしても、薬を服用すれば症状を抑えられる。

ローラはそのことを彼に話そうと思っていた。だがどう切り出そうかと躊躇《ちゅうちょ》しているあいだに、ふとした偶然から、彼がすでに毎日相当量の抗不安薬を飲んでいることを知った。

七月と八月はそんな状態で過ぎていった。

クルタン夫人は息子が六月以来顔を見せに来ないので心配していた。彼女は息子がいつ帰ってきたかを正確に覚えていて、なにも見なくても過去五年はさかのぼって日付を言うことができる。だがどういうわけか、そのことで面と向かって息子に不平を漏らしたことはなく、ただどれくらい間隔があいているかを確認するだけで満足している。息子が遠ざかるのは母子の暗黙の合意によるもので、悲しいけれど仕方がないと思っているようだった。

アントワーヌは週に何度もサントゥスタッシュの再開発のことを考えるようになっていた。もうすぐ工事が始まると思うだけで、六月末のボーヴァル滞在が思い出され、あの耐えがたい、空しい時間を追体験するはめになる。青年になったレミの写真を、母にしつこく言われなければ絶対に行かなかったはずのパーティーを、そしてエミリーとのあの茶番を……。

彼女となぜあんなことになったのかは謎のままだった。自分については少しはわかっている。彼女が魅力的だから自分のものにしたかったのだし、子供のころの妄想の対象だったことを考えると、あれは欲望である以上に復讐でもあった。だが彼女のほうは？ いったいなにを望んでいたのだろうか。彼なのか、それともほかのものなのか。ただされるがままになっただけ？ いや、むしろ積極的だった。あの舌の動き、手の動き、体のひねり方、身の反らせ方、彼女に入った瞬間にこちらをひたと見つめた彼女のあの目をはっきり覚えている。

こうして離れてみても、エミリーの印象は二つに分裂したままだった。エミリー・ムショットのなかには、価値尺度の最上位に位置づけられる美貌と、気が滅入るほど空虚な言語活動が分かちがたく同居している。クラスの集合写真の話になったときのあの子供染みたはしゃぎようはどうだ。

しかもそんなつまらないことをしっかり覚えていたとみえて、九月半ばに母が電話で、エミリーがあなたの住所を訊きにきたわよと言った。

「なにか送りたいものがあるんですって。なんなのか言わなかったけど」

そう聞いてから、集合写真が何度も夢に出てきて彼を苦しめた。夢のなかで彼は、エミリーから届いた封筒を開けて写真を取り出す。ところがよく見ると、そこに写っている自分の顔に六歳のレミの顔と、十七歳のレミの顔が重なっていて、若くして死んだ子供の墓標に彫られた肖像のように見える。アントワーヌはデスメット家のサイドボードの上に並べられていた家族写真のことを思い出した。フォトフレームが一つだけなくなっていて、そこにあいた空間が、早く裁きを下してくれと主張していた。

彼はますます不安になり、エミリーから写真が届いたら封を切らずに捨てようと思った。彼女と話をする機会はまずないだろうから、写真をどうしたか訊かれることもないだろう。六月の再会は久しぶりのことで、それ以前はボーヴァルに帰ってもエミリーとはすれ違いもしなかったのだし、今後はますます村に帰る回数が減るだろうし……。

そして九月末になった。

その九月末にとうとう届いた。いや、写真入りの封筒ではない。生身の人間、奇抜なプリント柄のワンピースを着ているが、美しさだけは誰にも負けない、エミリーその人が現れたのだ。結婚式に行くみたいに念入りに化粧をし、香水をつけ、髪を整えた、輝くばかりのエミリーが呼び鈴を押し、ローラがドアを開けた。こんにちは、エミリーです。アントワーヌに会いたいんだけど。

ローラはひと目見て、そうか原因はこれかと思った。エミリーはそれ以上なにも言う必要がなかった。ローラはさっと振り向いて、アントワーヌ、お客さん！　と言うなりジャケットをつかみ、靴をつっかけた。そしてアントワーヌがエミリーの出現にぎょっとしているあいだに外に出てしまい、おい、待てよ！　と声をかけたときにはもう遅く、階段を駆け下りる派手な足音が聞こえ、アントワーヌは慌てて玄関を出て踊り場から身を乗り出して彼女の名を叫んだが、一階まで手すりを滑り下りていく手が見えただけだった。どこへ行く気だろうと思ったら急に嫉妬心が首をもたげ、腹を立てて振り向くと、すべての原因がそこに立っていた。

彼はかっとなり、足取り荒くアパルトマンに戻った。

エミリーは遠慮も戸惑いも見せなかった。

「座っていい？」と彼女は訊いた。

そしてその理由をおもむろにつけ足した。

「妊娠してるから」

アントワーヌの顔から血の気が引いた。そしてそこから彼にとっては耐えがたい一場が始まった。エミリーは長々と〝二人の夜〟について語りはじめた。彼女によれば、それは感動的な再会で始まり、次いで二人のあいだに不意に欲望が、本能的と言ってもいい欲望が生まれ、それが彼女に「それまで一度も知らなかった」悦《よろこ》びをもたらし……。

あなたがどうかは知らないけど、でもわたしは……わたしはあの日から一睡もできなくて、とにかく再会した瞬間またハートに火がついちゃったのよ、そう、告白こそしなかったけど、前からずっとあなたに夢中だったんだってよくわかった、云々。アントワーヌは耳を疑った。あまりにも馬鹿げた状況で、この話が行き着くところが頭に浮かんでいなければ、笑いの衝動を抑えられなかったかもしれない。

「あれはただ……」

そう言いかけて彼は言葉に詰まった。男としては口にしたくないことを、医学生としての彼が心のうちでわめいていた。それを訊くにはかなり無理をしなければならなかった。

「でもどうして……それがぼくだと、つまり……言いたいことはわかるよね」

エミリーは簡潔な答えを用意していて、ハンドバッグを足元に置き、脚を組んでからそれを披露した。

「彼の……ジェロームの子だってことはありえない。四か月前からフランスにいないんだから」

「でもほかの誰かって可能性もあるだろ？」

「ちょっと、そこまで言うんなら、売女《ばいた》とでも呼んでみなさいよ！」

ほかの誰かとまで言われるとは思っていなかったようで、エミリーはかなりショックを受けていた。アントワーヌは謝るしかないと思った。

「いや、そういう意味じゃないけど」

だがはたと考え込み、計算し、その答えにたじろいだ。彼女が〝二人の夜〟と称する日から十三週間経っている。

つまり、合法的中絶はすでに不可能だ。

これではっきりした。彼女は後戻りできなくなるまで待ってから会いにきたに違いない。

「そうよ、もちろん！　中絶なんかするもんですか。そんなこと両親が――」

「親なんかどうでもいい！」

「わたしはそうはいかない。妊娠してるのはわたしよ！」

いくらで折り合うつもりだろうかとアントワーヌは考えた。自分が払える額だろうか。

「とにかく、父親はあなただから」と言って、彼女はメロドラマ顔負けの演技で視線を落とした。

「それで、エミリー、どうしたいんだ？」

「彼には……ジェロームには婚約を解消するって知らせたから。詳しいことは伝えてないけど。わたしたちのこと悪く思われたくないし」

「なにが望みだ？」

なにを馬鹿なこと言ってるのとばかりに、彼女は見事なブロンドの眉をひそめた。

「この子が生きることよ！　それって、当たり前でしょ？　この子が当然の権利を得られるようにすること！」

彼は目を閉じた。

「結婚しなくちゃ、わたしたち。両親は……」

アントワーヌはこらえきれず、椅子から飛び上がってわめいた。

「無理だ！」

彼女は目を見開き、怯えたように椅子の上で身を引いた。ここはなんとしても彼女を説得しなければ、結婚など馬鹿げているとわからせなければならない。そのためには怯えさせてはいけないと思い、彼は息を整えながら彼女に近づき、膝をついて彼女の手を取った。

「無理だよ、エミリー。ぼくはきみを愛していない。きみとは結婚できない」

いや、もっと彼女にもわかるように言わなければ。

「ぼくはきみを幸せにできない。わかるよね？」

だがその言葉は通じず、彼女はぽかんとしてしまった。エミリーには彼がなにを言いたいのかよくわからなかった。二か月以上も前から、アントワーヌが〝ちゃんとしてくれる〟と思い込んでいて、それ以外のシナリオなど考えてもみなかったのだ。

「妊娠のほうはまだなんとかなる」とアントワーヌは繰り返した。「費用はぼくが出すから、安心して。金はなんとかする。いいクリニックもぼくが見つける。なにも心配いらない、本当だ。全部ぼくが引き受けるから。とにかく子供は堕《お》ろさなきゃ、ぼくらは結婚しないんだから」

「罪を犯せっていうの？」

エミリーは震える拳でみぞおちを押さえた。

長い沈黙が流れた。

アントワーヌは彼女を憎みはじめていた。

「わざとやったのか？」と冷たく言った。

「そんな、なぜわたしが？　そもそもそんなこと、どうやって……」

彼女はなにか単純なことを言おうとしていて、それなのにどう言葉にしたらいいかわからないようだった。だが少なくとも、嘘をついているようには見えなかった。

要するに、あれは偶然の出来事だったのだ。アントワーヌもそれを認めざるをえず、呆然としてしまった。エミリーも軍曹の〝彼〟と結婚したかったんだろうに、その前に〝二人の夜〟があり、それがいくらひどいしくじりだったとしても、起きたことは起きたことで、エミリーは子供を産もうとしていて、その原因を作ったのは自分だ。

それでもとにかく防戦するしかない。彼は立ち上がった。

「申し訳ないけど、エミリー、答えはノーだ。ぼくはその子を望んでいない。ぼくはきみを望んでいない。これっぽっちも。金はなんとかする。でも子供は欲しくない、金輪際。子供なんかぼくには無理なんだ、きみにはわからないだろうけど」

エミリーはいまにも泣きだしそうだった。彼女がこの知らせを持って家に帰るところが目に浮かんだ。ここに来る前に両親と話をしなかったはずがない。あの聖女ぶった母親とじっくり作戦を練ってきたに違いない。アントワーヌにはムショット夫妻の姿が見えていた。復活祭の大ロウソクのようにふんぞり返る父親と、モヘアのショールを巻いた母親……。彼らはなぜ、アントワーヌが譲歩し、彼らの娘と結婚するなどと思えたのか、彼にはそれが信じられなかった。

話はエミリーが思っていたようには展開しなかった。すると今度は彼女が立ち上がり、アントワーヌに近づいた。

そして彼の首に両腕を回し、避ける隙も与えずに唇を重ねて舌を入れ、アントワーヌが応じるのを待った。彼女自身、こんな儀式がなんの役に立つのか疑問だったろうが、どう思ったにせよ、とにかく信じると決め、たいした考えも計画もスキルもないまま、ただ情熱だけを傾けてこの儀式に臨んだわけである。

アントワーヌは顔を背け、彼女の腕に手をかけてほどくと、ゆっくり下がった。

エミリーは捨てられたと感じたのか、泣き崩れた。泣いているその娘は信じがたいほど美しく、アントワーヌは心乱れたが、頭のなかではホメロスの『オデュッセイア』を思い出していて、セイレーンの歌声に惑《まど》わされないように、船員たちに命じて自分をマストに縛りつけさせた。それに、抵抗力なら、彼女との結婚生活がどんなものになるかをほんの一瞬想像するだけでいくらでもわいてくる。その力に支えられ、彼は彼女の肩にそっと手を置くにとどめた。

数分前には憎んでいた相手が、いまは哀れに思えてならなかった。

そのときふと、ムショット夫妻以外に誰が知っているんだろうという疑問が浮かんだ。アントワーヌは自分の心配をしたのではない。こうなった以上、彼自身はもう二度とボーヴァルには戻らないだろうから。それより母のことを心配したのだ。そしてなにもかもが悲しいと思った。

「わたしたちを……見捨てるの？」とエミリーが言った。

こういうメロドラマ風のセリフ回しをいったいどこで身につけたのかと、彼は舌を巻いた。彼女は盛大に洟をかんだ。

「きみの望みを叶えてやれなくて、ごめん。でもそれ以外のことは全部ぼくがやる。いいクリニックを見つけるし、費用もなんとかするし、誰にも知られないようにする。きみは若いんだし、これからジェロームとたくさんの子供を持てるよ。彼とならそれができる。でもぼくとじゃできない。エミリー、まずはきみが決断しないと。それも早く。

そうでないと、ぼくもなにもしてやれなくなる」

エミリーは渋々頷いていた。彼女が思い描いていたシナリオはうまくいかなかった。準備してきた言葉を使い果たし、それ以上なにも浮かばず、しょんぼりと立ち上がった。そのすべての動作がドラマチックに見えたので、アントワーヌは一瞬、エミリーはこれを楽しんでいるんじゃないか、演じる役ができてうれしいんじゃないかとさえ思った。思いもよらぬ不幸に打ちのめされる娘……。いまや彼女はドラマのヒロインだ。

アントワーヌがテーブルの上の封筒に気づいたのは、エミリーが出ていったあとだった。なかにはクラス写真のアルバムが入っていた。なんと、これを持ってきていたとは……。

彼女はなにを考えていたんだ？　二人並んでベッドに座り、肩を寄せ合って笑いながらアルバムをめくるところ？　彼女にめろめろの相手が腹に手を当てて、もう蹴ったりする？　とかなんとか訊くところ？　あまりの無邪気さに開いた口がふさがらなかった。

一人になったアントワーヌは、この新たな展開についてしばらく考えた。すると、一筋の希望が垣間見えたような気がした。これまで自分は奇跡的にもすべての危機を、人生が仕掛けてきたすべての罠を無傷ですり抜けてきた。レミの遺体が見つかるに違いないと思ったときも、結局は見つからなかった。絶対逮捕されると思ったときも、結局は捕まらなかった。そしてエミリーは妊娠したにもかかわらず、なにも手にすることなく帰っていった。もしかしたらこの幸運はまだ続くんじゃないだろうか。幸運などという言葉が頭に浮かんだのは久しぶりのことで、自分にのしかかっていた大きな重しが一つ取り除かれたような気がした。

少し気が楽になったアントワーヌは、落ち着いてローラの帰りを待つことができた。そして彼女が、先ほど立ち去ったエミリーとはあまりにも対照的なローラが帰ってきた。

「換気ぐらいしといてよ。ここ、娼婦のにおいがする！」

そう言いながら彼女はリュックを引っ張り出し、手あたり次第に荷物を詰めはじめた。アントワーヌは微笑んだ。自分でも驚いたが、力と自信がわいてきていた。そして彼女の肩をつかみ、振り向かせ、微笑みを絶やさずにこう言ってのけた。

「聞いてくれ。一度だけ、愛してもいないのに幼馴染みの同級生と寝た。その彼女がぼくに誘いをかけにやってきた。でも放り出したよ。ぼくが愛してるのはきみだ」

まったくそのとおりで、嘘ではなかったから、その言葉は力強く響いた。もちろん言わなかった部分があるわけだが、そこは、とりあえずは問題にならない。

アントワーヌは急に自分が無敵になったような気がして、なんの迷いもなくローラに近づいた。ローラのほうも彼が放つ自信のオーラに圧倒されて、リュックに入れる服を手にしたまま動けなくなった。

アントワーヌは彼女の手をつかんで服を放させると、手際よくセーターを脱がせた。二人はそのまま情熱の波に運ばれ、抱き合ったままベッドを転がり、床へと転がり落ち、さらに転がっていって、テーブルの脚にぶつかってようやく止まり、そのときには彼はもう彼女のなかに入っていて、ローラのほうはなにをされたのかもわからないまま全身が震えていて、そのうち足の裏から大きな波が上がってきて、彼女は腰を反らせて床から浮き上がり、叫んだ。二回。

そして彼の下で気を失った。

17

エミリーは週に二、三通のペースで手紙を送ってきた。一通届くたびに、ローラが大げさな溜め息とともにテーブルの上に置き、アントワーヌは目を通した。少なくとも最初のうちは。どの手紙も文章が拙《つたな》く、内容に取り留めがなく、ひどく読みにくいしろものだったが、主旨は一貫していて、〈わたしを、わたしたちの子供を見捨てないで！〉に尽きる。子供っぽい丸文字で、絶望の深さを訴えるメロドラマ風の決まり文句が脈絡なく並べられていて、〈あなたの血肉を分けた子供を見捨てないで〉に続いて、〈あなたが火をつけたわたしの情熱〉ときて、〈欲望の波にのみ込まれた〉となり、〈悦びとともに果てた〉あの夜の話になる。内容の乏《とぼ》しさは痛々しいほどで、彼女がどういう女性であるかを露呈していた。

だがいくら稚拙《ちせつ》な手紙でも、彼女の狼狽ぶりは伝わる。両親の信仰ゆえに中絶を禁じられ（彼女自身も許されないことだと思っているようだし）、「未婚の母」と呼ばれるものになろうとしていて、一人で子供を育てなければならない……。アントワーヌは彼女の未来を想像してみた。だが彼の想像力は時として鈍《にぶ》くなる。このときも、彼女ほどの美人なら、子供がいても苦労なく夫が見つかるだろうと考えた。彼女の両親についても、十字架を背負うことを望んでいるような人々なのだし、犠牲の精神を気どって喜んでそうするだろうから、誰も不幸にはならないじゃないかと思った。

十一月に入ると、全国的に雨がちの天気が続いた。そんなある朝、アントワーヌはトラムに飛び乗ろうとして濡れた路面で足を滑らせたが、ぎりぎりのところで転倒せずにすんだ。

だが彼の母親のほうはそれほど運がよくなかった。その数日後、クルタン夫人はボーヴァルの目抜き通りを渡ろうとして車にはねられた。近くにいた村人たちはその瞬間の鈍い音を聞いたし、クルタン夫人が宙を飛んでどさりと歩道に落ちるのも見た。彼女は病院に運ばれ、病院から息子に連絡がいった。

アントワーヌはローラとベッドにいた（ひと月前から二人はほとんどの時間をベッドで過ごしていた。別れの危機がこうした結果をもたらすこともある）。彼は電話に出て、固まり、彼女も途中で動きを止めた。病院の看護師は詳細には触れず、とにかく早く来てくださいと言った。

アントワーヌは仰天し、サンティレール行きのいちばん早い電車に飛び乗り、夜遅くに着いた。面会時間を過ぎても入れるようにしておきますからと看護師が言っていたので、彼はすぐタクシーに乗った。病院に着くと、誰もが気を遣って慎重に言葉を選ぶので、彼は焦れて奥の手を使った。ぼくは医者ですと。

だが当直医はそれに惑わされず、アントワーヌをあくまでも患者の身内として扱った。

「頭部外傷を負っています。診察したところ骨折はなく、CTでも異常は見つかっていませんが、昏睡状態が続いています。それ以上のことは、いまはまだなんとも言えません」

医者はCT画像を見せましょうかとも言わず、最小限の情報にとどめた。それはまさに、アントワーヌが彼の立場だったら取るであろう態度だった。

母は普通に眠っているように見えた。アントワーヌは枕元に座り、母の手を取り、涙をこぼした。

そのあいだにローラがホテルを予約してくれた。

サンティレールのセンターホテル。

アントワーヌは深夜にホテルに入った。エントランスホールは艶出しワックスのにおいがした。子供のころしか嗅いだことがないにおいで、なんだかこの地方特有のもののような気がする。部屋は花柄の壁紙に、厚地織物のカーテン、フリルのついたベッドカバー……。ローラはいい選択をした。その部屋は母に似ていた。

彼は服を着たまま横になり、眠った。そして目が覚めたと思ったら、薄暗くて時間がわからず、母がそこにいた。ベッドの端に腰かけていた。

「アントワーヌ、なにかあったの？」と母が言った。「服も着たままだし、ほら、靴も履いたまま……。あなたらしくもない。具合が悪いなら、なぜそう言わないの？」

彼はぶるりと身を震わせて夢を追い払い、シャワーを浴びた。古い配管が大きな音を立てたので、ホテル中を起こしたかもしれなかった。

それからローラに電話して、熟睡していたところを無理やり起こしたが、それでも彼女は愛してると言ってくれて、眠そうな声でなおも、愛してる、わたしはここよと言い、アントワーヌは思わず部屋を見回したが彼女の姿はなく、そうだ、いましたいことはたった一つだと気づき、それは彼女に添い寝すること、愛の香りに包まれること、彼女の体温を感じること、彼女と溶け合うこと、溶けて消えてしまうことだとしみじみ思い、そこでまた彼女が愛してると言い、それは近くて遠い、低い声で、アントワーヌは泣きはじめ、やがてまどろみ、だが夜明けにはもう外に出て、通りを病院のほうへと歩いていた。

父に知らせるべきだろうかと悩んだが、二人ははるか昔に離婚したんだし、呼ぶ意味はないと思った。父は息子に寄り添うために行かなければと思うかもしれず、だとしたら嘘をつかせることになるし、そうでなければ断るだろうし、その場合は父にとって母が二十年近く前から赤の他人だったということがわかるだけで、ほかになんの意味もない。結局、誰かに電話しようと思っても、アントワーヌにはもうローラしかいなかった。まさか自分が生きる世界がこれほど小さく、狭くなっていたとは。

クルタン夫人は前夜から動いた気配がまったくなかった。

アントワーヌは生命維持装置のデータやグラフをチェックし、無意識のうちに設定まで確認すると、それ以上はなにもすることがないので、仕方なくまた枕元に座った。

心配事が次々と頭に浮かんだ。そして静かな病室で、ただ待つ以外にすることがない状況に置かれてからようやく、自分がボーヴァルのすぐ近くにいることに気づいた。サンティレールからはわずか数キロだ。

これからなにがどうなるのかは予測不能だった。母は助からないのだろうか。レミの死体は発見されるのだろうか。発見されるとしたら、それは母が息を引き取る前？　それとも後？

アントワーヌを疲弊させるもの、それはもはや罪悪感でも、追い詰められる恐怖でもなく、待つことだ。つまり不確実性だ。遠くへ旅立ちでもしない限り、いつなにが起こるかわからない、人生が一瞬で崩れ去るかもしれないという感覚のことだ。しかもそれはもう今月か来月かというあたりまで迫っている。そしてその最後の待ち時間が、マラソンの最後の数キロのように、とてつもなくつらいものに思える。

昼過ぎに、デュラフォア先生が例のごとくこっそり、ひっそりと病室に入ってきた。そういえば先生はどこに入るときでも、部屋を間違えたような様子を見せ、間違いだとわかったらすぐ踵《きびす》を返して出ていきそうな雰囲気なのだが、このときもアントワーヌがいるのに気づいた途端、まさに踵を返しかけた。先生はすぐに取り繕ったが、その前にほんの一瞬ためらいがあり、そうした一瞬こそ、思いがけない状況に遭遇したときの人の心を暴いてしまうものだ。

アントワーヌはもうずっと先生に会っていなかった。そのあいだに先生はすっかり老け込んでいたが、どれほどしわが増えてもポーカーフェイスなのは以前と同じで、なにを考えているのかわからない。相変わらず謎めいた独り暮らしをしているのだろうか。いまでも日曜には、よれよれのジャージを着て診療所の掃除をしているのだろうか。

二人は握手し、並んで腰かけ、しばらく黙ったままクルタン夫人を見つめていたが、そのうち二人ともこれでは死者に祈りを捧げているようだと気づいた。

「いま、何年生なんだ？」と先生が訊いた。

「最終学年です」

「ああ、もう……」

先生の声を聞いて、アントワーヌの心はかつてのあの不思議な数分間に飛んだ――

「きみを病院に連れていっていたら……もっと違う話になっていた。そうだろう？」

そのとおりだ。もしあの日、自殺未遂で病院に運ばれていたら、当然のことながら彼は疑われ、取り調べを受け、レミ殺害を自白し、すべて終わっていた。そうならなかったのはデュラフォア先生が守ってくれたからだ。

とはいえ、先生はなにを知っているというのだろう。決定的なことはなにも知らないのではないだろうか。ただ、隣家の子供が失踪した翌々日、村中がショックと不安で騒然となっていたときに、十二歳の少年が自殺を図ったとなれば、そこには重大な意味があるはずで、激しい心の葛藤があった証拠ではないかと考えたのだろう。

「なにかあったら——もちろんもしもの話だが——いつでも話しにきていいんだと、電話していいんだときみに伝えるために……」とあのとき先生は言った。

少なくとも今日まで、そういう日は来なかった。そして不思議なことに、アントワーヌがかつてないほど崖っぷちに近づいているこのときに、デュラフォア先生はまた現れた。

いまこそ、先生にもわかっていなかったその〝なにか〟が起ころうとしている。レミの死体がもうすぐ発見される。

アントワーヌは母の血の気のない顔を見た。

母もその〝なにか〟を感じとっていたが、それ以上知ろうとはしなかった。ただ直感的に、デスメット家の悲劇に息子が絡んでいると思い、なんだかよくわからないけれど差し迫った危険から息子を守ろうとして、あんなふうに嘘と、見て見ぬふりと、沈黙を塗り重ね、とうとう十二年も経ってしまった。

そしていまアントワーヌは、十二年前に彼の自殺未遂に気づいていた二人の人間とこの病室にいる。当時、それぞれのやり方で口をつぐむことを選んだ二人の人間と。

こうしていよいよ輪が閉じようとしている。

いまこのときにも、木材運搬用のトラックがあの丘に上がり、サントゥスタッシュの森へ向かっているに違いないし、森ではすでにブルドーザーが倒木をどけて道を切り開こうとしているに違いない。レミ・デスメットの遺体は完全にばらばらになったり、重いキャタピラーの下に埋没したりはせず、むしろ『ドン・ジュアン』の騎士像のようにぬっと立ち上がり、いまこそ裁きを求め、アントワーヌ・クルタンを追い詰め、捕らえ、裁き、有罪判決を下せと言うだろう。

クルタン夫人がなにかうわごとを言いはじめた。

アントワーヌとデュラフォア先生は並んで座ったまま、彼女のほうにかがみ込んで聞きとろうとしたが、言葉にはほど遠いつぶやきで、意味をなしていなかった。

「そのあとどうするんだね？」と先生が訊いた。

アントワーヌはなんの話かと慌てたが、少し考えたら先ほどの会話の続きだとわかった。

「えっと、人道援助の仕事をするつもりです。面接試験には受かったので……たぶん問題なく……」

先生はしばらく考え込み、それから言った。

「そうか、出ていきたいんだな」

そして不意に顔を上げ、大発見でもしたようにアントワーヌをじっと見た。

「田舎は窮屈だから、そうだろう？」

アントワーヌは否定しようとしたが、先生はかまわず続けた。

「そうだよなあ。あの村は小さい。わたしにもわかるよ。なにしろ……つまりだな……」

先生はそこで言葉を切ると、また黙り込んでしまい、ずいぶん長く思考の海に潜っていたが、そこからようやく上がってきたと思ったら、来たときと同じように静かに立ち上がり、猫のように音も立てず、感情も見せず、軽い会釈と驚くべき謎の言葉だけを残して出ていった。

「アントワーヌ、わたしはきみのことが大好きだよ」

その日の午後遅く、アントワーヌは病院の管理部門から必要書類と母の着替えなどを取ってくるように言われ、二度とボーヴァルには足を踏み入れないという彼の決意は脆くも崩れ去った。頼める人などいないので、自分で家に取りにいくしかない。

村に戻ると思っただけで息が苦しくなった。家はムショット家の隣だし、もしエミリーにでも見つかったら、とんでもない修羅場になるのは目に見えている。

そこで彼は、母が看護師さんに体を拭いてもらうのが終わってからにしようとか、担当医の回診のあとにしようとか、あらゆる口実を考えて先延ばしした。

そしていらいらしながら何気なくテレビをつけたら、ちょうど夕方のニュースをやっていた。

テレビはこの日の午前中にあった出来事で大騒ぎになっていて、どの局もそのニュースを繰り返し流していた。サントゥスタッシュの森の工事現場で、子供の白骨死体が発見されたのだ。

憲兵隊は慎重に構え、死体発見の事実を認めただけで、死体の身元については不明と発表していたが、記者は（この地域の誰もがそうだろうが）レミ・デスメットに決まっているという口調だった。それ以外に考えられないと。

アントワーヌはそろそろこういうニュースが出るはずだと覚悟していた。いや、それどころか、もう十年以上も前からいつかこうなるだろうと思っていた。だが実際には、近親者の死と同じことで、本当の意味の覚悟などできていなかった。

ほかのニュースをすべて押しのけて、死体発見関連のニュースばかりが続き、現地の映像も次々と映し出された。作業を中断した工事現場、放置されたトラック、鳴りを潜めるブルドーザー、忙しそうに立ち働く白いつなぎ姿の鑑識官、その近くに停まっている警察車両、その回転灯が照らし出す立ち入り禁止テープ、そのテープの先で慎重に動き回る憲兵隊員や私服警官。だがこれらすべては舞台装置でしかなく、メディアが夢中になっているのはレミ・デスメットだった。死体発見から数時間のあいだに、フランスのテレビにもっとも多く映し出され、もっとも多くの人の目に留まった写真は、かつて捜索のために使われたあのレミの写真だ。リポーターたちは先を争ってデスメット夫人をつかまえようとし、家を取り囲んだ。本人のインタビューは難しいとしても、近所の人、商店街の人々、村会議員、通行人、郵便配達員、教師、同級生の親などのインタビューにはなんの苦労もない。誰もがこの展開に涙し、村全体で悲しみを分かち合うことにある種の喜びさえ感じていたのだから。

アントワーヌは少しは冷静に事の成り行きを見極めようと思っていたが、その努力はこの蜂の巣をつついたような大騒ぎで押し流されてしまった。さあ、ちゃんと考えろ、と彼は自分に言い聞かせた。考えろ、これからどうなるかを。

ローラが電話をかけてきたのはちょうどそのときだ。彼女と話すことなど考えられもしなかったので、出なかった。

うわごとが増えてきている母に背を向けたまま、アントワーヌはその日の午後中テレビにかじりついていた。そして事件の展開を追い、掘り起こされた白骨死体の分析からわかったことや、そこから考えられる被害者の身元（ここでまたしてもレミの写真。髪をなでつけ、青いゾウがプリントされたTシャツを着て、にっこり笑っている）、死因、死の前後に暴力を受けたかどうか等々の報告や推測に耳を傾けた。捜査は再開されるのかとの各方面からの質問に対して、憲兵隊、司法当局、管轄省庁は口を揃えて、この事件の捜査は打ち切られていたわけではありませんと断言していた。この時点で関係者が、そして世間が一心に期待していたのは、本格的な捜査の再開と犯人逮捕に結びつくような新たな手がかりの発見だった。

やがて画面はボーヴァルの村役場前に切り替わった。アントワーヌはそこに映し出された村人たちを見てめまいを覚えた。彼らはリポーターが差し出すマイクの前に群がっていて、そのなかの一人が――若い女性だったが――いかにも深刻ぶった顔でインタビューに答えていた。周囲の人々は悲愴な顔で眉をひそめながらも、自分が映っているかどうかを気にしてモニターのほうにちらちら目をやっている。

「捜査当局によれば、当時レミ君が何者かに連れ去られたという可能性は残るものの、遠くへ連れていかれたとは考えにくく、この付近に監禁されていた可能性が高いとのことです。だとすれば捜査の対象はこの村に絞られることになるでしょう。そう、いまわたしがいるこのボーヴァルに、です」

事件は出発点に舞い戻り、ヘビはいよいよクルタン家に這い寄ろうとしていた。アントワーヌはまた尋問されるだろうし、当時のことでなにか思い出したことはないかと多くの人に訊かれるだろう。だがそこでつかなければならない嘘の一つ一つはいまや鉄床《かなとこ》のように重く、彼にはとても持ち上げられそうもない。憲兵が玄関のチャイムを鳴らしただけで、もうなにも言わずに、手錠をどうぞと両手を差し出してしまいそうだ。

クルタン夫人のうわごとは続いていたが、アントワーヌはぐったりして椅子の上でうたた寝してしまい、目が覚めたときはもう翌朝の五時過ぎだった。洗面台の鏡をのぞいたら、指名手配中のポスターのような顔が映っていた。村へ書類を取りにいかなければならないことを思い出し、自分を叱咤して病院を出た。駅まで歩き、始発電車の到着を待っていたタクシーに乗り、家に着くまで誰にも見られませんようにと祈りながらボーヴァルに向かった。その祈りは届いた。家の前に着くまでは。

タクシーを降りたとき、彼は思わず隣家のほうをちらりと見た。すると、偶然なのか、予感がして待っていたのか知らないが、まだ朝の六時前だというのに窓辺にムショット夫人が立っていて、ガラス越しにこちらをじっと見ていた。この世のものならぬその美貌は、まるで悪夢のなかの亡霊だ。しかもその亡霊は、クモのように巣に獲物がかかるのを待っている。

彼は急いで家に入った。

クルタン家は田舎風で垢抜けないとはいえ、クルタン夫人がまめなのでいつもこざっぱりと片づいていて、どんな物でもこの世が始まったときから同じところにしまわれている。だから必要な書類は探すまでもなく、引き出しのなかにあった。昨夜は絶望と動揺のうちに椅子の上でうたた寝しただけだったので、アントワーヌはひどく疲れていて、我慢できずにソファーに横になり、たちまち眠りに落ちた。目を覚ますと十時過ぎで、少し眠れたとはいえ体がだるく、気分も沈んだままで、なんだか二日酔いの朝のようだった。あるいはクリスマスパーティーの翌朝というか……どちらも同じようなものだ。

母の年季の入った器具でコーヒーを淹《い》れたら、子供のころと同じ香りと味がした。

事件があれからどうなったのか気になって、ソファーに座るとすぐテレビのリモコンに手を伸ばした。するといきなり共和国検事（日本の地方検察庁の長に相当する）の顔がアップで映し出された。「昨日発見された白骨死体の身元」についての発表だった。

「一九九九年十二月二十三日に行方不明になった、レミ・デスメット君に間違いありません」

アントワーヌの手からカップが滑り落ち、カーペットの上で割れた。彼は反射的に窓のほうを振り向いた。かつてのデスメット家の前に村中の人が集まって、こちらに向かって復讐だとわめいているのが聞こえたような気がしたのだ。

「一九九九年の洪水は、サントゥスタッシュの高台には達しませんでした。また当時の強風で倒れた木々に守られたことで、遺体の劣化がある程度抑えられたため、鑑識も身元を割り出すことができました」

アントワーヌが足元に目をやると、コップの破片が散らばっていて、カーペットの上にコーヒーの黒っぽい染みができ、広がりつつあった。ナプキンにこぼれたワインの染みが広がっていくように。そう、レミの血のように……。

「被害者は右のこめかみに強打を受けていて、おそらくはそれが死因だと思われます。ほかにも暴力を受けたかどうかについては、まだなんとも言えません」

それは当然の成り行きでしかなかったが、アントワーヌは捜査が自分に近づいてくる速さに恐れをなし、二日前からの疲労も重なって、居ても立っても居られないくらい動揺していた。

そこで立ち上がり、震える手で病院に持っていく書類を取り揃え、フュズリエールからタクシーを呼び、外で待ち受けようと玄関を出た。外の空気が吸いたかった。ところが庭を出たところでラジオのリポーターがいきなり現れ、マイクを突きつけてきた。

「レミ少年の失踪当時からここにお住まいですか？　ということは彼をよくご存じですよね？　どんなお子さんでしたか？」

アントワーヌは家に戻るわけにもいかず、適当にもごもご言ってごまかしたが、すぐに聞き返されてもう一度言うはめになった。

「えっと……、レミ君は隣人で……」

それでは答えにならない。リポーターはもっと個人的で感情に訴える言葉を期待していたのだが、アントワーヌにはそれがわからなかった。相手は焦れた。

「あの、ですから……どんなお子さんだったんですか？」

そこへタクシーが来たので、アントワーヌは飛び乗った。

発車したときにはリポーターはもう次の相手にマイクを向けていた。ショールにくるまった若いブロンドの女性。ちょうど家から出てきたエミリーだ。少し太っていて、リポーターの質問に答えながら、恨みがましい目でこちらを見ていた。

クルタン夫人のうわごとはまだ続いていた。時おりうなされたように首を振りながら、わけのわからないことを言ったり名前を呼んだりする。息子や前夫（アントワーヌ、クリスティアン）はもちろん、アントワーヌが知らない名前もあり（アンドレ）、子供のころに親しかった誰かだろうかと思われた。

アントワーヌはずっと枕元に座ったまま、母を見守り、時々額の汗を拭いてやった。看護師が母の体を拭くときは部屋を出たが、終わるとすぐに戻り、疲れた体を椅子の上に落とす。相変わらず気分が悪く、胸も苦しかった。

母の頭のなかでは同じ場面が繰り返し上映されているようだった。首の動きもうわごとも同じ繰り返しで——「アントワーヌ、アンドレ……」——そばで見ているほうもつらかった。しかも壁に掛けられたテレビからは続々とレミ・デスメット事件のルポが流れてくるので、ますます息が詰まる。

テレビ局は事件発生当時の映像を山ほど引っ張り出してきていた。十数年しか経っていないのに、どの映像もずいぶん古びて見える。村役場前の広場にはまだプラタナスがあり、レミの家にはまだデスメット氏がいて、押しかける報道陣に腹を立て、ハエの大群でも追い払うように手を振っている。森の捜索の日の朝に、村長としてせわしなく動き回るワイザー氏、グループに分かれた捜索隊が歩きだすところ、そしてあの暴風雨、洪水、吹き飛ばされたり流されたりした車、倒木の山、がっくり肩を落とす村人たち……。

携帯にはこの日一日中、ローラからのメッセージが入りつづけた。どれもすべて同じで、〈愛してる〉だけだった。

クルタン夫人は夕方六時ごろにようやく意識を取り戻した。アントワーヌはすぐに看護師を呼んだ。するとどやどやと人が入ってきて、彼は押し出され、廊下で待つしかなかった。一時間以上経ってからようやく看護師が一人出てきて、意識障害は回復しましたが、まだしばらく様子を見る必要があります、でももうずっと病院にいる必要はありませんよ、経過はこちらからお知らせしますからと言ってくれた。

アントワーヌは上着を取りに病室に戻った。さあホテルに帰って寝よう、寝るんだ……。

病室のテレビがつけっぱなしになっていて、彼は何気なくモニターを見た。

「鑑識官が現場で明らかに被害者のものではない毛髪を採取したとのことです。もちろん加害者のものと断定することはできませんが、その可能性は高いと思われます。毛髪はすでにDNA鑑定に回されており、結果が出次第、つまり遠からず、国の遺伝子情報データベースと照合されます。もし特定できれば、その人物は、なぜ毛髪が失踪した少年の亡骸のそばにあったのか、説明を求められることになるでしょう」

18

アントワーヌはホテルのベッドで眠れずにいた。すると真夜中少し前、足音が聞こえてきて誰かがドアをノックした。と思ったら返事も待たずにローラが入ってきて、バッグを置き、上着を椅子に投げ、彼が口を開く間もなくベッドに飛び乗り、彼の首元に顔をうずめた。走ってきたのか息が荒かった。アントワーヌはそっと彼女を抱きしめた。こうして思いがけず来てくれたことを自分がどう感じているのか、彼にはよくわからなかった。

こんなときでなければとっくに彼女を押し倒していただろうが、この夜は……。ぼくの正体を知ったら、ローラはどんな反応を示すだろう。想像もできないし、したくもないが、おそらくはぼくのもとを去るだろう。母のほうは容易に想像がつく。事件当初からなにか感づいていながら見て見ぬふりをしてきたが、事実を突きつけられたらそれも終わりだ。母は死ぬだろう。ローラは彼の上でじっとしていた。しばらくすると起き上がって服を脱ぎ、彼の服も子供を着替えさせるように脱がせてしまい、シーツとシーツのあいだを開けて二人で潜り込めるようにし、そのなかで彼に抱きつき、ぎゅっと腕に力を入れ、そのまま眠った。

アントワーヌは疲れ果てていたが、眠れなかった。ローラの寝息は深く、穏やかだった。こんなふうに彼女に信頼されていることが苦しくてたまらない。アントワーヌは声もなく泣きはじめた。

するとローラが目を閉じたまま、手だけを動かして人差し指で彼の頬をさぐり、涙をぬぐい、そこに手を置いたまま、また寝入った。

彼もそのあとようやく眠りに落ちた。そして目が覚めたらもう日が昇っていて、腕時計が九時半を指していて、ローラの姿はなく、テーブルの上に破りとられた雑誌のページがあり、その余白にひと言〈愛してる〉と書かれていた。

それから二日のあいだに、クルタン夫人は順調に快方に向かった。顔色は悪いままで、体力と食欲もなかなか戻らなかったが、言葉がもつれるようなことはほぼなくなり、時間と空間の感覚も正常に戻り、平衡感覚も戻った。そしてレントゲンによる最終確認のあと、医師は退院を許可した。

クルタン夫人はもうだいじょうぶだとアピールしたいのか、どうしても自分で荷造りすると言って聞かず、ふらりとするたびにサイドテーブルやベッドの端に指をついて体を支えながら、荷物を片づけはじめた。

アントワーヌが衣類を渡し、母がそれをたたんできれいに重ねていくのだが、そのあいだも二人の視線はテレビに釘づけになっていた。ニュースは相変わらずレミ・デスメット事件の続報ばかりだ。

見覚えのあるリポーターがまた出てきた。数日前にボーヴァルの村役場前でインタビューしていた、あの若い女性のリポーターだった。

「遺体の近くで発見された毛髪の件ですが、DNA鑑定により、持ち主について少しはわかったことがあるようです。まず男性であること、そして白人であることとです。身長などはわかりませんが、瞳が茶色で、髪も明るい色だというのは確かです。しかしこれだけでは対象者が多すぎてどうにもなりませんし、モンタージュ写真も作れません」

アントワーヌはその情報が繰り返されるのを待ち、もう一度聞いたうえで慎重に結論を下したが、それでも信じがたく、この結論にすぐ飛びついていいのかどうか迷った。

つまりこういうことだ。憲兵隊はあるDNAを手にしていて、それはおそらく彼のものだろうが、彼のDNAは登録されていないので、今後登録されることがない限り、レミ・デスメット殺害の犯人だと断定されることはまずない。

実際、このままでは捜査の本格的な再開も危ぶまれる状況だった。毛髪以外になんの手がかりもないのだから。

十年以上も経ってから、レミ・デスメット事件は池に葉が落ちたように思いがけなく波紋を描いたが、その葉はすぐに沈んでいきそうだ。

だとしたら、アントワーヌも普通の人生を取り戻せるのだろうか？

「まあ、クルタンさん、クリスマスをご一緒できると思っていたのに！」

と小柄で褐色の髪の溌剌とした看護師が顔を出すなり言った。この看護師は退院が決まった患者全員にその冗談を言っているようで、クルタン夫人の反応も楽しみにしていたに違いないが、残念ながら患者もその息子もテレビのほうばかり見ていて振り向きもしない。二人があまりにも真剣に見ているので、看護師もつられてテレビを見はじめた。

そのときカメラがとらえていたのはフュズリエールのスーパーマーケットで、それも正面入口ではなく、従業員用の側面の出口だった。そしてそこから、コワルスキー氏が二人の憲兵にはさまれて出てきた。

「この事件の唯一の容疑者はいまに至るまでこの人物だけです。以前はマルモンの精肉店の店主で、事件直後に逮捕されましたが、証拠不十分で釈放されました。当局はおそらくコワルスキー容疑者を説得してＤＮＡを採取し、今回発見された毛髪のＤＮＡと比較しようと考えているのでしょう」

荷造りしていたクルタン夫人の動きが急にせわしなくなった。元雇い主の話になると苛立ちをあらわにするのが常だが、このときも信頼していたのに裏切られたといった怒りが顔にも出ていた。もっともコワルスキー氏についてはずっと前からけちだとか、人を食い物にするとかさんざん言ってきたのだから、いまさら裏切られるもなにもないだろうとアントワーヌは思う。でもまあ誰でも、そうとは知らずに接していた人が、あとから変質者、詐欺師、あるいは怪物のような人間だったとわかったら憤りを感じるだろう。母の反応もそういうことかもしれない。

コワルスキー氏が連行されたと知って驚くのは、十二年前に続いてこれが二度目だった。もう一つ二度目だったのは、コワルスキー氏を見て漠然と、さほどやましいとも思わずに、なにかの間違いでこの人が犯人にされたら助かるんだけどと思ったことだ。もっともDNAは嘘をつかないから、今回は間違いなどありえないが、それでもやはり、この人が自分の代わりに有罪になってくれたらと思ってしまう。久しぶりに見るコワルスキー氏はひどく老け込んでいた。髪が白くなり、もともとやせていた顔はいまや骸骨のようで、歩くのもゆっくりだし、両手をぶらりと下げていてだるそうだ。

コワルスキー氏の精肉店は一九九九年の逮捕騒ぎを乗り切ることができなかった。無罪放免となったにもかかわらず、人々は彼に背を向け、客足が遠のき、店を売らなければならなかった。その後はフュズリエールのスーパーの肉売り場のチーフをしている。

だが連行されたといっても、今回も数時間か一日、長くて二日で釈放されるだろうし、それがこの事件の最後の進展となり、あとはお蔵入りを待つだけではないだろうか。一分経つごとに、アントワーヌは胸が軽くなるのを感じ、この先の人生を思い描ける気がしてきた。ローラ、卒業、異国への旅立ち……。

母は無事退院となった。母子でタクシーに乗って家に帰ると（「贅沢しちゃったわ。バスでもよかったのに」）、母はさっそく家中を換気し（「アントワーヌったら、これくらいのことはしといてくれてもいいんじゃない？」）、買い物のリストを作った（「いい？　ラスクはウドベールのじゃなきゃだめ。なかったら買わなくていいの！」）……。アントワーヌは子供のころから母の際限のない口やかましさに苦しめられてきたが、それもあと少し、フランスを離れるまでのことだと思った。とりあえずいまは母が家に戻れたことがうれしくて、ほっとしてもいたので、指示も忠告もさほど耳障りには感じなかった。それから母は友人知人に片っ端から電話をかけ、「幸い大事には至らなかったのよ」と様子を知らせた。最後の一人にかけるころには、退院の知らせがすでに村を三周していた。

商店街に行けば出会う人全員から母のことを訊かれるとわかっていたので、アントワーヌは買い物に出るのをぎりぎりまで遅らせた。だが結果は変わらず、最初の店からさっそくつかまった。聞いたわよ！　ブランシュが戻ったんですって？　よかったよかった、ほんとに怖かったから、だって、ほら、わたしはその場にはいなかったんだけど、なんでも空中を飛んだって！　ねえ、まったく、怖いったらない……。アントワーヌがもう一つ気になっていたのは、エミリーの不運のことが知れ渡っているのかどうかだったが、幸いまだ誰も知らないようだった。エミリーも両親も、これが他人だったら自分たちが率先して後ろ指をさすような状況に、自分自身が置かれていることを認めたくないのだろう。

村役場の正面階段にテオがいて、こちらに気づいて手を振りながら、忙しそうに階段を駆け上がっていった。〝マドモアゼル〟ともすれ違った。ヴァルネール先生の娘はいまそう呼ばれている。父親が亡くなってから介護施設にいて、週に二度、職員に車椅子を押してもらって目抜き通りのあたりをぐるりと回る。その途中《カフェ・ド・パリ》のテラス席でひと休みするのが常で、夏はそこでアイスクリームを食べ、顎に垂れると職員が拭いてやり、冬は熱々のココアを注文し、これも職員が少しずつ冷まして飲ませる。この日も彼女は《カフェ・ド・パリ》にいた。車椅子はかつてのような派手なアート作品ではなくなっていたが、彼女自身は変わっておらず、相変わらず枯れかけたブドウの木のようだったし、タータンチェックのひざ掛けの上に置かれた手は青白く、デスマスクのような顔なのに目だけが燃えていた。

アントワーヌはどの店でも辛抱強く自分の番を待ちながら、周囲の会話に耳をそばだてた。

彼はちょっとした陶酔に浸っていて、それはこの数日の憔悴のせいでもあったが、同時に憔悴の原因である気がかりが徐々に取り除かれつつあったからでもある。あとはエミリーとの問題さえなければ……。だがそれさえも、これまでさらされてきた数々の脅威に比べればちょっとした厄介事でしかない。少々金が要る、それだけのことだ……。

とはいえ、まだ信じてはいけないと彼は思った。

早く学業を終えて、遠い国で仕事に就き、人生をやり直す、それができてからでなければ安心できない。

19

案の定、コワルスキー氏はその二日後に釈放された。だがボーヴァルの人々は疑いの目を向けつづけた。彼らはそう簡単には意見を変えないし、火のないところに煙は立たぬという考え方がこの村から消えることはない。

アントワーヌの不安が薄れるのと同時に、母のニュースへの関心も薄れていった。退院前には病室でテレビにかじりついていたが、もはやそういうことはない。共和国検事が裁判所の前で記者の質問にこう答えたときも、アントワーヌとは違って、母は片耳でしか聞いていなかった。

「いいえ、ボーヴァルの住民全員を対象にDNA鑑定を行うというのは現実的ではありません。予算枠をはるかに超えますし、それよりなにより、明確な根拠を欠いています。問題のDNAの持ち主を――たとえそれが本当にレミ・デスメット事件の加害者だったとしても――ボーヴァルの住民だと考える理由は一つもなく、近隣の村、あるいはそれ以外から来た人物かもしれないのですから」

「ほらやっぱり」と母がつぶやいた。ずっと前から自分が主張していたことを検事が認めてくれたとでも言いたいらしい。

最後まで引っかかっていた不安がこうして取り除かれたので、アントワーヌはこれで村を離れられると思った。母も元気を取り戻していたし、戻って試験の準備もしなければ。

「もう帰るの？」と母が信じられないという顔で言った。

そして帰るならその前に「ちょっとしたランチ」を作るからと言い張り（彼女は大事だと思うものすべてに〝ちょっとした〟をつける）、コートを羽織り、商店街へ出かけていった。そこで母が、どうってことないというふりを装いながら、〝九死に一生を得た奇跡の人〟を演じるところが目に浮かび、アントワーヌはくすりと笑った。

彼は荷物をまとめた。ローラにはあえて知らせず、今度はこちらがいきなり帰って驚かせようと思った。

昼食のとき、クルタン夫人はこの際だからとポルト酒を少し飲んだ。二人はこれといって話もしなかったが、じつはどちらも少々驚いていた。それぞれ思いがけないピンチに見舞われ、数日前までどう転ぶかまったくわからなかったのに、いまこうして向かい合ってのんびり食事をしているというのが信じられなかった。

食事が終わるとクルタン夫人は時計を見ながらあくびをかみ殺した。

「まだ時間あるよ」とアントワーヌは言った。

そこでクルタン夫人は息子が出る前にひと眠りしようと二階に上がった。

家のなかがしんとした。

そこへ唐突にチャイムが鳴り、アントワーヌが玄関を開けた。

立っていたのはムショット氏だった。

どちらも手を差し出さず、会釈もせず、そのことで余計に気まずくなり、二人は立ち尽くした。そういえばこの人と面と向かって話をしたことは一度もないとアントワーヌは気づいた。

それからようやく一歩下がり、どうぞお入りくださいと言った。

ムショット氏は背が高く、軍人のように髪を刈り上げていて、鷲《わし》鼻だ。しかも常に威厳を保とうと背筋を伸ばしているので、なんとなくローマの皇帝を思わせる。両手を背中に回して胸を反らせ、顎を高くしているところは、百年くらい前の教師と言ってもいい。

アントワーヌは嫌な予感がした。エミリーのことは事故のようなものなのに、それで説教などされてはたまらない。ムショット家がどうしてもエミリーに出産させると言うなら、アントワーヌにはどうしようもないが、そのことでこちらが罪悪感を覚えるいわれもない。だがムショット氏の断固とした、いや、威嚇的とさえ思える態度を見て、これは簡単に片づきそうもないと思った。相手は金を要求しようとしていて、将来の医者の稼ぎを早くも勘定に入れているのだろう。

アントワーヌは拳を握りしめた。相手はこの状況を利用しようとしているのに、こっちはどんな権利があるかもまだ調べていなかった……。

「アントワーヌ」とムショット氏が口火を切った。「うちの娘はきみの誘いを断り切れなかった。きみにしつこく言われて――」

「無理強いなんかしてません！」

アントワーヌは直感的に攻めに出るべきだと、無実を訴えるべきだと思った。丸め込まれるのは御免だ。

「そんなことは言っていない！」とムショット氏が言い返した。

「それはよかった。ぼくはエミリーに解決策を提案しましたが、彼女はそれを拒否した。それは彼女の選択であり、責任でもあります」

ムショット氏は唖然とし、顔をひきつらせた。

「まさかきみは……」

ムショット氏はそれに続く言葉を喉に詰まらせた。

自分が中絶を勧めたことを、彼はエミリーから聞いていたのか、それともいま知ったのか、アントワーヌにはわからなかった。

「そうです」とアントワーヌは言った。「それこそまさにぼくが言いたいことで……。まだ可能です。ぎりぎりですが……でも可能です」

「命は神聖なものだ！　神が望まれたからこそ――」

「神なんか持ち出さないでください！」

言葉で張り倒したようなものだった。ローマ皇帝の威厳はどこへやら、ムショット氏はすっかりうろたえ、それを見てアントワーヌはますます強気に出た。

息子の大声を聞きつけて、クルタン夫人が階段を下りてきた。

「アントワーヌ？」と彼女は最後の段に足をかけながらそっと声をかけた。

アントワーヌは振り向かなかった。クルタン夫人は首を伸ばして玄関のほうをのぞいた。すると息子がムショット氏と向き合い、どちらも肩を怒らせていて、いまにも嚙みつきそうになっているので恐ろしくなり、つま先立ちで二階に戻った。ムショット氏は頭に血が上っていて、クルタン夫人に気づきもしなかった。

「よくもそんな……きみは、エミリーの顔に泥を塗ったんだぞ」

ムショット氏は声を低くし、一語一語をはっきりと発音した。おまえの言い分は非常識極まりなく、信じがたいほどだと相手にわからせたいからだった。

だがアントワーヌはひるみもせず、さらに言ってのけた。

「それを言うなら、ぼくが最初じゃないことは確かですよ」

　今度はムショット氏が大声を張り上げた。

「このうえさらに娘を侮辱するのか！」

　だが議論はもはや一方的で、すでにダウンしかかっている相手にパンチを見舞うのは気が引けたものの、アントワーヌはガードを下げるつもりはなく、このまま行くと決めた。

「お嬢さんは自分の欲望に従ったのであって、ぼくのせいじゃない。それでもぼくは――」

「婚約してたんだぞ！」

「ええ、それなのに彼女は平気でぼくと寝たわけです」

　アントワーヌはなんとしてもこの難局を切り抜けなければならなかったし、ムショット氏のような相手には遠回しに言っても通じないと思った。

「ムショットさん、お気持ちはわかります。しかしここだけの話、お嬢さんは決してうぶじゃありません。妊娠したからといって、ぼくだけが責められるのはおかしいし、その……ほかにも責めるべき相手が何人もいるってことです」

「前からいけすかないやつだと思っていたが……」

「だったらお嬢さんに、次は相手をよく選べとおっしゃったらいい」

ムショット氏はそうか、わかったと頷いた。

「きみがそういう態度に出るんなら」

そして背中に回していた手を前に出して、ハエでもたたくように振った。その手には丸めた新聞が握られていた。

「いまじゃ誰でも知ってるんだ、鑑定という手があると」

「なんのことです?」

アントワーヌは青ざめた。

ムショット氏はしめたという顔をした。

「きみを訴える」

アントワーヌはまずいと思ったが、実際どうまずいのかまだわからなかった。

「訴えて、DNA鑑定を要求する。検査すればきみが父親であることが証明される!」

アントワーヌは口を開けて固まった。衝撃で頭の回転が止まり、冷静に判断することもできない。こいつは、この馬鹿は、よく考えもせずに言いたい放題だ!

「出てってください」アントワーヌは抑揚のない声で言った。

「いまなら間に合うぞ」とムショット氏がずしりと響く声で言った。「きみはまだ名誉ある道を選ぶことできる。これを逃したら、エミリーばかりかきみも大恥をかくことになる。言っとくがな、わたしは口にしたことは必ず実行する。裁判所に行って、きみの

DNA検査を求める。そうなればきみは面目丸つぶれになり、結局はうちの娘と結婚し、子供を認知せざるをえなくなる！」

彼は軍隊式に回れ右をし、ドアを勢いよく閉めて出ていった。

血の気が引いて、アントワーヌはドア枠にしがみついた。動かない頭で、なんとかしなければと必死で考えた……。

彼は階段を駆け上がり、部屋に飛び込み、ドアを閉め、行ったり来たりしはじめた。

本当にエミリー・ムショットと結婚するしかないのか？

考えただけで吐き気がした。それに、そうなったらどこで暮らすんだ？　エミリーは外国に行くことなど、両親と離れることなど絶対に受け入れないだろう。

それに乳飲み子がいたら、人道援助組織に採用してもらえないんじゃないか？

ということは、この村で生きていくしかなくなる？

そんなのは無理だ、耐えられない。

アントワーヌは落ち着いて具体的に考えてみようと思った。まず、ムショット氏が訴えを起こす。裁判所に行って、訴状を提出する……。判事はおかしいと思うのでは？

「このようなことはレイプ事件でなければ行われません」と彼は言うだろう。「お嬢さんはレイプされたと告訴しているのですか？」

いいえ。

アントワーヌは胸をなでおろした。ムショット氏の要求を受けつける判事などいないだろう。考えられない。

いや、ちょっと待て……。そこで判事はこう考えるかもしれない。自分が父親ではないという自信があるなら、なぜアントワーヌ・クルタンはさっさとDNA検査に応じなかったのか。

判事はDNA検査を拒否する男に違和感を覚えるのではないだろうか。レミ・デスメット事件で犯人のものかもしれないDNAがわかったこのタイミングで……。しかもアントワーヌ・クルタンは失踪前のレミを最後に見た人々の一人……。

念のため調べようということになるのでは?

そうなったら終わりだ。自分はもう尋問に耐えられない。無理だ。ごまかそうとしてもぼろが出て、おろおろし、判事に怪しまれる。軽罪をきっかけに重罪が暴かれるという例は過去にもあるだろうし……。

となれば、判事も彼にDNA検査を迫るかもしれない。

譲歩したほうがいい。

訴えられる前に検査を受けて、白黒つけてしまったほうがいい。

そう思ったら少し気が楽になった。もし父親だとわかったら、養育費を払わされるだろうけど、それだけのことじゃないか。結婚を無理強いされることにはならないだろう。

彼女と結婚して人生を棒に振るなんて冗談じゃない。あんな女と、あんな……。彼は言葉を探したが、出てこなかった。

壁の向こうで小さい音がした。カタンとかコトンとか、安ホテルで音を気にしながら物を動かすときのような。

母が部屋の片づけをしている音だ。例のごとく、なにごともなかったかのように整頓済みの部屋を整頓している。そういう場面を子供のころから何度目にしてきたことか。

音を介して母の存在を半ば物理的に感じとったことで、彼は骨の髄まで凍りついた。もし検査で自分が父親だとわかったら、しかもそのうえでエミリーとの結婚を拒否したら、ムショット家はそのことを村中に言いふらし、クルタン家をなじるに決まっている。

そうなったら母はどうなる？

評判に傷がつき、その傷を背負って生きていくことになる。卑怯で、無責任で、不実な男の母親と見なされる。どこに行っても後ろ指をさされ、じろじろ見られ、悪く言われ、道義的に非難される。そんな生活には母は絶対に、絶対に、耐えられない。

アントワーヌには母しかおらず、母には彼しかいない。

母をそんな目に遭わせることは、彼にはできない。

母は命を絶つだろう。

ということは、道は一つしかない。検査を受け、その結果がいいほうに出ることを祈る。

これほど心もとない道なんてあるだろうか？

しかもそれだけじゃない。

アントワーヌは病院で見たニュースを思い出した。

「……ＤＮＡを採取し、今回発見された毛髪のＤＮＡと比較しようと考えているのでしょう」

めまいがしたので腰を下ろした。検査を受けたら受けたで、その結果が白だろうが黒だろうが、自分のＤＮＡはどこかに保存される。

そのデータは存在しつづけることになる。ずっと、いつまでも。

データはどこに保存されるのだろう。行政はそのデータベースにアクセスできるのだろうか。

将来にわたって、レミ・デスメット事件の問題のＤＮＡと照合されることはないと誰が言える？

いつ何時《なんどき》、入手可能なあらゆるＤＮＡデータベースとの照合を司法当局に認める決定が下されないとも限らない。

彼の頭上にはダモクレスの剣が吊るされ、その状態がずっと続く。

それが嫌なら、検査を拒否するしかない。

アントワーヌは振り出しに戻っていた。ジレンマだ。検査を受けようが受けまいが、行き着くところは変わらない。今日避けて通ったものは、明日の脅威になる。

それが一生続く。

「アントワーヌ、乗るのは何時の電車だった？」

母がそこにいた。音に気づかなかったが、ドアから顔を出していた。そして母は立ちどころに息子の動揺を見抜いた。

「あ、まあ、それに乗らなくても、もっと遅いのでもいいわよね……」

母はドアを閉めて下りていった。

アントワーヌはまた部屋を行きつ戻りつしながら、考えをまとめようとした。だが何度やっても同じ答えにぶち当たる。それしか解決策はない。つまり、ムショット氏に訴訟を起こさせないようにすること。

そうでないなら、不安とともに生きる覚悟が必要だ。しかもおそらくは逮捕され、国中が注目する裁判にかけられ、十五年は刑務所で暮らし、〝子供殺し〟という恐ろしい汚名を一生着せられる。これまでどうにか避けてきたすべてのものが襲いかかってくる。

十二歳で罪を犯してから十二年が経ったいま、一九九九年十二月のあの日にアントワーヌが幕を開けてしまった悲劇が、いまここで最後の一場を迎えようとしている。

日が暮れた。

やがて夜も更けた。

クルタン夫人は息子に声もかけず、なにも訊かずに先に眠りについた。

アントワーヌは朝までずっと部屋のなかを歩き回っていた。彼にとっては地獄をさまよっているのと同じだった。彼の人生は終わりのない敗北だ。子供のときの苦しみと、そこから生じたたった一度の怒りによって決定づけられた敗北。それ以外のなにものでもない。

そして日の出とともに、彼はこう思った。エミリーとのことで、結局のところ自分は自分に有罪判決を下したのだと。そして彼が受ける罰は、刑務所で過ごす年月ではなく、彼が子供のころから忌み嫌ってきた生き方、彼が嫌悪するものばかりに囲まれ、凡庸極まりない人々とともに生きる人生という形を取るのだと。せっかく身につけた好きな仕事も、大嫌いな形でしか生かせない……。

全人生を犠牲にして、自由の身で刑に服すること、それが彼に科せられた刑罰だ。

あたりがすっかり明るくなったころには、アントワーヌは白旗を掲げていた。

二〇一五年

20

もう一週間以上も雨が降りつづいていた。しかもこの季節は暗くなるのが早いので、往診は楽ではなかった。効率よく回ろうと予定を組みはするのだが、いつも途中で予定外の呼び出しがかかって、同じ日にマルモンに二回行ったり、ヴァレンヌに三回行ったりするはめになり、無駄なく回れたためしがない。

アントワーヌは腕時計を見た。夕方六時十五分。待合室には優に十数人の患者が待っているだろうし、家に帰れるのは九時過ぎになりそうだ。バックミラーで自分の顔を見た。結婚式の数日前に口ひげを生やすと決め、以来ずっとそうしている。そのせいで随分老けて見えるようになり、母にまでそう言われたが、彼にとってはどう見えようとかまわなかったし、エミリーにとってもそうだった。そう、彼女はどうせ……。とにかくとんでもない女だ、あいつは。結婚を決めた直後は彼女に対してやたらに腹が立ち、あんなにもたやすく一杯食わされ、恐怖に怯えて浮足立った自分を責めた。いまからでも

ＤＮＡ検査を受けようとさえ思った。でもそうしなかったのは、選んだ道はもう変えられないからだ。じたばたするには遅すぎた。

その後、彼は肩の力を抜き、妻を別の目で冷静に眺めてみた。それで愛するようになったわけではないが、どういう女か理解することはできた。あれは蝶《ちょう》だ。気まぐれで、無節操で、癇癪《かんしゃく》持ちで、思慮も後悔も知らない。その美しさは衰えを知らず、出産後も数週間で元のプロポーションに戻った。締まったウエスト、完璧な胸、そしてあの尻……。シャワー中の彼女を驚かせにいくときなど、あの腰のラインには言葉を失ってしまう。彼は時おり寝返りを打って彼女に巻きつくが、すると彼女はすべてを受け入れ、「赤ちゃんが起きちゃうから」を理由に、小声で叫んで快楽に達したふりをし、彼のほうを向いて「前よりもっとよかった」と言い、それから背を向けてすぐに眠る。いまではアントワーヌは、エミリーは一度も絶頂に達したことがないと確信している。誰とも。そしてもう夫婦関係について悩むのをやめた。いまはただ医者として、彼女があまり馬鹿なまねをしないように目を配っている。とはいえそれも無駄な努力で、彼女はどんな監視の目もかいくぐってしまう。

結婚当初から、予定外の時間に帰宅すると、とんでもないものに出くわすことがあった。たとえばエミリーが片手でスカートのしわを伸ばし、もう片方の手でもつれた髪を整えながら地下室から上がってきて、アントワーヌが地下室をのぞくと、電気技師が真っ赤な顔で突っ立っていたりする。工具箱を開けてさえいないのだ。最初のうち、そういう出来事は彼には耐えがたい苦しみだった。だからもし妻を愛していたら、不幸のどん底に落ちたかもしれない。だが実際には少々悲しいだけで、それも自分が哀れだからではない。食事中の、あるいはキッチンに立つ妻の姿をこっそり見ながら、なんともったいないことかと思うからだ。この愁《うれ》いを帯びた美貌のうしろに空っぽの頭しかないとは。

エミリーはなんでも、誰でも受け入れ、同じように自分の人生も受け入れていた。特に好きなのは、相手を誘い込んでの束の間の逢瀬《おうせ》。ただしテオが相手の場合は少し違っていた。テオ・ワイザーは二年前に父親から会社を受け継ぎ、続いて最近の選挙で村長職も引き継いでいた。以来、彼は斬新《ざんしん》な経営者、今風の名士を気どっていて、〈ディーゼル〉のデニムで村議会をリードし、白の開襟シャツで戦没者追悼式に参列し、工場では〈コンバース〉のバスケットシューズで組合代表を迎え、親しさを装い、誰とでもファーストネームで呼び合いながら給料を抑え込む。そして医者の妻をものにする。その医者が幼馴染みでも関係ない。

アントワーヌは国有林を抜ける道で木材運搬車に行く手を阻まれた。これぱかりは辛抱強く待つしかないが、彼はこんなふうに時間がぽっかりあくことをひどく恐れている。幸いこの村の医者になってからはそういうことがめったにない。嫌だと思っていたこの仕事を好きになったのも、おそらくはそれが理由だ。田舎医者に暇な時間などありはしない。アントワーヌは一年前にデュラフォア先生から診療所と営業権を買いとったのだが、そのとき先生に、この仕事は二か月で辞めるか、一生続けるかのどちらかで、その中間はないよと言われた。実際そのとおりだった。アントワーヌはすぐに没頭し、いまでは辞める気などこれっぽっちもない。

仕事以外については、淡々とした生活のリズムが出来上がっていた。

エミリーは結婚前と変わらず冴えない常套句《じょうとうく》を一日中連発し、義父は娘が医者の妻になったというのでますますふんぞり返っている。三歳になる子供は義理の両親にほぼ奪われっぱなしだ。「アントワーヌは忙しすぎてとても子供の面倒など見られないから」と彼らは主張していて、確かにそれは嘘ではなかった。

マキシムが生まれたのは四月一日で、これについてはあらゆるジョークが飛び交い、家族もそれぞれにとっておきを用意している。「こいつは四月の魚《ポワソン・ダヴリル》（エイプリルフールのことをフランスでは「四月の魚」という）の生まれなのに、なんのジョークか牡羊座だ。魚座じゃないんだ！」等々。マキシムという大仰な名前は、偉大な一族という幻想の産物なのが見え見えだが、これももちろん義父に押しつけられたものだった。

結婚式だけでも悪夢のようだったが（三か月間、四人のフルタイムのプランナー――エミリー、ムショット夫妻、そして母――につき合わされた。招待状をめぐる家族会議、教会での挙式進行の打ち合わせ、食事のメニューをめぐるごたごた、招待客をめぐるいざこざ……地獄だ）、そのあとには出産に至る一連の悪夢が待っていた。お腹の大きいエミリーのために親戚一同が総動員され、その様子はエミリーこそ天地創造以来初めて身ごもった女性なのかと思うほどだった。

エミリーは勝ち誇る妊婦となった。これぞ豊かさの象徴と言わんばかりに思いきり腹を突き出して商店街を練り歩き、店先では勝利の笑みを浮かべて順番待ちの列を素通りし、しずしずと店に入るや椅子を所望し、わざと息を切らせて周囲を心配させ、誰かがだいじょうぶかと声をかけるのを待っていよいよ話をはじめるのだが、それは妊娠初期からの諸症状の詳細な報告で、痛み、下痢、嘔吐、眠気と、なに一つ余すことなく、相手かまわずしゃべりつづける。この子が動いたのかと思ったら、そうじゃなくて、ガスだったの！　もう、ガスだなんてびっくり！　赤ちゃんのせいで押されるからみたい。ほんと、おかしなことばっかりで、こっちはへとへとよ（彼女はこの言葉が大好きだ）。だがいっぽうで、彼女いわくそれは「人生のすばらしい贈り物」であり、体調がいいときには「女性にとって出産以上にすばらしい冒険はない」というテーマについて、例のごとく中身のない熱弁を振るい、アントワーヌを辟易《へきえき》させた。

息子が生まれてしばらくのあいだ、アントワーヌは愛も、憎しみも、なにも感じなかった。そもそも息子は彼の生活の範囲内におらず、四六時中エミリーとその母親のままごと遊びの対象になっていて、彼はたまにしか顔を見られなかった。たまにあやすことがあっても、医者として村中の赤ん坊の相手をしているせいか、息子もその一人としか思えなかった。

やがてマキシムは歩きはじめ、しゃべりはじめた。そのころになると、意外なことに、息子はムショット家の人々に似ていないことがわかってきた。むしろ時おり自分に似ているように思えることがあり、するとうれしくなった。そういう大人は滑稽だとずっと思っていたし、いまでもそう思っているので、自分でも驚いた。

自分に似ていると思ったのは、似ていてほしいという願いがどこかに潜んでいたからだろう。いずれにせよ、彼はいまのところ脇から息子を観察するだけで満足している。これからどんな親子関係が築かれるのかは、まだ見当もつかない。

ようやく木材運搬車がどいたので、アントワーヌは発進し、少し行ってから右折した。参った、一時間半以上の遅れだ。待合室はぎゅうぎゅう詰めだろう。誰も帰らずに待っているだろうし……。アントワーヌは開業後短期間で人々の信頼を得て、評判の医者になったので、患者はいつも辛抱強く待つ。村人からすれば、今度の医者は少なくとも母親も知った顔だからな、ということなのだろう。

村に戻る前に寄るところがあった。介護施設だ。彼は正面階段の前に車を駐め、キーを差したままコートを雨よけにして車を出て、大きな建物に飛び込んだ。長居はしないが、寄ると約束してあったので寄った。先生、こんばんは、もういらっしゃらないかと思っていました、コートをお預かりします、さあこちらへ、マドモアゼルは気が短いから、きっとお待ちかねですよ。

そう、確かに彼女はいつも待っている。にもかかわらず待っていなかったふりをする。彼が部屋に入ると、彼女は驚いたような目を向けるのが常だ。まあ、先生、今日はいったいどんな風の吹き回し？

マドモアゼルはまだ三十一歳だが、十五歳は老けて見える。相変わらず周囲が心配するほどやせているが、医者であるアントワーヌは心配しておらず、あと何十年も死を寄せつけないだろうと思っている。マドモアゼルは死を望んだことがあるのかもしれないが、だとしてもその望みはもう捨てたようだ。アントワーヌの逃げたいという思いと少し似ているかもしれない。

彼は椅子に座ると往診用のかばんを開け、真剣になかを探すふりをしてから、相手に見えないように板チョコを取り出し、マドモアゼルの毛布の下に滑り込ませた。もっとも、彼女が禁じられているチョコレートを食べていることは周知の事実なので、隠すのも〝ふり〟でしかない。なにしろ医者自身が主たる提供者なのだから。

マドモアゼルはそっと毛布の端を持ち上げてチョコだと確認すると、気に入らないとばかりに口を尖《とが》らせた。

「先生は、負けるのが下手ね……」

デュラフォア先生から介護施設の訪問診療を引き継いで以来、アントワーヌはマドモアゼルのチェスの相手をしている。といっても差し向かいで指す時間などないので、彼女の発案で電子メールを使うことにした。たとえば往診に向かう車のなかで一手を考え、それをメールで送ると、ひと仕事終えたころには彼女から次の手が送り返されてきていて、それを見てまた車を走らせながら次を考える。彼女が言うとおり、彼は負け方が下手だ。ただし問題は負け方そのものではなく、負けっぱなしだという点にある。彼は一度も勝ったことがなく、負けたことを理由に毎回チョコレートを持ってきている。

「今日はゆっくりできません。二時間近くも診療所に戻るのが遅れていて」

「それなら患者さんたちだってあきらめて帰るでしょうし、そのほうが体にいいんじゃありません？　明日の朝往診に行ったら、みなさんもう具合がよくなってたりして！」

いつも同じやりとりで、まるで老夫婦だ。アントワーヌはマドモアゼルの手を握る。すると冷たい小枝のような指が彼の手を力強く握り返す。ありがとう、先生、また近いうちに。

アントワーヌは雨のなかをボーヴァルへ急いだ。

村はこの数年で様変わりした。サントゥスタッシュ遊園地は成功を収め、シーズンには周辺各地から多くの人がやってくるようになった。家族で楽しめて、しかもすぐ近くにある、というコンセプトの勝利だ。それを考えたワイザー氏は村をいい流れに乗せ、そのうえで息子にバトンタッチしたので、テオは村長選で圧勝することができた。観光が雇用を生み、商店街も息を吹き返した。そして商店街が元気になれば、村も元気になる。

いいことは重なるもので、時を同じくして木製玩具の需要も持ち直した。一九九〇年代には時代遅れとされたものが、環境保護への関心の高まりとともに再注目され、トネリコ材の汽車やパイン材の独楽《こま》などの人気が復活していた。おかげで創業一九二一年の木製玩具メーカー、ワイザー社の従業員数も、ほぼ経営不振前のレベルに戻った。

待合室はすし詰め状態で、熱気がこもり、窓ガラスが結露していた。

皆窓を開けるのを遠慮していたようなので、さっそくアントワーヌが少し開け、誰にともなく「どうも、こんばんは」と声をかけた。待たせたことを詫びるようにちょっと首をすくめると、すぐに好意的な反応が返ってきた。忙しいのは腕がいい証拠というわけで、村人たちは忙しい医者をこそ歓迎する。

ざっと見渡したらフレモン氏がいて、ヴァランティーヌもいて、それからコワルスキー氏もいた。

アントワーヌが診療所を引き継ぎたいと相談にいったとき、デュラフォア先生は彼の提案を大喜びで受け入れてくれた。アントワーヌは先生の仕事へのこだわりを知っていただけに、断られるのではないかとか、共同経営を提案され、いろいろ口出しされるのではないかと案じていたのだが、そんなことはまったくなかった。先生はさっさと診療所を手放してベトナムに帰っていった。なんでもハノイの北西のベトチという町に母親がいるそうで、その世話をするという。母親は八十歳で、五十年ぶりの再会になるそうだ。だがフランスを発つ前に、先生はすべての患者の詳細なカルテをアントワーヌに渡し、心配な症例については、老いた医師の最後のこだわりとして、たっぷり時間をかけて申し送りをした。

この診療所にコワルスキー氏のカルテがあることを知ったのはそのときだが、その後コワルスキー氏が診察を求めてきたことはなく、これが初めてだった。いっぽうヴァランティーヌについては、今日もまた押し問答になるなとちょっと頭が痛かった。彼女は年に六回くらい、仕事を休みたいから診断書を書いてくれと言ってくる。同情や憐憫《れんびん》の情に訴えようとして、子供のうちの何人かを連れてくるのだが、そんなことをしなくても結果は同じだ。アントワーヌはヴァランティーヌが相手だと強く出ることができず、偽の診断書など出せないと言いながらも、結局は出してしまう。それは、アントワーヌ自身はっきり自覚してはいないものの、彼の人生のなかでヴァランティーヌが特殊な位置を占めているからだった。彼にとってヴァランティーヌは、いまでもなお、弟の突然の失踪に苦しむ若い娘のままであり、自分が殺した少年の姉なのだから。

アントワーヌはこの日最後の仕事に取りかかる前に、ほんのいっとき時間を取り、器具を整え、すべてがあるべきところにあることを確認し、財布を机のいちばん上の引き出しにしまった。そこだけは鍵をかけられるからだが、ペーパーナイフがあれば十歳の子供でも数秒で開けられそうなしろものなので、防犯のためというより、一種のおまじないだ。そういえば、ローラからの手紙もなぜかここにしまったんだったと彼は思い出した。エミリーと結婚すると決めたとき、アントワーヌはローラ宛ての手紙をひと息に書いて送った。ローラ（わずかな希望も残さないために、「愛しい」も「親愛なる」もつけないこと）、きみとは別れる（簡潔明瞭を旨とすべし）、そしてエミリーに関する長ったらしい説明、じつはずっと愛していた女性で、その彼女が妊娠したので、結婚することにした、こうするのがいちばんだ、ぼくはきみを不幸にするだけだろうから、云々。この世の卑怯《ひきょう》な男どもが女と別れたいときに書く、嘘だらけで、ありきたりで、馬鹿げた手紙の典型だった。

ローラの返事はすぐに来た。大きな白い紙の左上の隅に「わかった」とだけ書かれていた。

彼はその紙を折り畳み、いちばん上の引き出しにしまい、鍵をかけた。そしてそのまま時が経ち、ほぼ忘れかけていた。

アントワーヌは結局この日もヴァランティーヌのために診断書を書き、それからコワルスキー氏を呼び入れた。やせこけた老人はゆっくり慎重に歩いてきた。その声はひどく優しかった。アントワーヌは彼のくたびれた心臓の音を聴き、続いて血圧を測りながら、カルテに目をやり、そうだ、コワルスキーさんはやもめなんだったと思い出し、暗算でいま六十六歳だとはじき出した。

「ウイルス性の風邪でしょう」

コワルスキー氏は運命論者のような穏やかな笑みを浮かべた。アントワーヌは処方を書き、いつものように注釈を添え、薬の用法・用量に下線を引いた。専門知識に走らずにわかりやすく書くことを常に心がけている。

そしてコワルスキー氏のカルテをしまい、診察室の入り口まで見送って握手をした。待合室ではフレモン氏が立ち上がり、すでに診察室のほうに歩きだしていたそのとき、アントワーヌははっとすると同時に声をかけていた。

「コワルスキーさん？」

待合室にいた誰もがこちらを振り向いた。

「あ……ちょっと戻っていただけますか？」とアントワーヌは言った。

そしてフレモン氏に向かって、申し訳ないと胸に手を当ててみせた。長くはならないので、すみませんが……。

「どうぞ」と彼はコワルスキー氏がたったいま離れたばかりの椅子を示した。「ちょっと、おかけください」

　そしてデスクを回ってカルテを取り出し、もう一度見た。

　アンドレイ・コワルスキー、一九四九年十月二十六日、ポーランドのグディニャ生まれ。

　アントワーヌがこのとき得ていたのは、よくぞ気づいたと飛びつきたくなるが、いざ飛びついてみると急にばかばかしく思えるような頼りない直観だった。だがコワルスキー氏が黙ったままじっとうつむいているのを見て、当たりかもしれないと思った。

　アントワーヌもしばらく黙っていた。どう切り出したらいいのかわからなかったし、それに……いまなら謎の扉を開けられるかもしれないが、その扉の向こうになにがあるかわからないからだ。一度開けたら、二度と閉められない扉かもしれない。デスクの上には開いたままのカルテがある。アンドレのカルテが。

「数年前に」と彼は下を向いたまま言った。「母が事故に遭って、昏睡状態に陥ったのですが……」

「覚えています。人づてに聞きました。でもその後、すっかりよくなられたんですよね？」

「ええ、もちろん。それで……病院でうわごとが続いていたときに、母が親しい人の名前を口にしたんです。父と、わたしと……それと、もしかしたら……」

「なんでしょう？」

「もしかしたら、母はあなたの名も呼んだのではないかと思うんです。ファーストネームはアンドレイですよね？」

「洗礼名はアンドレイです。この国ではアンドレと呼ばれますが」

勘違いかもしれないと思いながらも、アントワーヌは頭に浮かんだ質問を相手にぶつけずにはいられなかった。

「母もそう呼んでいましたか？」

コワルスキー氏はいつの間にか顔を上げ、眉をひそめてこちらを見ていた。怒りだすのだろうか、立ち上がって出ていくのだろうか、それとも……。

「クルタン先生、なにをおっしゃりたいのですか？」

アントワーヌは立ち上がり、机を回り、空いている椅子を引き寄せてコワルスキー氏の横に座った。

子供のころ、アントワーヌはコワルスキー氏とすれ違うたびに、少々奇怪なその姿に目を奪われたものだった。アントワーヌに限らず誰もが、その姿を見るとなんとなく居心地の悪さを感じていた。ところがいまこうして近くで見てみたら、不思議なことに、コワルスキー氏は穏やかな力強さといったものを感じさせる。幼い子供が父親に感じとるような強さのことだ。

いくつもの考えが同時に押し寄せてきて、アントワーヌはこの会話をどう進めたらいいのかわからなくなった。

だがコワルスキー氏は困った様子も見せず、泰然自若《たいぜんじじゃく》としている。ただし言いたくないことは絶対に言わないという表情にも見える。

「あの、これ以上話をしたくないのであれば……」とアントワーヌはおずおずと言った。「お帰りになってかまいません。あなたにはわたしの質問に答える義務などありませんから」

コワルスキー氏はしばらく考え込んでいた。

「先生、わたしは先月仕事を辞めました。引退です。南のほうに小さな家を持っているので……」

そこで彼は一瞬くくっと笑った。

「家というのは見栄を張ってのことで、ただの小屋です。でもまあ、わたしのものではあるので、そこで隠遁《いんとん》生活を送るつもりです。ですから二度とお目にかかることはないでしょう。わたしが考えていたのは……。いや、とにかく今日、こんなふうに、先生から訊かれるとは思ってもいなくて……」

二人が互いに繰り出す言葉はどれも脆く、ぎこちなく、どうにか漂い出た文章も空中でふらふらして、すぐにも落ちてくだけてしまいそうだった。

「引退の話をしたのは、その……長い年月が経ったので、なにもかも、もうどうでもいいのだと言いたかったからです」

「なるほど」

アントワーヌは両手を膝に置いて立ち上がろうとした。

だが続きがあった。

「あのときは本当に戸惑いましたよ。あなたを見かけたときのことです。十二月のあの日」

アントワーヌは息を止めた。

「車でサントゥスタッシュの近くにさしかかったところで、バックミラーに映ったんです。少年が通りを走って渡り、木立に飛び込むのが。あなただとすぐにわかりました」

四年前に封じたはずの恐怖がいきなり這い上がってきた。あれ以来もう安全だと信じきっていたのに。流砂にのまれるように平凡な日々に埋もれ、ようやく落ち着いたと思ったそのときに、突然すべてがよみがえった。レミ・デスメットの死、肩に担いだ死体の重み、サントゥスタッシュの森の道なき道、巨大なブナの倒木、その下の深い穴、そこに消えていったレミの手……。

彼は慌てて額の汗を拭った。

森から村に走って戻る自分の姿があざやかによみがえる。側溝に身を隠し、車をやり過ごし、通りを渡った。

「それで、少し行ったところでブレーキを踏んで、車を降りてなにがあったのか見にいきました。助けが必要なんじゃないかと思ったので。でもあなたはいなかった。もうどこかへ行ってしまっていた」

つまりコワルスキー氏は森を出るアントワーヌを見た唯一の目撃者であり、その証言によってはあのときすぐアントワーヌに捜査の手が伸びたかもしれなかった。ところがそうはならず、それどころかコワルスキー氏自身が疑われて身柄を拘束され、その後も村人たちから疑いの目で見られつづけ、四年前にレミの死体が発見されるとまた憲兵隊に連れていかれた。

「でもあなたはあのとき……」と訊かずにはいられなかった。

「あれはあなたのお母さんのためです。心から愛していたんです。彼女のほうも、たぶん……」

そう言ってコワルスキー氏は首《こうべ》を垂れた。顔が赤らんだところを見ると、陳腐極まりない俗な打ち明け話をしてしまったと思っているようだ。

「こんな老人が滑稽だと思うでしょうが、でもあれは……大恋愛でした」

アントワーヌは滑稽だとは思わなかった。彼も生涯一度の恋を知っているから。

「だからあの日のことは誰にも言いたくなかった。なぜなら……あのとき彼女も一緒にいたからです。わたしたちはあの車に一緒に乗っていた。でも彼女の評判に傷をつけるわけにはいきません。彼女もわたしたちの仲を知られたくないと言っていたし……そういう気持ちは尊重すべきですから」

そうか、だから母はいつもコワルスキー氏を嫌っているふりをし、悪口ばかり言っていたのか。確かにいま思い返してみると、母の言いようはおかしなほど辛辣だった。

アントワーヌは必死になって新たに得た情報と記憶の断片をつなぎ合わせていった。

コワルスキー氏が車を停める。そのとき彼は母になんと言ったのだろう。

彼が降りていったあと、母は車のなかでうしろを振り向く。だがカーブの先だから氏の姿は見えず、なにをしにいったのかしらと首をかしげる。母は道端に駐めた車のなかでじっとしていたくない。人に見られたらどうしようと不安になっている。もしかしたら見られないように身を伏せたのでは？

コワルスキー氏は車を離れ、道を渡って村のほうへ向かったアントワーヌを探すが、見つからない。彼はあきらめ、車に戻ってエンジンをかける……。

そのとき二人はどんな言葉を交わしたのだろう。

「彼女にはなにも言いませんでした。なんとなく……直観的にというか……言わないほうがいいような気がしたので」

母とこの人がそんな関係にあったというのは、アントワーヌには不愉快なことだったが、顔には出すまいとぐっとこらえた。もちろんスキャンダルだから不愉快なのではない。人は皆、親にも性生活があるとわかると居心地悪く感じるものだ。それは医者でも変わらないので、アントワーヌもショックを受けた。だがそれだけではなく、ほかにももっと漠然とした、ややこしい問題があり、そちらはじっくり時間をかけて考えてみなければならないだろうし、アントワーヌの頭に浮かんでいるもう一つの疑問――二人はいつ知り合ったのか――の答えにもよる。

母がコワルスキー氏の店の手伝いをはじめたのは、自分が生まれるよりずっと前だったと聞いている……。二年前？　三年前？　父が家を出ていったのはいつだっけ？　頭のなかで日付が、年数が、顔が、場面が入り乱れた。

頭がくらくらして気分が悪くなってきた。

はっとして顔を上げると、コワルスキー氏はすでに椅子を離れ、ドアのところに立っていた。

「すべてもうどうでもいいことです。人は過去をいろいろ顧《かえり》みる。わたしもそうでした……。でもある日、それをやめる」

この人もずいぶん苦しんだに違いないのに、こんなときになお、愛した女性の息子を安心させようと言葉を探している。

アントワーヌは雪の日に外套なしで外に出たように震えが止まらなかった。

「いいですね、先生。心配は要りません、本当に……」

アントワーヌはなにか言わなければと口を開けたが、コワルスキー氏はもう出ていったあとだった。

その二日後、診療所に小包みが届いた。朝の診察前にデスクの上で開けた。腕時計が入っていた。ベルトが蛍光グリーンのダイバーズウォッチだった。もちろん、針はとっくに止まっていた。

（了）

謝辞

パスカリーヌはかけがえのない存在で、彼女がいなければこの小説も日の目を見なかった。

ちょうど必要だったときに手紙を書いてくれた友人のパトリス・ルコント（聖マルタン）に感謝する。そして友人といえば、ジャン＝ダニエル・バルタッサ（聖ベルナール）と、心の友ジェラール・オベールを忘れられようか……。

どこかに間違いがあるとすれば、それはダニエル・ワインブルムのせいでも、フランソワ・ダウストのせいでも、サミュエル・ティイのせいでもなく、すべてわたしのせいだ。

彼らは間違うどころかわたしを助けてくれたのであって、その力添えと助言に大いに感謝する。

ここで、H・G・ウェルズの『ドロレス』（ウェルズ晩年の小説。英語の原題はApropos of Dolores）の序文の言葉を借りたいと思う。「この人から少し、あの人から少し、長年の友から少し、あるいはプラットホームで電車を待っているときたまたま耳にした誰かの会話から少し、さらには新聞に載っていた変わった表現や話から少し、というふうに取ってくる。フィクションはそうやってできるのであって、それ以外の方法はない」

というわけで、この小説を書いているあいだに浮かんできたイメージや表現も、どこかほかのところからやってきたのだと、わたしにはわかっている。はっきり特定できるものを挙げておくと、この人々（あるいは作品）からやってきた（順不同で申し訳ない）。シンシア・フルリー、ジャン＝ポール・サルトル、ジョルジュ・シムノン、ルイ・ギユー、ヴィルジニー・デパント、ティエリー・ダナ、アンリ・ポアンカレ、デイヴィッド・ヴァン、ナサニエル・ホーソーン、ウィリアム・マッキルヴァニー、マルセル・プルースト、ヤン・モワ、ウンベルト・エーコ、マルク・デュガン、カール・オーヴェ・クナウスゴール、ウィリアム・ギャディス、ニック・ピゾラット、ルートヴィヒ・レヴィゾーン、ホメロス、『わが母なるロージー』、そしておそらくはほかにも……。

解説

三橋　暁

久々に本作を読み返しながら、頭に思い浮かんだものがある。カジノでおなじみの賭博台、ルーレットだ。

起源は古代ギリシャと伝えられるが、フランス語の「回る *rouler*」がその名の由来だそうで、現在のルーレット盤は十八世紀フランスにルーツがあるという。回転する円盤《ホイール》の中に胴元《クルピエ》が球を投げ入れ、二色に色分けされた升《スポット》のどこに落ちるかに賭け金を張るギャンブルだ。

この赤《ルージュ》か黒《ノワール》かで勝負するカジノ・ゲームへの連想は、ピエール・ルメートルが二〇一五年秋に来日した際、構想中だった本作について、「ノワールである」と語ったこととも無関係ではない。本人は、犯罪小説という意味でノワールという言葉を選んだのだろうが、犯罪小説にはルーレットと通底するものがある。往々にして、人生というギャンブルで黒い升に落ちた者の破滅的な姿が描かれるからだ。

折悪しくその場に居合わせたり、偶然の出来事に巻き込まれたりと、時に人は、運命としかいいようのない一瞬に人生を左右される。赤と黒ならぬ善と悪、真実と嘘、そして生と死。どちらに転ぶかわからぬ人生の岐路で、この『僕が死んだあの森』の主人公も望まぬ側に足をとられる。

北フランスの自然に囲まれた小さな村ボーヴァル。そこで十二歳の冬を迎えたアントワーヌ・クルタンは、クリスマスの直前、不運に見舞われる。両親の離婚から六年、一緒に暮らす口煩《くちうるさ》い母に友達とプレイステーションで遊ぶことを禁じられた彼は、森に自分の城であるツリーハウスを作り上げていた。しかし、数週間にわたるハウス作りに付き合ってくれた雑種犬オデュッセウスの無惨な死が引き金となり、彼の日常は暗転する。ショックを引きずる主人公は、普段から彼を慕い、つきまとっていた隣家の少年レミを、衝動的な行動で殺《あや》めてしまう。パニックに陥った彼は、幼い亡骸《なきがら》をブナの倒木の下に隠すと、道行く車を避けながら一目散に自宅をめざすが、いつの間にかお気に入りのダイバーズウォッチが腕から消えていることに気づく。家の近くは、消えたレミを心配する近隣の人々が集まり、騒然としていた。やがて動転する主人公を、憲兵が訪ねてくる。

本書『僕が死んだあの森』の原著は、二〇一六年三月、パリのアルバン・ミシェル社から刊行された。

舞台となるボーヴァルは、本土のフランス国内を十三に分つ地域圏《レジオン》のうち、北端のオー・ド・フランスに属する。パリから車で二時間半ほどのところにあるこの村は、人口わずか二千のローカルな集落だ。フランスの警察機構は国家警察と憲兵隊が併存し、都市圏は前者、地方は後者に任されている。騒ぎに駆けつけてくるのが軍人である憲兵隊なのも、そういう理由である。

原題の *Trois jours et une vie* は、「三日間と一生」という意味で、アントワーヌの犯した一瞬の過ちと、終わることのない後悔や罪の意識を表している。幼い子どもの行方不明事件は大混乱を巻き起こし、村のたおやかな時間の流れを激流に変えてしまう。村をあげての捜索が始まり、口さがない噂が広まっていく中、村の恐慌状態はエスカレートしていく。

そんな周囲の混乱を目の当たりにしながら、アントワーヌは殺人の罪に怯え、破滅と転落の瀬戸際に追いやられる。しかし、それも四日目となるクリスマスの翌日の晩、村を未曾有《みぞう》の災厄が襲い、事態は一変する。ボーヴァルに甚大な被害をもたらしたこの不幸な出来事は、一九九九年十二月、実際に欧州各国を襲い、多大な惨禍をもたらした。フランスだけでも百人近い死者を出したこの現実の出来事を、ルメートルは物語《フィクション》に落とし込むだけでなく、プロットの重要な一要素として機能させている。

小説読みのバイブル『小説の技巧』で、著者のデイヴィッド・ロッジは、いかなる物語も受け手に疑問を抱かせ、その答えを遅らせ焦らすことで、読者の関心を惹くと語っている。サスペンスとは、読者が宙吊りとなる状態をいい、その原因となるのは、ミステリというジャンル小説でおなじみの、誰がやったのか（フーダニット）と、続きはどうなるのか（クリフハンガー）の二つだという。本作の場合はもちろん後者で、黒い升に落ちた主人公のその後に、気を揉まない読者はないだろう。

ロッジは、サスペンスをどう継続させるかで書き手の技量が問われると述べ、文豪トマス・ハーディの作品を例にとるが、本作のルメートルの手練も鮮やかだ。主人公の地獄めぐりは、「一九九九年」の章後半で村を急襲する危禍によって一旦風向きが変わるかに見える。しかし主人公の宙吊り状態は、「二〇一一年」、さらに「二〇一五年」の章で新たな局面を迎え、主人公を待ち受けるのである。

ルメートルは、そこに歳月の重みを加えることも忘れない。後半の章では、村に訪れた変化やテクノロジーの進歩といった社会の動きが主人公の辛い境遇にも影響を与え、アントワーヌ本人の人生にも転機が訪れる。

二〇一五年の来日時に、作家・中村文則との間で行われた公開対談でルメートルは、ミステリはあらゆる小説のジャンルの中で、唯一結末によって判断されると言い、自身も結末部分をまず考えると語った（『「アレックス」はこうして生まれた』〈文藝春秋〉二〇一六年一月号）。それはこのことだったのか、と膝を打つのが、本作の幕切れだ。

思い浮かぶのはルネ・クレマン監督の『太陽がいっぱい』だが、ご存じのように、映画化の際、パトリシア・ハイスミスの原作は結末を大幅に改変されている。つまり『太陽がいっぱい』には、犯罪者のサクセス・ストーリーと完全犯罪の崩壊という二通りの結末があり、主人公のリプリーもまた、富と貧、成功と失敗、夢と現実という人生のルーレットの二極にまたがるように二人存在するのである。

小説で一番大切なのは登場人物と語るルメートルだが、もし二つの「太陽がいっぱい」を玩味していたとして（そうでない可能性はゼロに近いだろう）、リプリーほど興味深い主人公を登場させながら、彼の破滅で終わる映画のラストには違和感もあったろう。一方、結末を重視する姿勢からは、映画の見事なサプライズ・エンディングに賞賛を惜しまなかった筈だ。

傍証を欠く考察にはなるが、そんなジレンマの中で、ハイスミス直系の犯罪小説に挑み、幕切れを因果応報とは別次元で用意したのが本作だった。そう解すると、読者の意表を突く、考え抜かれたラストには賞賛しかない。その最後の一節の妙なる余韻とともに、この作品は語り継がれるに違いない。

さて、文庫化とはいえ、ルメートルの新刊が出るのは久しぶりのことなので、作者の情報も少しアップデートしておこう。

ご存じのように、ルメートルはもうミステリを書かないと公言しているが、二〇二一年には還暦過ぎの女殺し屋が登場する *Le serpent majuscule* を出版した。しかしこれはデビュー以前の未発表作を読者からの要望に応え蔵出ししたもので、新作ではなかった。残念ながら、この『僕が死んだあの森』が最後のミステリ作品となる可能性はきわめて高い。

作家としての転機が訪れたのは、三度目の英国推理作家協会（ＣＷＡ）賞に輝いた『天国でまた会おう』の執筆中だったという。当初ミステリとして構想しながら、骨格はそのままに、ミステリ的な側面を排除することで完成を見たそうだが、過去にはプルーストやマルロー、ボーヴォワールらも受賞したゴンクール賞に輝いたことも、自信に繋がったのだろう。

その後、続編の『炎の色』と『われらが痛みの鏡』で二十世紀の二つの大戦争を背景に〈災厄の子供たち〉三部作を仕上げ、現在は第二次世界大戦後の復興期に焦点を合わせた次の〈栄光の時代〉四部作に取り組んでいる。〝栄光〟とあるが、そこは作者のこと、経済的発展の陰で切り捨てられた人々に心を寄せる物語となっているという。ルメートルはさらに、先のシリーズ二つに続く〈危機の時代〉三部作も構想中で、全十冊でフランスの二十世紀を俯瞰《ふかん》しようとしているようだ。調べものに半年、執筆に一年を要するペースゆえ完成は先となろうが、どんな絵巻が出来するやら、今から楽しみでならない。ちなみに今後の翻訳紹介だが、お蔵出しの *Le serpent majuscule* が文藝春秋から、〈栄光の時代〉シリーズ一作目の *Le grand monde* が早川書房から刊行予定となっている。

本作は二〇一九年にフランスとベルギーの合作で映画化もされている。監督は「ブルー・レクイエム」のニコラ・ブークリエフ。ルメートルも脚本に参加しており、改変箇所は少なくないが、原作の魅力は損なわれていない。舞台をアルデンヌとしたのも変更点の一つだが、フランス北部の冷たい空気と牧歌的雰囲気はそのままに、ふとした拍子に人生の陥穽《かんせい》に落ちた主人公の苦難の歳月を巧緻に描いている。十二歳の主人公を新鋭ジェレミー・セネズが、青年時代を「白雪姫　あなたが知らないグリム童話」にも出ていたパブロ・ポーリーがそれぞれ演じているが、終盤には共和国検事役でルメートル自身も登場し、気迫溢れる台詞《せりふ》回しを披露する。犯罪映画の秀作として、日本国内でも配信やパッケージ化を望みたいところだ。

（文芸評論家）

■ピエール・ルメートル中長編作品リスト

1 *Travail soigné*（2006）『悲しみのイレーヌ』（文春文庫）＊
2 *Robe de marié*（2009）『死のドレスを花婿に』（柏書房／文春文庫）
3 *Cadres noirs*（2010）『監禁面接』（文藝春秋／文春文庫）
4 *Alex*（2011）『その女アレックス』（文春文庫）＊
5 *Les Grands Moyens*（2012, デジタル版）／*Rosy et John*（2014, 印刷版）『わが母なるロージー』（文春文庫）＊
6 *Sacrifices*（2012）『傷だらけのカミーユ』（文春文庫）＊
7 *Au revoir là-haut*（2013）『天国でまた会おう（上下）』（早川書房／ハヤカワ・ミステリ文庫）★
8 *Trois jours et une vie*（2016）本書
9 *Couleurs de l'incendie*（2018）『炎の色（上下）』（早川書房／ハヤカワ・ミステリ文庫）★
10 *Miroir de nos peines*（2020）『われらが痛みの鏡（上下）』（ハヤカワ・ミステリ文庫）★
11 *Le serpent majuscule*（2021）
12 *Le Grand Monde*（2022）☆
13 *Le Silence et la Colère*（2023）☆

＊ヴェルーヴェン警部シリーズ　★〈災厄の子供たち〉三部作　☆〈栄光の時代〉シリーズ

文春文庫

僕《ぼく》が死《し》んだあの森《もり》

定価はカバーに
表示してあります

2023年10月10日　第1刷

著　者　ピエール・ルメートル
訳　者　橘《たちばな》　明《あけ》　美《み》
発行者　大沼貴之
発行所　株式会社　文藝春秋

東京都千代田区紀尾井町 3-23　〒102-8008
TEL　03・3265・1211㈹
文藝春秋ホームページ　http://www.bunshun.co.jp

落丁、乱丁本は、お手数ですが小社製作部宛お送り下さい。送料小社負担でお取替致します。

印刷・図書印刷　製本・加藤製本

Printed in Japan
ISBN978-4-16-792121-7